Rizzoli | ARGENTOVIVO

STEPHANIE GARBER

LA MALEDIZIONE DEL VERO AMORE

Traduzione di
Maria Concetta Scotto di Santillo

Rizzoli

Pubblicato per

Rizzoli

da Mondadori Libri S.p.A.

Pubblicato per la prima volta negli Stati Uniti
da Flatiron Books,
120 Broadway, New York, NY 10271.

Illustrazione della mappa di Virginia Allyn
Progetto grafico degli interni di Donna Sinisgalli Noetzel

Titolo originale: A CURSE FOR TRUE LOVE

ISBN: 978-88-17-18661-2

Prima edizione **ARGENTOVIVO**: maggio 2024
Seconda edizione **ARGENTOVIVO**: maggio 2024

Realizzazione editoriale: Veronica Di Mario

A chiunque abbia mai sperato in una seconda possibilità

LA VECCHIA
LOCANDA DI MATTONI
DISPONIBILITÀ
UNA CAMERA
La Vecchia Locanda di Mattoni
Villaggio di Boscolieto
Villa Boscolieto
NORD
C'era una volta

Albero delle Anime
Foresta Maledetta
La Caccia
Palazzo del Lupo
Foresta di Boscolieto
L'Albero-Fenice
nel Magnifico Nord

PARTE IV

E vissero per sempre felici e contenti

1

Evangeline

Evangeline Volpe aveva sempre creduto che un giorno si sarebbe ritrovata in una fiaba. Da piccola, quando nella bottega di suo padre arrivava una nuova consegna di curiosità, correva subito a frugare tra le casse, esaminava i vari pezzi e si chiedeva: *Potrebbe essere questo?* Poteva essere quello l'oggetto in grado di catapultarla in un mondo fantastico?

Una volta aveva aperto una cassa enorme che conteneva soltanto il pomello di una porta. Color verde smeraldo, risplendeva alla luce come se emanasse bagliori di magia. Evangeline era convinta che se lo avesse inserito nella porta giusta, l'uscio si sarebbe schiuso su un mondo diverso e la sua fiaba avrebbe avuto inizio.

Purtroppo il pomello non aprì mai nulla di straordinario. Evangeline però non smise di sperare che un giorno si sarebbe trovata in un *altro luogo*.

Per lei sperare, immaginare e credere nella magia era sempre stato naturale come respirare. Scoprì invece che respirare poteva essere molto difficile, quando alla fine si ritrovò in *un altro luogo*, stretta tra le braccia di un giovane uomo attraente che sosteneva di essere suo marito.

Marito. La parola le procurò le vertigini. *Come? Come? Come?* Era troppo sconvolta per riuscire a formulare una frase più articolata. Anzi, non le uscì nemmeno la voce per chiederlo.

Se non fosse stata sorretta da qualcuno, si sarebbe accasciata al suolo. Aveva troppo da assimilare e troppo da perdere tutto insieme.

In uno degli ultimi istanti di cui aveva memoria era seduta al capezzale del padre in fin di vita, a casa. Ma persino quel ricordo aveva contorni sfumati, come se la sua morte facesse parte di un ritratto sbiadito; solo che non era soltanto sbiadito… alcuni frammenti erano stati strappati via senza pietà. Non ricordava con chiarezza i mesi precedenti alla scomparsa di suo padre, né cosa fosse accaduto dopo. E nemmeno come il genitore avesse contratto la malattia che lo aveva portato alla tomba.

Sapeva soltanto che era morto, come la mamma, e questo già da diverso tempo.

«Devi essere spaventata. Immagino che ti senta sola, ma non lo sei, Evangeline.» Lo sconosciuto che diceva di essere suo marito l'abbracciò più forte.

Era alto, e la sua statura la fece sentire piccola piccola quando il giovane la strinse a sé. Evangeline si accorse che anche lui stava tremando. Improbabile che fosse terrorizzato quanto lei, ma evidentemente non si sentiva sicuro di sé come dava a vedere. «Ci sono io… e non c'è niente che non farei per te.»

«Ma io non mi ricordo chi sei» mormorò lei. Esitava a sciogliersi da quell'abbraccio, ma era tutto così opprimente. *Lui* era opprimente.

Una ruga profonda solcò la fronte dello sconosciuto quando lei si staccò, ma rispose con voce bassa e rassicurante: «Mi chiamo Apollo Acadian».

Evangeline aspettò un'illuminazione folgorante, o anche solo un vago barlume di riconoscimento. Aveva bisogno di qualcosa di familiare, qualcosa a cui aggrapparsi per evitare di crollare di nuovo sul pavimento, e a giudicare dalla sua espressione Apollo aveva una gran voglia di essere quell'appiglio. Nessuno l'aveva mai fissata con una tale intensità.

Le pareva l'eroe di una fiaba. Spalle larghe, mascella volitiva, ardenti occhi scuri, e i suoi abiti eleganti suggerivano quel tipo di agio ricollegabile a castelli e forzieri colmi di tesori. Indossava una raffinata giacca rosso scuro con il colletto alto e preziosi ricami in oro sulle spalle e sui polsini. Un farsetto... o almeno così le pareva che si chiamasse. Gli uomini di Valenda vestivano in maniera molto diversa.

Ma chiaramente non era più nella sua città. Il pensiero le suscitò una nuova ondata di panico che la spinse a parlare di getto.

«Come sono arrivata qui? Come ci siamo conosciuti? Perché non mi ricordo di te?»

«È stata una persona che vuole tenerci separati a rubarti i ricordi.» Un lampo balenò negli occhi marroni di Apollo, anche se lei non riuscì a capire se si trattava di rabbia o di dolore.

Avrebbe tanto voluto ricordarsi di lui, ma più si sforzava,

peggio si sentiva. Le doleva la testa e le sembrava di avere un vuoto al centro del petto. Per un attimo, l'agonia fu così lancinante e brutale che Evangeline si strinse il cuore, quasi aspettandosi di trovare al suo posto un buco slabbrato. Non c'era nessuna ferita, però: era ancora lì, lo sentiva battere. Per un momento straziante, pensò che non avrebbe dovuto esserci, che il suo cuore avrebbe dovuto essere a pezzi quanto lei.

A un tratto percepì… non una sensazione, ma un pensiero, acuto, frammentato.

Aveva qualcosa d'importante da dire a qualcuno.

Non ricordava cosa fosse, ma era sicura che tutto il suo mondo dipendesse da quella cosa che doveva comunicare. La sola idea le faceva ribollire il sangue. Cercò di rammentare cosa fosse quel *qualcosa* che aveva bisogno di dire e chi fosse il destinatario del messaggio: poteva essere Apollo?

Era forse quello il motivo per cui le avevano rubato i ricordi?

«Perché qualcuno vorrebbe tenerci separati?» chiese.

Avrebbe voluto fargli tante altre domande, interrogarlo di nuovo su come si erano conosciuti, sapere da quanto tempo erano sposati, ma all'improvviso Apollo le parve agitato.

Il giovane scoccò un'occhiata furtiva alle spalle di Evangeline, prima di mormorare: «È complicato».

Lei seguì il suo sguardo verso la strana porta di legno contro cui era raggomitolata fino a qualche minuto prima. Su ciascun lato dell'uscio c'era un angelo guerriero di pietra, anche se le statue sembravano più vive di quanto ci si sarebbe aspettati da dei blocchi di pietra. Quando vide le ali spiegate macchiate di sangue rappreso, Evangeline avvertì un'altra fitta al petto, come se il suo corpo ricordasse ciò che la sua mente aveva dimenticato.

«Sai che cosa è successo qui?» chiese.

Per una frazione di secondo, una strana espressione solcò il viso di Apollo; sembrava quasi senso di colpa, ma forse era soltanto tristezza. «Ti prometto che risponderò a tutte le tue domande. Ma adesso dobbiamo andarcene da qui. Prima che lui torni.»

«*Lui* chi?»

«Il cattivo che ti ha cancellato la memoria.» Apollo le prese la mano con fermezza e si affrettò a condurla fuori dalla sala con la porta e gli angeli guerrieri.

La luce granulosa del tardo mattino illuminava scaffali gremiti di manoscritti legati con nastri e fiocchi. L'aspetto era quello di un'antica biblioteca, anche se più i due si inoltravano, più i volumi sembravano nuovi.

Il pavimento di pietra polverosa cedette il posto a lastre di marmo levigato, i soffitti si fecero sempre più alti, la luce più intensa, i manoscritti ingialliti divennero libri rilegati in cuoio. Evangeline tentò per l'ennesima volta di scorgere qualcosa di familiare nel bagliore del tardo mattino. Qualcosa che l'aiutasse a risvegliarle la memoria. Si sentiva più lucida, ma non riconosceva comunque niente.

Si trovava davvero in un altro luogo e, a quanto pareva, vi soggiornava da tempo sufficiente ad aver incontrato eroi e cattivi, restando invischiata nella battaglia che infuriava tra loro.

«Chi è stato?» insistette. «Chi mi ha rubato i ricordi?»

Per un attimo Apollo perse il ritmo dei propri passi, poi recuperò accelerando. «Ti prometto che ti dirò tutto, ma dobbiamo sbrigarci a uscire di qui…»

«Oh, santo cielo!» esclamò una voce.

Evangeline si voltò e, tra gli scaffali, vide una donna con una tunica bianca. Quella che probabilmente era una bibliotecaria si portò una mano alla bocca, fissando Apollo con un'espressione di timore riverenziale negli occhi sgranati.

Nella corsia ne sopraggiunse un'altra. La seconda bibliotecaria sussultò e svenne, lasciando cadere una pila di libri, mentre la prima strillava: «È un miracolo!».

Spuntarono altri bibliotecari insieme a studiosi, e tutti si lasciavano andare a esclamazioni simili.

Evangeline si strinse ad Apollo. Ben presto vennero circondati prima dai bibliotecari, poi da servitori e cortigiani, infine da robusti soldati con l'armatura scintillante, senza dubbio richiamati dal trambusto.

La sala in cui si trovavano doveva essere alta almeno quattro piani, ma all'improvviso le parve angusta e soffocante, mentre sempre più sconosciuti si accalcavano intorno a loro.

«È tornato…»

«È vivo…»

«È un miracolo!» ripetevano tutti, le voci incrinate dall'emozione, le guance rigate di lacrime.

Evangeline non aveva idea di cosa stesse accadendo. Le sembrava di assistere a qualcosa che di solito avveniva in una chiesa. Possibile che avesse sposato un santo?

Alzò lo sguardo su Apollo, sforzandosi di rammentare il suo cognome. *Acadian*, così le aveva detto. Non le veniva in mente una sola storia su un certo Apollo Acadian, ma era chiaro che ve ne fossero. Quando lo aveva visto se l'era figurato come una specie di eroe, ma la gente lo fissava come se fosse molto di più.

«Chi sei?» gli sussurrò.

Lui si portò la sua mano alle labbra e le stampò sulle nocche un bacio che le procurò un brivido lungo la schiena. «Sono colui che non permetterà mai più a nessuno di farti del male.»

Alcune tra le persone che si trovavano più vicine a loro, udendo quelle parole, sospirarono.

Poi Apollo alzò la mano libera e rivolse alla folla eccitata il gesto universale per intimare il silenzio.

Tutti tacquero di colpo. Qualcuno addirittura si inginocchiò.

Fu sconcertante vedere tanta gente zittirsi così in fretta, trattenendo il fiato quando la voce di Apollo risuonò potente sopra loro teste.

«Capisco che alcuni di voi stentino a credere ai loro occhi. Ma quello che vedete è reale. Sono vivo. Quando lascerete questa sala, raccontate a chiunque incontrerete che il principe Apollo è morto e ha attraversato l'inferno per tornare.»

Principe. Evangeline non ebbe il tempo di elaborare quella parola e tutto ciò che comportava, perché un attimo dopo Apollo le lasciò la mano e si tolse il farsetto di velluto e la camicia di lino.

Molti trasalirono, compresa Evangeline.

Il torace di Apollo era perfetto, liscio, muscoloso. Al centro spiccava il vibrante tatuaggio di due spade curve che formavano un cuore con un nome al centro: *Evangeline.*

Fino a quel momento, tutto le era parso quasi il frutto di un sogno febbrile da cui si sarebbe risvegliata. Ma il proprio nome inciso sulla pelle del giovane le trasmetteva una concretezza che le parole di Apollo non avevano evocato. Non era un estraneo. La conosceva così intimamente da essersi tatuato il suo nome sul cuore.

Il principe si voltò e a quel punto tutti i presenti rimasero sbigottiti, non solo lei. La magnifica schiena di Apollo, dritta e fiera, era coperta da una ragnatela di orribili cicatrici.

«Questi segni sono il prezzo che ho pagato per tornare!» gridò lui. «Quando ho detto che ho attraversato l'inferno, non scherzavo. Ma dovevo fare ritorno. Dovevo rimediare ai torti commessi durante la mia assenza. So che molti credono che sia stato mio fratello Tiberius a uccidermi, ma non è così.»

Tra la folla serpeggiarono mormorii di stupore.

«Sono stato avvelenato da un uomo che ritenevo un amico» ruggì Apollo. «È stato Lord Jacks a uccidermi. In seguito ha rubato i ricordi della mia sposa, Evangeline. Non avrò pace finché Jacks non sarà trovato e pagherà i suoi crimini con la vita!»

2

Evangeline

La biblioteca esplose in un coro di voci esagitate che echeggiarono tra le pareti tappezzate di libri. Le guardie armate giurarono che avrebbero trovato il criminale Lord Jacks, i cortigiani eleganti e gli studiosi dalle lunghe tuniche lanciarono domande come una pioggia di frecce.

«Da quanto tempo siete vivo, Vostra Altezza?»

«Come avete fatto a tornare dall'inferno, mio principe?»

«Perché Lord Jacks vi ha rubato i ricordi?» L'ultima domanda, posta da un anziano dignitario, era diretta a Evangeline e fu sottolineata da uno sguardo penetrante.

«Basta così» tagliò corto Apollo. «Non vi racconterò gli orrori che ha patito mia moglie perché possiate tempestarla di domande a cui non sa dare risposta. Ho rivelato questa informazione al solo scopo di trovare Lord Jacks, vivo o morto. Anche se, al momento, preferirei morto.»

«Non vi deluderemo!» gridarono i soldati.

Reboanti dichiarazioni sulla giustizia e su Jacks fecero tremare gli antichi scaffali, martellando la testa di Evangeline che all'improvviso si sentì sopraffatta. Il rumore, le domande, la marea di volti sconosciuti, il racconto di Apollo sull'inferno…

Vennero dette altre cose, ma nelle sue orecchie quelle parole si mescolarono in un ronzio confuso.

Avrebbe voluto aggrapparsi ad Apollo: lui era tutto ciò che aveva in quella nuova realtà. Ma il giovane era anche un principe potente, il che le dava la sensazione che appartenesse un po' meno a lei e più a tutti gli altri. Temeva di infastidirlo con le sue domande, anche se ne aveva così tante. Non sapeva nemmeno *dove* si trovava.

Dal suo punto di osservazione, scorse un bovindo ovale con un sedile incassato sotto un arco di mensole. Il vetro della finestra era di un celeste chiaro che lasciava intravedere all'esterno una fitta foresta di conifere alte come torri e coperte da un pittoresco strato di neve. A Valenda nevicava di rado, e mai così copiosamente, come se il mondo fosse una torta e la neve una spessa glassa candida.

Come aveva già notato in precedenza, anche la moda era diversa in quel luogo. I soldati sembravano i cavalieri dei vecchi racconti, e i cortigiani indossavano abiti formali come quelli di Apollo. Gli uomini portavano il farsetto, le donne raffinati vestiti di velluto con le spalle scoperte e la vita bassa, decorati da cinture di broccato e fili di perle.

Evangeline non aveva mai visto nessuno abbigliato in quel modo, ma ne aveva sentito parlare.

Sua madre era nata nel Magnifico Nord, e le aveva narrato innumerevoli storie su quel Paese, fiabe che lo descrivevano come il luogo più affascinante del mondo.

Purtroppo, in quel momento, Evangeline si sentiva tutt'altro che affascinata.

Apollo cercò il suo sguardo, dando le spalle alla folla che si andava diradando. A quanto pareva la gente aveva già cominciato ad allontanarsi per diffondere la notizia del ritorno del principe dal regno dei morti. D'altronde, perché non avrebbe dovuto? Evangeline non aveva mai sentito dire che qualcuno fosse tornato dall'aldilà, e l'idea la faceva sentire insignificante rispetto a lui.

Restarono poche persone, ma Apollo continuò a ignorarle mentre la fissava negli occhi. «Non c'è niente di cui avere paura.»

«Io non ho paura» mentì lei.

«Mi guardi in modo diverso.» Le sorrise, un sorriso così seducente che Evangeline si chiese come avesse fatto a non capirlo immediatamente.

«Sei un principe» disse con un filo di voce.

Le labbra di Apollo si curvarono sornione. «È un problema?»

«No, è solo che...» Evangeline fu sul punto di dire che non si era mai immaginata in sposa a un principe.

In realtà lo aveva immaginato eccome. Solo che le sue fantasie non avevano mai raggiunto un tale grado di complessità. La situazione travalicava ogni sogno dorato di regalità e castelli e luoghi fantastici. Eppure avrebbe rinunciato a tutto in cambio del ricordo di com'era arrivata lì, di come si era innamorata e aveva sposato quell'uomo, e perduto ciò che percepiva come una parte del suo cuore.

D'un tratto ebbe una folgorazione. Nelle fiabe c'era sempre un prezzo da pagare per la magia. Non si otteneva niente per niente: una ragazza del popolo che diventava principessa doveva sempre offrire qualcosa in cambio. Si chiese se la perdita della memoria fosse stato il prezzo pagato per quella nuova realtà.

Aveva barattato i ricordi, insieme a una parte del suo cuore, per stare con Apollo? Possibile che fosse stata tanto sciocca?

Il sorriso del giovane si intenerì, non più canzonatorio ma rassicurante. Quando aprì bocca, anche le sue parole furono più dolci, come se avesse percepito le sensazioni che lei stava provando. O forse semplicemente la conosceva bene, malgrado lei non conoscesse lui. In fondo, si era fatto tatuare il suo nome sul cuore.

«Si sistemerà tutto» le sussurrò con fermezza. «So che ti senti travolta da tante novità contemporaneamente. Detesto l'idea di allontanarmi, ma devo occuparmi di alcune faccende. Nel frattempo, i miei soldati ti scorteranno nella tua suite. Cercherò di non lasciarti sola troppo a lungo. Ti giuro, per me non esiste niente di più importante di te.»

Apollo le baciò di nuovo la mano e le rivolse un ultimo sguardo prima di girarsi e andarsene, seguito dalla sua guardia personale.

Evangeline rimase sola, con mille domande che le turbinavano in testa, per molte delle quali non aveva risposta. Se Apollo era appena tornato dal mondo dei morti, com'era possibile che sapesse già cosa le era successo? Forse si sbagliava sul conto di quel Lord Jacks, non era stato lui a rubarle i ricordi, e lei aveva ragione nel supporre di averli barattati stupidamente... il che la portava a chiedersi se potesse rifare lo scambio.

La domanda continuò a tormentarla mentre seguiva nei meandri del castello la scorta che Apollo le aveva assegnato. Gli uomini non parlarono molto, ma le dissero che il castello si chiamava Palazzo del Lupo. Era stato edificato dal primo re del Magnifico Nord, il celebre Wolfric Valor, notizia che le riportò alla mente tutte le storie raccontatele dalla madre.

In confronto a dov'era cresciuta, il Nord sembrava incredibilmente vecchio, come se ogni pietra sotto i suoi piedi custodisse il segreto di un'epoca remota.

Un corridoio era intervallato da una serie di porte, ciascuna con una maniglia più elaborata dell'altra. Una era a forma di piccolo drago, un'altra sembrava un paio di ali fatate, e poi c'era una testa di lupo coronata di fiorellini. Erano quel genere di maniglie che la invogliavano a girarle, sospettando che contenessero una scintilla di vita, come la campanella sulla porta della bottega di curiosità di suo padre.

Evangeline avvertì una fitta di dolore: non era soltanto il pensiero della campanella, ma del negozio, dei suoi genitori, e di tutto ciò che aveva perduto. Quel torrente di emozioni la investì così all'improvviso che si accorse di essersi fermata solo quando una guardia con un folto paio di baffi rossi si avvicinò e disse: «Vi sentite bene, Altezza? Volete che uno di noi vi porti in braccio?».

«Oh, no» si affrettò a rispondere, mortificata. «Le gambe mi funzionano. È solo che sono così frastornata. Cos'è questo corridoio?»

«Ci troviamo nell'ala dei Valor. La maggior parte della gente ritiene che queste fossero le stanze dei figli, sebbene nessuno lo sappia con certezza. Le porte sono rimaste sigillate da quando sono morti.»

Ma tu potresti aprirci.

Le parve che la strana voce provenisse da uno degli usci. Evangeline si guardò intorno, ma nessuna delle guardie sembrava averla udita. Così fece finta di niente. Già si trovava in una situazione difficile; sarebbe stato sciocco peggiorare le cose dicendo che sentiva parlare oggetti inanimati.

Per fortuna non ricapitò. Quando alla fine i soldati si fermarono davanti a una doppia porta intagliata, i pomelli sfaccettati come gemme scintillarono, ma non dissero una parola. Risuonò soltanto un fievole fruscio nell'istante in cui i due battenti si aprirono sulla suite più sontuosa che Evangeline avesse mai visto.

Era così meravigliosa che quasi si aspettava di udire il suono delle arpe e il cinguettio degli uccellini. Tutto era dorato, scintillante, ricoperto di fiori. Gigli arlecchino incorniciavano il caminetto alto il doppio del normale, e rampicanti di candide mirastelle avvolgevano le colonnine del letto. Persino la grande vasca di rame che Evangeline intravide nella stanza da bagno traboccava di fiori, l'acqua fumante era lilla e coperta da un soffice strato di petali bianchi e rosa.

Evangeline entrò nella stanza e immerse le dita nell'acqua. Tutto era *perfetto*.

Anche le cameriere che arrivarono per aiutarla a farsi il bagno e a vestirsi erano perfettamente adorabili. Ed erano sorprendentemente numerose, almeno una decina. Avevano voci flautate e mani delicate che l'aiutarono a indossare un abito impalpabile come un sussurro.

Il vestito di tulle color cipria le lasciava scoperte le spalle e aveva le maniche trasparenti adorne di nastri fucsia. Nastri simili le orlavano la profonda scollatura prima di formare dei minuscoli boccioli di rosa che tempestavano il corpetto aderente. La gonna morbida e svasata le arrivava fino ai piedi. Una cameriera completò la toeletta intrecciandole i capelli biondo rosa in una crocchia alta sulla testa che decorò con una coroncina di fiori dorati.

«Se posso permettermi, siete splendida, Altezza.»

«Ti ringrazio...»

«Martine» la anticipò la ragazza, prima che Evangeline fosse costretta a lambiccarsi il cervello in cerca del nome. «Provengo anch'io dall'Impero di Mezzo, sapete. Sua Altezza il principe ha pensato che la mia presenza avrebbe potuto aiutarvi ad ambientarvi meglio.»

«A quanto pare il principe è molto premuroso.»

«Immagino che quando si tratta di voi... be', cerchi di pensare a tutto.»

Martine sorrise, ma quell'istante di esitazione nella voce lasciò a Evangeline un momento per dubitare, per ascoltare la sensazione sfuggente che provava: Apollo era troppo bello per essere vero. Tutto era troppo bello per essere vero.

Quando rimase sola e si guardò allo specchio, vide il riflesso di una principessa. Era tutto quello che aveva sempre desiderato.

Eppure non si sentiva una principessa.

Si sentiva l'idea di una principessa, con il vestito e il principe e il castello, ma avvertiva anche la *mancanza* di qualcosa. Le sembrava di indossare semplicemente un costume, di essere entrata in un ruolo da cui poteva uscire facilmente… se solo avesse avuto un posto dove andare. Perché non si sentiva nemmeno più la ragazza che era stata prima, quella sempre piena di speranza che credeva nelle fiabe, nell'amore a prima vista e nei finali lieti.

Se fosse stata quella ragazza, sarebbe stato più semplice accettare tutto quanto, evitare di porsi troppe domande.

Ma era accaduto qualcosa a quella ragazza… a *lei*. Ed Evangeline continuava a pensare che non era solo colpa della sua amnesia.

Il cuore le faceva ancora male, come se fosse stato infranto e ne restassero ormai solo cocci impossibili da ricomporre. Si portò la mano al petto, come per impedire ad altri frammenti di staccarsi. Ancora una volta fu pervasa da una sensazione ineluttabile: tra tutte le cose che aveva dimenticato, le sembrava che ce ne fosse una più importante delle altre, più importante di tutto il resto.

Qualcosa di assolutamente vitale che doveva dire a qualcuno. Ma per quanto si sforzasse, non riusciva a ricordare cosa fosse o a chi dovesse riferirla.

3

Evangeline

Appena consapevole del sole che tramontava e delle ombre scure che cominciavano a insinuarsi nei suoi appartamenti, Evangeline camminava avanti e indietro sui tappeti, tentando disperatamente di ricordare qualcosa. Sperava che al suo ritorno Apollo le avrebbe fornito qualche risposta. Ma quando la porta della suite finalmente si spalancò, a entrare invece del principe fu un anziano medico seguito da due giovani apprendiste.

«Sono il dottor Irvis Gramigna» si presentò il medico, che aveva la barba e gli occhiali inforcati sulla punta del naso aquilino. «Telma e Yrell sono le mie assistenti» aggiunse, indicando le due donne. «Sua Altezza il principe ci ha chiesto di farvi qualche domanda per capire quanti ricordi vi siano stati sottratti.»

«Sapete come recuperarli?» si informò Evangeline.

Il dottor Gramigna, Telma e Yrell serrarono le labbra all'unisono. Una reazione che Evangeline prese per un *no*. E il fatto che non ne fu sorpresa era altrettanto inquietante. Era sempre stata una persona ottimista, eppure quel giorno non riusciva a provare un briciolo di speranza. Ancora una volta si chiese cosa le fosse accaduto.

«Perché non vi accomodate, principessa?» Il dottor Gramigna indicò una poltroncina imbottita accanto al fuoco ed Evangeline accolse l'invito di buon grado.

Le due apprendiste rimasero in piedi, torreggiando su di lei mentre il medico cominciava a interrogarla.

«Quanti anni avete?»

«Ho...» Evangeline si interruppe per riflettere. Uno degli ultimi ricordi nitidi risaliva a quando aveva sedici anni. Suo padre era ancora vivo, e rammentò vagamente il suo sorriso mentre apriva una nuova cassa di curiosità. Ma era tutto ciò che riusciva a ripescare con chiarezza dalla memoria.

Il resto era un insieme confuso, dai contorni sfumati, come un vetro sporco che dava l'impressione di riflettere qualcosa senza però mostrare effettivamente l'immagine. Evangeline era sicura che suo padre fosse morto qualche mese dopo quel ricordo nebuloso, ma i dettagli le sfuggivano. Sapeva solo che se n'era andato per sempre e che da allora era passato del tempo. «Credo di averne diciassette.»

Telma e Yrell presero appunti, mentre il dottor Gramigna le poneva un altro quesito. «Quando ricordate di aver conosciuto il principe Apollo?»

«Oggi.» Evangeline fece una pausa. «Voi sapete quando ci siamo incontrati per la prima volta?»

«Sono qui per fare domande, non per rispondere» disse il

medico in tono brusco, prima di proseguire: ricordava il fidanzamento con il principe, le loro nozze, la notte in cui era morto?

«No.»

«No.»

«No.»

Evangeline non sapeva come altro rispondere, e ogni volta che tentava di porre a sua volta quelle domande, il dottor Gramigna si rifiutava di parlare.

A un certo punto, durante il colloquio, un altro gentiluomo comparve nella stanza. Evangeline non lo aveva visto entrare, ma all'improvviso era lì, alle spalle di Telma e Yrell. Era vestito in maniera simile agli altri, con una tunica di pelle marrone sui calzoni neri aderenti, e una doppia cintura di cuoio da cui pendevano una serie di bisturi e fialette su un lato e una cinghia portalibri sull'altro. In effetti aveva in mano un taccuino, ma c'era qualcosa nel modo in cui prendeva appunti che differiva dalle apprendiste.

Il giovane disegnava con la penna piumata ampi svolazzi che attirarono l'attenzione di Evangeline. Quando si accorse che lei lo stava fissando, ammiccò e si portò un dito alle labbra, facendole cenno di tacere.

E, per qualche ragione, lei obbedì.

Evangeline aveva la sensazione che quell'uomo non dovesse trovarsi lì, malgrado il suo abbigliamento da medico. Eppure era l'unico del gruppo a dare l'impressione di provare qualcosa per lei mentre Evangeline si sforzava di trovare risposte. Le annuiva incoraggiante, le sorrideva con simpatia, e ogni volta che il dottor Gramigna diceva qualcosa di particolarmente sgradevole alzava gli occhi al cielo.

«Posso confermare che la vostra memoria dell'ultimo anno è andata perduta» sentenziò il dottor Gramigna con aria d'importanza e un certo cinismo. «Lo riferiremo a Sua Altezza e ogni giorno uno di noi vi farà visita per vedere se vi è tornato qualche ricordo.»

Il terzetto di medici si voltò per andarsene. Il dottor Gramigna superò il giovanotto senza degnarlo di uno sguardo, ma Telma e Yrell parvero notarlo.

«Dottor…» cominciò a dire Telma.

Ma Yrell, che sembrava sconcertata dalla presenza dell'intruso, le tirò una manica per impedirle di aggiungere altro mentre uscivano.

Rimase soltanto il giovane senza nome.

Si avvicinò a Evangeline con disinvoltura e tirò fuori un cartoncino rosso dal taschino.

«Non ci avrei creduto se non l'avessi visto con i miei occhi» mormorò. «Mi dispiace per la vostra amnesia. Se per caso vi andasse di parlare e magari di rispondere a delle domande, sono certo di poter riempire qualche lacuna per voi.»

Le porse il biglietto.

Kristof Knightlinger
Torre di Guardia Mattutina Sud
Le Guglie

«Che genere di domande…?» cominciò a chiedere Evangeline, alzando lo sguardo dopo aver letto il curioso cartoncino.

Ma il gentiluomo se n'era già andato.

Il fuoco scoppiettò.

Evangeline si svegliò di soprassalto. Non si era addormentata di proposito. Era raggomitolata nella poltrona davanti al caminetto, dove aveva rimuginato sul cartoncino rosso di Kristof Knightlinger. Lo sentiva ancora nella mano.

E sentì anche qualcos'altro. Il braccio di un uomo che scivolava sotto di lei e la sollevava con premura, tenendola stretta a un petto che emanava aromi balsamici e legnosi.

Apollo.

Avvertì un vuoto allo stomaco.

Non era sicura al cento per cento di essere tra le braccia di Apollo. Aveva ancora gli occhi chiusi ed era tentata di tenerli così. Non sapeva perché le fosse venuto quell'impulso a fingere o perché il cuore le battesse forte. Apollo doveva rispondere ad almeno qualcuna delle sue domande, eppure per qualche strana ragione temeva di fargliele.

Forse perché era un principe, o forse perché per lei era comunque un estraneo.

Le sue braccia la strinsero. Evangeline si irrigidì. Ma poi all'improvviso le sembrò di iniziare a ricordare qualcosa. Non molto, una vaga reminiscenza di lei che veniva trasportata in braccio, seguita da un pensiero.

Lui avrebbe attraversato con lei ben altro che un gelido oceano. Si sarebbe gettato oltre un muro di fuoco, se necessario, l'avrebbe strappata alle grinfie della guerra, condotta via da città assediate, da mondi in rovina…

Il pensiero fece scattare qualcosa dentro di lei e, per un secondo, Evangeline si sentì al sicuro. Più che al sicuro, in effetti.

Esprimere quella sensazione a parole le risultava impossibile. Sapeva soltanto che si trattava di qualcosa che non aveva sperimentato prima... non si era mai sentita tanto protetta.

Sollevò piano piano le palpebre. Fuori ormai era notte fonda e a rischiarare la stanza era solo il fuoco del caminetto; era tutto immerso nelle ombre, tranne il principe che la teneva in braccio. La luce lo avvolgeva indorandogli i capelli scuri e la linea della mascella squadrata mentre la portava verso il letto.

«Scusa» mormorò lui. «Non volevo svegliarti, ma avevo l'impressione che stessi scomoda su quella poltrona.»

La depose con delicatezza su una morbida trapunta, poi le sfiorò la guancia con un bacio fugace, talmente leggero che Evangeline avrebbe potuto non sentirlo se non fosse stata così acutamente consapevole di ogni suo movimento, delle sue braccia che lentamente scivolavano sotto il suo corpo mentre lo lasciavano andare. «Sogni d'oro, mia cara.»

«Aspetta.» Gli afferrò una mano.

Per un breve istante, un lampo di sorpresa gli colorò il viso. «Vuoi che resti?»

Sì, avrebbe dovuto essere la risposta.

Erano sposati.

Lui era un principe.

Un principe autorevole.

Un principe molto attraente.

Un principe per restare accanto al quale Evangeline doveva aver sacrificato molto.

Lui le accarezzò la mano con il pollice, in paziente attesa della sua risposta.

«Mi dispiace non ricordare niente di te… ce la sto mettendo tutta» sussurrò lei.

«Evangeline.» Apollo le diede una strizzatina alla mano. «Non voglio che tu soffra, e vedo quanto ti ferisce aver scordato tante cose. Ma se non ti tornerà la memoria, non importa. Creeremo nuovi ricordi, insieme.»

«Ma io voglio ricordare.» E soprattutto sentiva che era *necessario*. Avvertiva ancora l'urgente bisogno di dire a qualcuno qualcosa di fondamentale, ma non riusciva a ricordare cosa fosse quella cosa tanto importante e a chi dovesse riferirla. «E se ci fosse un modo per recuperare la memoria?» chiese. «Magari potremmo cercare una specie di accordo con l'uomo che mi ha rubato i ricordi.»

«*No.*» Apollo scosse il capo con foga. «Anche se fosse possibile, non varrebbe la pena correre il rischio. Lord Jacks è un *mostro*» aggiunse a denti stretti. «Mi ha avvelenato la notte delle nostre nozze e ti ha incastrata per il mio omicidio. Mentre ero morto, per poco non sei stata giustiziata. Jacks non ha coscienza, non ha rimorsi. Se anche solo per un secondo lo ritenessi in grado di aiutarci, farei di tutto per portarlo da te. Ma se riuscisse a trovarti, temo che non ti rivedrei mai più…»

Apollo trasse un respiro profondo e, quando parlò di nuovo, la sua voce era più dolce. «Posso solo immaginare quanto sia difficile lasciar perdere, ma forse è la cosa migliore. Jacks ti ha fatto cose orribili, imperdonabili, e io credo sinceramente che saresti più felice se non le ricordassi più.»

4

Apollo

Il defunto re Roland Titus Acadian aveva sempre disdegnato la parola *cortese*. Cortese andava bene per i servitori, i sudditi e tutti quelli che mancavano di personalità. Un principe avrebbe dovuto essere intelligente, formidabile, saggio, astuto, persino crudele se necessario… ma mai cortese.

Re Roland era solito dire al figlio Apollo: «*Se sei cortese, significa che ti manca qualcosa. Le persone sono cortesi perché obbligate, ma un principe dev'essere molto di* più».

Da ragazzo, Apollo aveva preso quel consiglio come una licenza per infischiarsene della vita e degli altri. Non che fosse crudele, ma d'altro canto non incarnava nessuna delle virtù elencate dal padre. Aveva sempre immaginato che ci fosse tempo per diventare intelligente, formidabile, saggio o astuto. Non gli era mai venuto in mente che, nel frattempo, si stava trasformando in qualcos'altro.

Si rese conto di quell'allarmante verità subito dopo essersi svegliato dallo stato di animazione sospesa in cui lo aveva fatto sprofondare il suo ex amico, Lord Jacks. Dopo aver scoperto che l'intero Magnifico Nord lo credeva morto, si era aspettato di trovare monumenti floreali e moltitudini di sudditi affranti che continuavano a piangerlo, anche se il periodo ufficiale di lutto si era concluso.

Invece il suo regno aveva già voltato pagina. Nel giro di un paio di settimane, Apollo era diventato una nota a margine, ricordato come una singola parola insignificante in un foglio scandalistico.

Mentre era soggiogato dalla maledizione dell'Arciere, si era imbattuto nel giornale pubblicato il giorno dopo la sua presunta dipartita. L'articolo diceva soltanto che era morto; appena una parola, *beneamato*, era stata usata per descriverlo, tutto qui. Non si parlava delle sue grandi gesta o dei suoi atti di eroismo. D'altro canto, come avrebbe potuto essere altrimenti, quando la sua impresa più grande era stata posare per i ritratti?

Adesso non riusciva quasi a sopportare la vista di quei quadri, mentre attraversava le sale del Palazzo del Lupo per andare all'appuntamento con Kristof Knightlinger della *Confidenza Quotidiana*.

Era la sua seconda occasione di diventare qualcosa di *più*, come aveva insistito suo padre. Dopo il suo scioccante ritorno dal regno dei morti, il giorno prima, Apollo aveva notato che la gente lo trattava in modo diverso. Le voci erano più sommesse, le teste più veloci a inchinarsi, gli occhi traboccavano di stupore come se fosse qualcosa di più di un semplice mortale.

Eppure lui non si era mai sentito così umano, vulnerabile o infelice.

Era tutta una menzogna. Non era mai tornato dall'aldilà. Era stato semplicemente maledetto, e maledetto, e maledetto ancora. Ora, per la prima volta in quasi tre mesi, non era più sotto gli effetti di un incantesimo, eppure si sentiva maledetto per quello che aveva fatto a Evangeline.

Apollo aveva creduto che, una volta libero dalla maledizione dell'Arciere, avrebbe pensato a lei sempre di meno. La maledizione lo aveva costretto a darle la caccia. Sotto la sua influenza, pensava a lei ogni secondo. Si domandava costantemente dove fosse e cosa stesse facendo. Nella sua mente era stampata un'immagine fissa del suo volto angelico. Voleva solo e soltanto *lei*… e quando l'aveva trovata, voleva solo e soltanto sbudellarla.

Adesso la voleva ancora, ma in modo diverso. Quando la vedeva, non desiderava ucciderla. Voleva proteggerla. Tenerla al sicuro.

Ecco perché le aveva cancellato la memoria.

Sapeva che era la cosa migliore da fare. Jacks l'aveva ingannata, proprio come aveva abbindolato Apollo fingendo di essergli amico. Se Evangeline fosse caduta di nuovo nella sua ragnatela, Jacks l'avrebbe distrutta. Apollo invece le avrebbe dato la felicità. Avrebbe fatto di lei una regina amata e adorata. Le avrebbe donato molto più di ciò che le aveva tolto, a patto che lei non scoprisse mai cosa le aveva fatto.

Se Evangeline avesse scoperto che era stato lui a sottrarle i ricordi, tutto sarebbe crollato.

Soltanto un'altra persona sapeva che le aveva rubato i ricordi. Dopo quel giorno, se tutto fosse andato per il verso giusto, non avrebbe dovuto più preoccuparsi di quella persona. Quanto al trovare Jacks, Apollo sperava che il colloquio di quella mattina lo avrebbe aiutato.

Giunse nella stanza della torre in cui aveva organizzato l'incontro. Di solito preferiva ambientazioni più grandiose: sale inondate di luce, piene di vetrate e decorazioni, che rendevano impossibile dimenticare il sangue blu di Apollo. Ma in quell'occasione aveva scelto una piccola stanza disadorna per evitare che qualcuno origliasse la conversazione.

Kristof Knightlinger raddrizzò le spalle e si inchinò non appena il principe entrò. «È un piacere vedervi vivo e in magnifica forma, Vostra Altezza.»

«Sono sicuro che il mio ritorno abbia dato una notevole spinta alla vendita dei giornali» replicò il principe. Provava ancora un pizzico di amarezza per lo scarso rilievo riservato alla sua morte.

Ovviamente il giornalista non parve accorgersene.

Kristof sorrise entusiasta. Sembrava sempre di ottimo umore. Aveva i denti bianchi come lo jabot di pizzo che gli ornava il collo. «Anche questa intervista sarà utile. Grazie di avermi concesso un po' del vostro tempo per incontrarmi stamane. So che i miei lettori hanno tante domande sul vostro ritorno dall'aldilà, su cosa si prova a essere morti, se eravate in grado di vedere qualcuno di noi ancora vivi.»

«Oggi non risponderò a nessuna di queste domande» dichiarò Apollo in tono brusco.

Il sorriso del giornalista si affievolì.

«Gradirei che il vostro articolo si concentrasse sui misfatti di Lord Jacks e su quanto sia importante catturarlo il prima possibile.»

«Vostra Altezza, non so se ne siete al corrente, ma ho già menzionato i suoi crimini nel foglio di stamattina.»

«Allora menzionateli di nuovo, e assicuratevi di renderli ancora più abominevoli. Finché quel delinquente non verrà assicurato alla giustizia, dovrete stampare l'elenco dei suoi delitti ogni giorno. Voglio che il suo nome diventi sinonimo di *spregevolezza*. Non è soltanto per me, ma anche per la principessa Evangeline e per tutto il Magnifico Nord. Una volta catturato, potrete avere la vostra intervista e risponderò a qualunque domanda vogliate pormi. Fino ad allora, però, esigo che mandiate in stampa quello che vi chiedo di dire.»

«Naturalmente, Altezza» rispose Kristof con un ampio sorriso.

Non era lo stesso di prima, però. Non scaturiva dal buonumore. Era un sorriso *cortese* dovuto al fatto che Apollo era un principe e lui un suddito che non poteva opporsi.

A quella vista Apollo si sentì attanagliare le viscere da un nodo di rimorso; per un istante, prese in considerazione l'idea di ridimensionare le sue richieste. Poi rammentò a se stesso le parole del padre a proposito della cortesia.

Dopo l'incontro con il giornalista, Apollo avrebbe voluto far visita a Evangeline. Aveva dei servitori che lo tenevano costantemente aggiornato sul suo conto. Gli avevano detto che stava bene, in salute, e che era sempre senza ricordi.

Sperava che, dopo l'ammonimento della sera prima, lei rinunciasse a ogni tentativo di riacquistare la memoria. Ma l'Evangeline che lui conosceva non era tipo da arrendersi facilmente. Aveva trovato un modo per guarirlo dalla maledizione dell'Arciere e probabilmente, se ne avesse avuta l'occasione, sarebbe riuscita a recuperare anche i suoi ricordi. Apollo era dunque deciso a non fornirle quella chance.

Aveva già predisposto le cose in maniera tale che quella mattina fosse impegnata. Avrebbe preferito essere lui a occupare il suo tempo, ma ci sarebbero state altre opportunità più avanti.

Prima c'era un'altra faccenda da sbrigare.

Il Consiglio delle Grandi Casate.

Il giorno prima aveva incontrato alcuni membri del Consiglio per dimostrare di non essere un imbroglione e di essere davvero tornato dalla morte. A quel punto avevano discusso a lungo su cosa farne dell'attuale erede, un impostore che aveva cercato di usurpare il trono. Alla fine scoprirono di essersi confrontati inutilmente, dato che il bellimbusto era fuggito chissà dove durante il loro colloquio.

A quanto pareva, l'impostore era stato avvisato da due servette innamorate di lui.

Apollo aveva sguinzagliato dei soldati per acciuffarlo, ma al momento quel tizio non era la sua priorità.

Il principe rallentò il passo mentre si avvicinava alla porta che conduceva alla sala del Consiglio, un ambiente che gli ricordava sempre un gigantesco calice di peltro. Le pareti erano leggermente curve e l'aria scintillava di riflessi argentei, conferendo a ogni cosa un aspetto metallico, tagliente come una spada. Al centro c'era un antico tavolo di rovere bianco che si diceva fosse lì dai tempi del primo re del Magnifico Nord, Wolfric Valor, un uomo vigoroso che apparteneva a un'altra epoca, e che in quel momento sedeva in fondo, a capotavola.

Ogni conversazione si spense quando Apollo entrò nella sala, ma a giudicare dalla scena era chiaro che stavano tutti parlando del nuovo membro del Consiglio, il celebre Wolfric Valor. Tuttavia, Apollo era l'unico a conoscerne la vera identità. Nessun altro sapeva che Wolfric, insieme alla sua intera famiglia, era stato rinchiuso nel Valory fino al giorno prima.

Adesso si faceva chiamare Lord Vale. Nonostante fosse l'ultimo arrivato, ogni uomo e donna del Consiglio sembrava pendere dalle sue labbra. Era un bene, dato che avrebbe facilitato il compito ad Apollo; però era anche un po' inquietante vedere come il Consiglio reagiva al leggendario primo re del Nord senza nemmeno sapere chi fosse davvero.

«Eccolo finalmente, tornato dal mondo dei morti!» tuonò Wolfric, seguito da un applauso che si propagò come un incendio finché ciascun consigliere non si alzò battendo le mani, mentre il principe si avvicinava al tavolo di rovere bianco.

Wolfric gli fece l'occhiolino. *Siamo alleati*, diceva il gesto. *Siamo sulla stessa barca. Amici.*

La ferita infertagli dal tradimento del suo ultimo amico era però ancora troppo fresca. Se Wolfric avesse deciso di comportarsi allo stesso modo, Apollo non avrebbe avuto scampo contro il vecchio re e la sua celebre famiglia. In ogni caso non aveva alternative: doveva mantenere la parola data e sperare che Wolfric facesse altrettanto.

«Vedo che molti di voi hanno già conosciuto il nostro nuovo membro del Consiglio» esordì, formulando intenzionalmente la frase come un'affermazione e non una domanda.

Sebbene dovesse ancora essere incoronato ufficialmente, aveva più potere rispetto al Consiglio. Nel Magnifico Nord, un principe non poteva diventare re se non dopo il matrimonio. Ma quella legge, come la sua imminente incoronazione, serviva per lo più per fare scena. Gli eventi reali come le incoronazioni e la Nocte Perenne venivano sfruttati per catturare la benevolenza del popolo e colmare i regni di speranza e di affetto.

Detto questo, il Consiglio delle Grandi Casate aveva una sua influenza. Non poteva impedire al sovrano di nominare una nuova Grande Casata, ma aveva la facoltà di lottare contro quella scelta e, nel mentre, rischiava di portare alla luce pericolose verità che Apollo preferiva rimanessero sepolte.

L'ultima cosa di cui aveva bisogno era che il regno venisse a sapere che i leggendari Valor erano tornati dalla morte e che adesso si facevano chiamare Vale.

Lui era stato morto per un paio di settimane, ma il mondo credeva che i Valor lo fossero da centinaia di anni.

Si stava ancora sforzando di abituarsi all'idea che le storie sul Valory erano vere e che i Valor erano stati rinchiusi al suo interno. Odiava immaginare il clamore che avrebbe suscitato in tutto il Paese quella notizia. E non voleva nemmeno pensare alle domande che Evangeline gli avrebbe fatto se avesse scoperto di essere stata la persona che aveva dissigillato l'Arco del Valory.

A quanto pareva, suo fratello Tiberius aveva sempre avuto ragione su ciò che la ragazza avrebbe fatto.

Apollo poteva solo sperare che Tiberius si sbagliasse su cosa sarebbe accaduto dopo l'apertura dell'Arco.

«Lord Vale e la sua famiglia erano presenti quando sono tornato dall'aldilà» spiegò Apollo con disinvoltura, e in effetti era la verità, seppure parziale. Honora Valor, la moglie di Wolfric, lo aveva guarito dalla maledizione dell'Arciere e dalla fattura specchio. Sentendosi in debito con lei, non ebbe difficoltà ad aggiungere sinceramente: «Senza la sua famiglia, oggi non sarei qui. Come ricompensa, ho deciso di elevarli a Grande Casata e di donare loro delle terre dove potranno prendersi cura degli altri come hanno fatto con me».

Per qualche istante, tutti rimasero in silenzio. Apollo notò che i consiglieri, i quali poco prima sembravano così affascinati da Wolfric, adesso si mostravano perplessi davanti a quell'omone massiccio, e ancora più agitati per quanto annunciato da Apollo.

Il principe non aveva mai concesso l'onore di una nomina a Grande Casata a nessuna famiglia, né suo padre prima di lui, né suo nonno. Era un gesto semplice, ma una volta compiuto non si poteva tornare indietro. Era molto più facile dare potere che toglierlo.

Eppure Apollo lo vedeva chiaramente: ogni membro del Consiglio temeva in cuor suo di aver perso parte dei propri privilegi a causa della decisione del principe.

Gli sembrava quasi di udire le domande che avevano in punta di lingua: *Siete appena tornato dall'aldilà. Sicuro che sia una mossa saggia? Avete in progetto di nominare altre Grandi Casate? Come fate a sapere che questa Casata sia degna di essere definita Grande… di essere una di noi?*

«La mia famiglia vi è grata per la vostra generosità, Altezza. È un vero onore far parte di questo Consiglio formato da tanti gentiluomini e gentildonne.» Il tono era ossequioso, ma Wolfric passò in rassegna il Consiglio con sguardo fermo e risoluto. Fissò negli occhi i membri, uno per uno, e diversi consiglieri parvero trattenere il fiato.

Da ragazzo, Apollo aveva ascoltato un sacco di storie sul suo conto. Si diceva che Wolfric Valor fosse capace di sbaragliare interi eserciti con un solo grido di battaglia e di staccare dal busto le teste dei nemici a mani nude. Aveva unificato i clan belligeranti del Nord per formare un unico regno e fatto costruire il Palazzo del Lupo come dono di nozze per sua moglie dopo averla rubata a un altro.

All'apparenza, l'uomo di fronte a lui non sembrava implacabile come narravano le storie. Apollo era più alto e indossava abiti ben più raffinati. Eppure Wolfric possedeva quell'ineffabile di *più* di cui parlava sempre il padre del principe. Il vecchio re incarnava tutto ciò che Apollo non aveva mai nemmeno tentato di essere.

I membri del Consiglio non dissero una parola finché Wolfric non distolse lo sguardo.

Fu Lord Byron Campanula a parlare per primo. «Benvenuto nel Consiglio, Lord Vale. Spero che vi abbiano già informato delle recenti vicende che riguardano il regno. Quest'oggi tratteremo un paio di ulteriori questioni che necessitano un approfondimento.»

Lord Campanula si voltò verso Apollo. Al contrario degli altri frequentatori del palazzo che avevano incontrato il principe dopo il suo reboante ritorno dall'aldilà, Byron non lo guardava con stupore o riverenza.

Tra lui e Apollo correva cattivo sangue da anni, e dall'espressione beffarda del giovanotto sembrava che Byron fosse persino peggiorato nel periodo in cui Apollo era stato lontano dal trono. Si vociferava che l'amante di Campanula fosse morta, anche se Apollo non si sarebbe stupito di scoprire che la ragazza aveva finto la propria dipartita per stargli lontana.

«Dunque» scandì ad alta voce Byron, facendo poi una pausa a effetto per assicurarsi che tutti guardassero dalla sua parte.

I membri del Consiglio erano per la maggior parte più anziani, ma Lord Campanula era coetaneo di Apollo. Da bambini erano stati amici, finché Byron non era cresciuto abbastanza da capire che Apollo avrebbe ereditato un intero regno, mentre a lui sarebbero spettati soltanto un castello e una montagna fredda e inospitale. Apollo avrebbe voluto destituirlo anni prima, ma sfortunatamente, oltre al maniero, Campanula possedeva un consistente esercito privato che il principe non voleva rischiare di trovarsi di fronte in battaglia.

Lo stesso valeva per la maggior parte dei membri del Consiglio. La rimozione dall'incarico di un consigliere avrebbe portato a conseguenze che Apollo preferiva evitare.

«So che ieri avete parlato con un paio di consiglieri a proposito di una rapida incoronazione» proseguì Campanula, «ma alcuni di noi ritengono imprudente muoversi con troppa celerità quando restano in sospeso diverse domande su vostra moglie.»

Il principe si irrigidì. «Di cosa parlate?»

Byron sorrise, come se Apollo avesse appena detto quello

che si aspettava di sentire. «Alcuni di noi non possono fare a meno di porsi un interrogativo: perché Lord Jacks le ha cancellato la memoria? Che cosa sa la principessa Evangeline che potrebbe nuocergli? E se… avesse cospirato con lui per avvelenarvi?»

«È un'accusa di alto tradimento!» esclamò Apollo.

«Allora dimostratemi che mi sbaglio» lo incalzò Byron.

«Non devo dimostrare proprio niente» ribatté il principe.

«Tuttavia potrebbe essere utile» intervenne Lady Forterocca. Era uno dei membri più anziani e saggi del Consiglio e, in quanto tale, spesso guidava la maggioranza. «Io non credo che la vostra sposa sia un'assassina, ma le voci circolate sul suo conto dopo la vostra morte erano scandalose, e si tratta di una straniera. Se si trovasse il modo di dimostrare al popolo che adesso fa parte del regno e vi è leale, la cosa tornerebbe a suo vantaggio.»

«E come proponete di farlo?»

«Fatele generare un erede» rispose Lady Forterocca senza esitare. «Non solo per il bene del regno, ma anche per proteggere voi. Con vostro fratello Tiberius privato del titolo e attualmente scomparso…»

Apollo fremette nel sentir nominare suo fratello e, per un attimo, le cicatrici sulla schiena ripresero a bruciargli. Soltanto un paio di consiglieri parvero accorgersi di quel turbamento improvviso.

Per fortuna, la sua reazione davanti al nome di Tiberius non era una novità. Nessuno avrebbe mai sospettato che era lui la vera causa delle cicatrici sulla schiena di Apollo. Soltanto

Havelock e alcuni dei non morti sapevano la verità. Havelock si sarebbe portato quel segreto nella tomba, e ai vampiri Apollo preferiva non pensare. Aveva già abbastanza questioni spiacevoli da affrontare, come l'inaudita richiesta del Consiglio di generare un erede.

Anche se, considerato il modo in cui Lady Forterocca aveva affrontato la questione, l'argomento doveva per forza essere già stato discusso prima di quella riunione.

«Non c'è nessuno in linea diretta per succedere al trono» proseguì la nobildonna. «Sarebbe sin troppo facile per un altro impostore impadronirsi della Corona nella malaugurata eventualità che vi capitasse qualcos'altro.»

«Non mi succederà nient'altro» disse Apollo. «Ho già sconfitto la morte. Vi assicuro che non tornerà a cercarmi molto presto.»

«Ma alla fine arriverà.» Era stato Wolfric Valor a parlare. «La morte viene per tutti noi, Altezza. Con un erede non proteggerete soltanto il regno… potreste tenere alla larga la morte un po' più a lungo.»

Wolfric, all'altro lato del tavolo, aveva un'espressione solenne. Se avesse voluto, quello sarebbe stato il momento perfetto per rivelare al Consiglio che Apollo non era realmente tornato dall'aldilà, ma non lo fece.

Suo malgrado, il principe doveva ammettere che il vecchio re aveva ragione. La gente era meno propensa a ordire complotti quando c'era un indubbio successore al trono. Un erede avrebbe anche protetto la sua relazione con Evangeline. Una volta avuto il bambino, lei non lo avrebbe mai lasciato. Tuttavia non voleva costringerla a restare con lui in quel modo.

«Evangeline non si ricorda ancora di me» disse.

«Ha davvero importanza? Voi siete un principe» insistette Lord Campanula. «La ragazza dovrebbe ritenersi fortunata ad avervi sposato. Senza di voi, sarebbe una qualsiasi.»

Apollo gli scoccò un'occhiataccia. Si chiese per un attimo se il disprezzo di Campanula non nascondesse altre motivazioni, oltre al sospetto che Evangeline avesse aiutato Jacks ad avvelenarlo. «Evangeline *non* è una qualsiasi. È mia moglie. Penseremo all'erede quando si sarà ristabilita.»

«E quanto tempo ci vorrà?» Byron aveva alzato la voce, con il chiaro intento di aizzare gli altri. «Io c'ero, ieri. Vostra moglie sembrava un fantasma spaventato accanto a voi, tutta pallida e tremante! Se avete a cuore le sorti del regno, dovreste sbarazzarvi di lei e trovarne un'altra.»

«Non ho alcuna intenzione di *rimpiazzare* mia moglie!» Apollo si alzò dalla sedia con una tale veemenza da far traballare le brocche di vino. Alcuni acini d'uva rotolarono dai vassoi sul tavolo. Quella conversazione stava travalicando ogni limite.

E si stavano allontanando troppo dall'argomento che a lui premeva davvero.

«Evangeline non è più materia di dibattito. Il prossimo che oserà denigrarla non avrà più voce in capitolo a questo tavolo. Se tenete davvero al regno, allora smettetela di preoccuparvi per la lealtà di Evangeline e cominciate a cercare Lord Jacks. Finché non sarà morto e sepolto, nessuno sarà al sicuro.»

5

Evangeline

Alla luce del nuovo mattino, tutto sembrava un po' meno confuso e un po' più nitido, meno un sogno febbrile e più una vetrata istoriata. La stanza di Evangeline odorava di tè alla lavanda, frollini burrosi e di una non meglio identificata fragranza erbacea che le evocava giardini squisitamente curati.

Per un beato momento si ritrovò a pensare: *Questa è la perfezione*.

O avrebbe dovuto esserlo.

I cocci taglienti dentro di lei lacerarono quella scena idilliaca. Una vocina flebile ma risoluta le disse nella mente: *Non è la perfezione, non è giusto*. Ma prima che la voce potesse aggiungere altro, fu soffocata da un coro di chiacchiere vivaci, provenienti dall'altro lato della porta. Poi, come uno scoppiettio di fuochi d'artificio floreali, le proprietarie delle voci entrarono nella suite.

Tre sarte, tutte sorrisi e complimenti.

«Buongiorno, Vostra Altezza!»

«Avete l'aria così riposata, Vostra Altezza!»

«Speriamo che abbiate dormito bene, perché la vostra giornata sarà piena di impegni, Vostra Altezza!»

Le donne erano seguite da una schiera di servitori che portavano rotoli di stoffa, rocchetti di nastri, ceste di ninnoli e piume, fili di perle e fiori di seta.

«Cos'è tutta questa roba?» chiese Evangeline.

«Serve per il vostro guardaroba reale» risposero le tre all'unisono.

«Ma io ho già un guardaroba.» Evangeline scoccò un'occhiata eloquente alla cabina armadio piena di vestiti, situata tra la camera dal letto e la stanza da bagno.

«Un guardaroba per tutti i giorni, certo» replicò la caposarta, o forse soltanto quella più loquace. «Siamo qui per prepararvi per le occasioni speciali. Avrete bisogno di qualcosa di spettacolare per la vostra incoronazione. E poi ci sarà il gran ballo, e anche la Caccia, che potrebbe capitare in *qualsiasi* giorno.»

«E poi dovrete nominare il vostro Consiglio personale» trillò la sarta più alta. «Vi serviranno abiti eleganti per ciascuna di quelle riunioni.»

«E poi vorrete qualche vestito spumeggiante per le future feste di primavera e per le cene formali» cinguettò la terza.

Infine le tre cominciarono a chiacchierare di quanto il suo incarnato si sposasse alla perfezione con la primavera, e di come sarebbe stato delizioso dare a ogni abito un tocco di rosa per abbinarsi ai suoi capelli adorabili.

Nel frattempo arrivarono altri servitori, con carrelli d'oro traboccanti di spuntini e dolciumi invitanti come gioielli in uno scrigno. C'erano biscotti a forma di castello, crostatine sormontate da brillante frutta color pastello, pere cotte affogate in vortici di salsa dorata, datteri canditi decorati con corone in miniatura, e ostriche su un letto di ghiaccio con perle rosa che scintillavano sotto la luce.

«Ci auguriamo che sia tutto di vostro gradimento» disse uno dei servitori. «Se vi occorre altro, non esitate a chiedere. Sua Altezza il principe vuole farvi sapere che potete avere tutto quello che desiderate.»

«E se aveste bisogno di una pausa, basterà dircelo» chiosò la sarta alta, frugandosi nel grembiulino per tirare fuori un metro a nastro.

Fu qualche minuto dopo, mentre le prendevano le misure delle braccia per i guanti, che Evangeline notò la cicatrice che aveva all'interno del polso destro. Bianca e sottile, a forma di cuore spezzato. Con cautela la sfiorò con un dito e la pelle le formicolò al contatto.

In quel momento fu come se la preziosa bolla in cui si trovava scoppiasse. *Pop. Pop. Pop.*

L'entusiasmo per tutti quei bocconcini prelibati e quei tessuti raffinati si spense mentre guardava il piccolo cuore infranto. Non ricordava nulla al riguardo; tuttavia rammentava bene la vocina e i suoi ammonimenti di poco prima: non era tutto perfetto.

Evangeline continuò a studiare la cicatrice, sforzandosi di rievocare come se la fosse procurata, finché non si accorse che la sarta alta la osservava perplessa. Si affrettò a coprire il segno con la mano.

La giovane donna non fece commenti sul cuore, ma qualcosa nel modo con cui lo fissava diede i brividi a Evangeline. A un tratto la sarta uscì di soppiatto dalla suite, mentre le altre continuavano a lavorare.

Evangeline non sapeva se la cicatrice fosse qualcosa di cui preoccuparsi o se si fosse soltanto immaginata la strana reazione della donna. Non aveva motivo di essere allarmata, se non fosse stato per quella vocina in testa che le diceva che qualcosa non andava. D'altro canto, forse a non andare era proprio la presenza di quella voce.

Probabilmente le avrebbe dato retta se fosse stata gettata nelle segrete. Ma si trovava in un castello che sembrava uscito da una delle storie di sua madre, ed era sposata a un principe affascinante che era tornato dall'aldilà *e* che era perdutamente innamorato di lei. Quella nuova vita non era solo una fiaba... aveva più il sapore di una leggenda.

Mentre stoffe e sensazioni continuavano a turbinarle intorno, ebbe un'altra visita: una delle due assistenti del medico del giorno prima. Era quella che si chiamava Telma.

Evangeline non aveva idea di quando fosse arrivata. Le stavano confezionando addosso una mantellina con cappuccio color lampone da una pezza di velluto pesante che fino a un istante prima le copriva gli occhi.

«Sono venuta soltanto per un rapido controllo, Altezza» disse Telma. «È un brutto momento?»

«Oh, no, mi sto solo allenando come puntaspilli» scherzò

Evangeline, sperando di sembrare più allegra di quanto non si sentisse in realtà.

«Come va la vostra amnesia?» si informò l'apprendista. «Vi è tornato qualche ricordo?»

«Temo di no» rispose Evangeline, chiedendosi se fosse il caso di parlare della vocina nella testa.

Ma la reazione della donna la frenò. «Mi dispiace molto che non riusciate ancora a rammentare» disse Telma.

Magari era solo frutto della sua immaginazione sfrenata, ma Evangeline avrebbe giurato che la giovane non fosse affatto dispiaciuta. Anzi, sembrava quasi sollevata. Quell'atteggiamento le riportò alla mente la frase che Apollo le aveva detto la sera prima: «*Jacks ti ha fatto cose orribili, imperdonabili, e io credo sinceramente che saresti più felice se non le ricordassi più*».

Sino ad allora Evangeline aveva cercato di non pensarci. Aver smarrito i suoi ricordi la innervosiva, la esauriva, la deprimeva. Voleva tanto credere che se fosse riuscita a trovare il modo di recuperarli, si sarebbe sentita meglio.

E se invece Apollo avesse avuto ragione? Se ricordare avesse peggiorato le cose? Il principe le era parso sinceramente preoccupato all'idea che ritrovasse la memoria. E adesso quella giovane assistente aveva la stessa espressione, come se fosse convinta anche lei che Evangeline sarebbe stata meglio senza ricordi.

Eppure era difficile ignorare quel disagio, forse perché fino a quel momento non aveva niente di concreto, a parte la parola di Apollo.

«Telma, ho saputo qualcosa ieri sera, e mi chiedevo se fosse vero. Ho appreso che Apollo è stato ucciso la nostra prima notte di nozze e che io sono stata accusata dell'omicidio.»

La giovane impallidì. «Non ho mai creduto alla vostra colpevolezza.»

«Ma è vero che gli altri ci credevano?»

Telma annuì, cupa. «Sono stati giorni terribili per tutti noi. Ora che il principe Apollo è tornato, però, ci auguriamo che tutto vada a posto.» La giovane trasse un lungo sospiro, con un'espressione trasognata. «Non è straordinario che il principe sia tornato dall'aldilà per voi?» Lo sguardo che le rivolse era così sincero, così dolce, puro e meravigliato che Evangeline non poté fare a meno di sentirsi un po' sciocca per aver pensato di credere a una vocina paranoica nella testa.

Quando le sarte, l'apprendista e i servitori se ne furono finalmente andati, ormai s'era fatto buio, e la suite si era trasformata da alveare brulicante a silenzioso santuario ravvivato solo dal crepitio del fuoco e dai rintocchi distanti di una torre campanaria. Era la prima volta che restava per conto suo, quel giorno.

La quiete, però, non durò. Poco dopo, qualcuno bussò alla porta.

«Posso entrare?» chiese Apollo.

Evangeline si affrettò a guardarsi nello specchio più vicino per controllare il proprio aspetto e darsi una ravviata ai capelli, pervasa da un'inaspettata agitazione, prima di rispondere: «Entra pure».

L'uscio si schiuse senza emettere nemmeno un cigolio e Apollo marciò nella stanza con passo sicuro.

Era sempre bello, ed era sempre un principe.

Evangeline naturalmente non si aspettava che smettesse di essere bello o un principe. Ma ritrovarsi la verità davanti agli occhi, vederlo nella sua suite, così alto e regale, l'aveva di nuovo sopraffatta. E immaginava che lui fosse ben conscio del suo aspetto e dell'effetto che esercitava su di lei.

Il sorriso di Apollo si allargò quando le guance di lei avvamparono. Evangeline sperava che non sarebbe andata sempre così. Era passato appena un giorno e mezzo da quando lo aveva conosciuto, almeno a quanto ricordava.

«Ho saputo che sei stata in camera tutto il giorno. Ti va di accompagnarmi a fare una passeggiata?» La smorfia sorniona con cui Apollo pronunciò la parola *passeggiata* indusse Evangeline a pensare che non si sarebbero limitati a fare solo due passi.

Il suo stomaco fece una capriola e per un istante le girò la testa.

Forse le stava tornando la memoria, o forse era semplicemente attratta dal principe.

«Sì, molto volentieri.»

«Mi fa piacere.»

Apollo le drappeggiò sulle spalle un morbido mantello bianco orlato di candida pelliccia. L'aiutò ad allacciarlo e le sue dita calde le indugiarono sulla nuca mentre le scostava i capelli. Un gesto che non sembrò accidentale, ma studiato. In realtà, Evangeline cominciava a sospettare che ogni azione di Apollo fosse attentamente pianificata.

Quando uscirono dalla suite, il principe rivolse un cenno alle sentinelle davanti alla porta. Un movimento quasi impercettibile che tuttavia esprimeva l'autorità di un ordine impartito ad alta voce.

Le guardie risposero all'unisono con un inchino del capo e si fecero da parte per lasciar passare la coppia. Poi presero a seguire i due tenendosi a debita distanza.

Evangeline e Apollo attraversarono le prime sale del castello in silenzio, accompagnati dalla calda luce delle fiaccole infisse nelle antiche mura. Lei avrebbe voluto fargli tante domande, ma in quel momento aveva i nervi troppo tesi per parlare.

Forse era il drappello di guardie nelle loro armature di bronzo lucido a impedirle di esprimersi. Li distanziavano di almeno mezzo corridoio, ma Evangeline udiva il rimbombo dei loro stivali sul pavimento di pietra; immaginò dunque che le guardie sarebbero state in grado di sentire le sue parole.

Apollo le prese la mano.

Evangeline avvertì una scossa elettrica.

«Così smetterai di pensare ai soldati e penserai a questo, invece.» Le diede una strizzatina alle dita.

Evangeline non era mai stata mano nella mano con un giovanotto prima di allora, almeno non che rammentasse. Il giorno prima Apollo l'aveva presa per mano, ma era stato più che altro per trascinarla in fretta attraverso le sale del palazzo.

Quel gesto era... *cortese*. La morbida pressione delle dita di Apollo, il modo in cui sentiva la propria mano piccola e protetta nella sua. Ovviamente non risolveva il problema dell'ansia che le impediva di parlare. Semmai lo peggiorò. Era tutto così nuovo per lei che non sapeva cosa fare. Apollo non era un garzone di stalla o un ragazzo che lavorava nella panetteria di famiglia. Era il sovrano di un regno. Aveva il potere di vita o di morte in mano, anche se in quel momento stava solo stringendo la sua.

Alla fine, era sul punto di domandargli ancora una volta come si fossero conosciuti, quando vide un manifesto inchiodato a una delle porte rotonde del castello.

LORD JACKS

RICERCATO

VIVO o MORTO

per **Omicidio**
e **Altri Crimini Efferati**
Contro *la* Corona

Le si ghiacciò il sangue nelle vene.

Sotto la lista dei reati di Lord Jacks c'era un ritratto, se si poteva definire così. L'immagine era più un'ombra che un uomo, un volto con due buchi neri per occhi e una stretta bocca a fessura.

Apollo l'attirò a sé. «Non fare caso a quei manifesti.»

«È davvero quello l'aspetto di Lord Jacks?» Il principe lo aveva definito un mostro, ma Evangeline non si era aspettata una cosa del genere.

«È solo uno schizzo. Appare più umano di così, ma giusto un poco.» Qualcosa di molto simile all'odio trapelò dalla voce di Apollo quando pronunciò quelle parole.

Era il genere di emozione che le suscitava l'impulso di allontanarsi da lui. Certo, Apollo aveva ogni ragione a covare rancore, eppure per un secondo Evangeline fu sul punto di mettersi a correre. Ma forse era soltanto colpa dei manifesti di Lord Jacks...

I suoi pensieri continuarono a tornare sull'immagine inquietante finché a un tratto non si accorse di aver perso l'orientamento: non sapeva dove fossero né dove stessero andando. All'improvviso si ritrovò a salire una stretta scala a chiocciola di pietra.

Al posto del corrimano c'era un terrificante precipizio affacciato sul fondo della torre. Se fosse stata pienamente in sé, non avrebbe mai messo piede su quei gradini.

Allungò il collo, ma la scala era talmente lunga da non riuscire a scorgerne la fine, e troppo stretta per camminare affiancati.

«Dove porta?» chiese con una certa trepidazione.

«Preferisco farti una sorpresa» rispose Apollo alle sue spalle. Evangeline ne udiva i passi, ma oltre ai propri erano gli unici che echeggiavano nella torre. Le guardie dovevano essere rimaste in fondo alla scala ed Evangeline provò una fugace fitta di invidia per loro.

«Non potresti darmi almeno un piccolo indizio su dove stiamo andando?» chiese. «Per caso hai intenzione di rinchiudermi in cima alla torre?»

Il rumore dei passi di Apollo s'interruppe.

Lei capì subito di aver detto la cosa sbagliata.

«Non sei una prigioniera, Evangeline. Non ti rinchiuderei mai.»

«Lo... lo so. Stavo solo scherzando.» Evangeline avrebbe voluto che fosse così. Non credeva davvero che Apollo l'avrebbe rinchiusa in una torre come un re crudele delle fiabe. Eppure il suo cuore aveva preso a battere in maniera diversa. *Pericolo. Pericolo. Pericolo*, sembrava dirle... ma era troppo tardi per tornare indietro.

Erano quasi in cima. Ancora un paio di gradini e vide un'altra porta, un semplice rettangolo di legno privo di ornamenti.

«Non dovrebbe essere chiusa a chiave» disse Apollo.

Evangeline sollevò nervosamente il paletto e spinse l'uscio. Fu accolta da una notte buia e da una folata di vento freddo che le frustò i capelli sul viso.

Per favore, non mi abbandonare quassù, pensò.

«Non temere, sono qua» disse Apollo con tenerezza.

Evangeline non sapeva se il principe fosse riuscito a percepire la sua paura, o se fosse stata lei a chiedere di non lasciarla lì ad alta voce. In ogni caso, Apollo le fu subito dietro, proteggendola dal vento come una solida parete di calore.

Quando i suoi occhi si abituarono all'oscurità, Evangeline

vide che la notte non era così nera come le era parso poco prima: le luci provenienti dalle finestre del castello più in basso illuminavano un piccolo parapetto merlato che circondava la sommità della torre. Oltre il palazzo il mondo era buio, tranne che per qualche spruzzata di astri che formavano costellazioni sconosciute.

«È questo che volevi farmi vedere?» gli chiese.

«No» mormorò lui. «Mancano giusto un paio di secondi.»

Un momento dopo, risuonarono i rintocchi di una torre dell'orologio.

Din.

Din.

Din.

Din.

Din.

Din.

Din.

Din.

Din.

Din.

A ogni colpo, puntini di luce comparivano in lontananza; dapprima pochi, sparsi qua e là, bagliori arancioni che ammiccavano come frammenti di comete. Ben presto, però, le luci superarono gli spazi bui, quasi che il cielo e la terra si fossero scambiati di posto. Il suolo era un tappeto di stelle scintillanti.

«Che cos'è?» chiese Evangeline.

«Un regalo per noi. Si chiama Notte dei Fuochi. Un'antica benedizione del Nord» spiegò Apollo con un tono sempre più suadente, mentre si avvicinava a lei premendole il torace caldo contro la schiena. «Di solito avviene prima che un re vada in guerra. In tutto il Paese si accendono dei falò in cui la gente brucia parole benauguranti. Auspici di salute, forza, astuzia, e di felice ritorno a casa. Quando ho scoperto che stanotte ci sarebbe stata una Notte dei Fuochi in nostro onore, ho pensato che ti sarebbe piaciuto vederla. Ogni falò acceso laggiù è per noi. I sudditi di tutto il Magnifico Nord stanno bruciando parole di benedizione per la nostra salute e il nostro matrimonio, proprio in questo momento.»

«È come una fiaba» mormorò Evangeline, anche se mentre pronunciava quelle parole sentì che non erano vere.

Non era *come* una fiaba. *Era* una fiaba. La *sua* fiaba.

Davvero le cose sarebbero cambiate se avesse ricordato esattamente com'era arrivata lì, come aveva conosciuto Apollo, come si erano innamorati e poi sposati? O si sarebbe sentita diversa? Forse, se anche avesse recuperato la memoria, Apollo avrebbe continuato a crearle turbamento.

Mentre il vento la investiva e i fuochi continuavano ad accendersi, Evangeline si girò lentamente e alzò gli occhi sul principe. Il *suo* principe.

«Stai guardando nella direzione sbagliata» la canzonò lui con un sorriso impertinente.

Il cuore le batteva sempre più forte. *Pericolo, pericolo, pericolo,* si ostinava a ripeterle. Ma lei non era più sicura che fosse affidabile… o forse era solo che le piaceva il pericolo.

«Magari preferisco questa vista.» Gli appoggiò una mano sulla mascella. Ne avvertì la leggera ruvidezza sotto il palmo quando gli piegò la testa da un lato.

Non sapeva se lo stesse facendo bene; sapeva solo di avere i nervi a fior di pelle quando si alzò in punta di piedi e gli premette la bocca sulla sua.

«Finalmente» mormorò lui, rauco. Poi le succhiò il labbro inferiore tra i denti mentre ricambiava il bacio.

In lontananza esplosero dei fuochi d'artificio. Evangeline ne udì gli scoppi, mentre le mani di Apollo le scivolavano sotto il mantello per aprirlo e stringerla a sé.

Ebbe l'impressione di vorticare verso il bordo della torre, o forse era solo la testa che le girava per l'eccitazione. Ma sentiva il vento che le frustava la schiena e sapeva che le braccia del principe erano l'unica cosa che le impediva di precipitare.

6

Evangeline

Il mondo era cambiato da un giorno all'altro, e non solo perché Evangeline sentiva le farfalle nello stomaco ogni volta che ripensava al bacio con Apollo.

Sembrava che nel giro di una notte la primavera avesse sostituito di colpo l'inverno. Fuori dalla finestra non l'attendeva la consueta coltre di neve, ma alberi verdeggianti, cespugli e muschi rigogliosi, ciottoli lucenti, il tutto coperto dalla patina argentea di una pioggerella fine che picchiettava sui vetri.

Quella mattina, mentre pioveva, venne a trovarla un altro medico per vedere se avesse recuperato qualche ricordo, ma non era successo. Poi tornarono le sarte, ma stavolta non si trattennero a lungo.

Perché Evangeline aveva un altro appuntamento programmato, anche se lei non lo scoprì finché non arrivò una persona del tutto nuova.

«Buongiorno, Altezza. Sono Madame Voss. È un piacere

fare la vostra conoscenza.» La donna si profuse in una perfetta riverenza e l'orlo della gonna verde smeraldo si ripiegò sul pavimento di pietra. Aveva i capelli di una splendida sfumatura d'argento e il viso lungo era solcato da profonde rughe del sorriso che diedero a Evangeline un'impressione di calore.

«Sarò la vostra istitutrice per tutto ciò che riguarda la vita di corte. Prima, però, cominciamo con le cose che riguardano *voi.*» Madame Voss le appoggiò sulle gambe uno splendido libro dalla copertina azzurra. Le pagine presentavano una doratura scintillante che si abbinava al raffinato titolo impresso.

Evangeline lo lesse a voce alta. «*La più grande storia d'amore mai raccontata: la vera storia integrale di Evangeline Volpe e del Principe di Cuori*».

Madame Voss trasalì. «Oh, che seccatura!» Agitò una mano sul volume in grembo a Evangeline finché il titolo non cambiò: *La più grande storia d'amore mai raccontata: la vera storia integrale di Evangeline Volpe e del principe Apollo Titus Acadian.*

«Vi porgo le mie più sentite scuse, Altezza. Questo libro è fresco di stampa. Speravo che, essendo così nuovo, fosse immune alla maledizione storica.» Scoccò al volume un'occhiata di riprovazione. «Mi auguro che soltanto il titolo sia così bizzoso.»

«Vi prego, non occorre che vi scusiate» disse Evangeline.

Fino a quel momento non aveva mai pensato troppo alla maledizione storica del Nord, ma sua madre gliene aveva parlato a fondo quando era piccola. Ogni fiaba del Magnifico Nord era maledetta. Alcuni racconti non si potevano mettere per iscritto, altri non potevano lasciare il Paese, e molti cambiavano ogni volta che venivano divulgati, diventando sempre meno affidabili a ogni narrazione successiva. Si diceva che ciascuna storia nordica avesse inizio come cronaca reale, ma con il tempo la maledizione storica ne alterava i contenuti finché non restavano che pochi frammenti di verità.

«Da dove vengo io, i libri se ne stanno tranquilli sulle mensole» disse. «Lo trovo meraviglioso.»

Fissò ancora la copertina. Era la prima volta che vedeva le parole di un libro cambiare sotto i suoi occhi. Madame Voss lo considerava un inconveniente, ma per lei aveva il sapore della magia. Perché *era* magia.

La incuriosiva però il fatto che il primo titolo aveva citato il Principe di Cuori.

Nell'Impero di Mezzo, il suo Paese natale, il Principe di Cuori era un mito, un personaggio appartenente ai mazzi di carte che servivano a predire il futuro, e non una persona in carne e ossa. Forse lì al Nord "Principe di Cuori" era un soprannome del principe Apollo?

Avvertì un brivido a quel pensiero e si chiese quante altre cose non sapesse di lui, anche se si disse che non importava. Lei e Apollo avrebbero creato nuovi ricordi, com'era accaduto la notte prima.

Eppure non riusciva a liberarsi da quella punta di disagio che la tormentava mentre sfogliava il libro di Madame Voss.

Le ultime pagine contenevano straordinarie immagini a colori di Evangeline e Apollo che si fissavano negli occhi su uno sfondo di fuochi d'artificio. Apollo era ritratto con un elegante completo regale, un mantello e una massiccia corona d'oro tempestata di enormi rubini e altre gemme.

Per un attimo le parve di scorgere una terza persona nell'illustrazione, un uomo che sbirciava dal margine della pagina. Tuttavia, com'era accaduto per il titolo originale del libro, la figura scomparve in un batter d'occhio.

Anche la seconda pagina era ricca di disegni, ma questi rimasero immutati. Un sole e una luna si stagliavano in un cielo trapunto di stelle, sopra la scritta:

C'era una volta
una ragazza che credeva nelle fiabe e
che rubò il cuore di un principe
che aveva giurato di non amare mai.

«È vero?» chiese Evangeline. «Il principe Apollo ha giurato di non amare mai?»

«Ah, certo! Alcuni credevano che fosse soltanto uno scherzo, ma io no» rispose Madame Voss. «Era un po' allarmante, in realtà. Qui al Nord abbiamo una tradizione, una fantastica festa da ballo chiamata Nocte Perenne.»

Evangeline sapeva qualcosa della Nocte Perenne, ma non disse una parola. Non conosceva ancora le circostanze del suo primo incontro con Apollo, e la sera precedente non aveva avuto l'opportunità di tornare sull'argomento.

«Apollo disse che una volta iniziato il ballo, non sarebbe finito mai, perché non aveva intenzione di trovare una sposa» proseguì Madame Voss. «Poi ha conosciuto voi. È proprio un peccato che non ricordiate. È stato vero amore a prima vista. Io non ero presente, ovviamente, dal momento che la cena era esclusiva, ma so che vi siete incontrati in una radura appartata, sotto un arco.»

Pronunciò la parola *arco* in maniera diversa dalle altre, come se contenesse un pizzico di magia invece di quello che probabilmente Evangeline stava immaginando.

«Mi pare di capire che gli archi sono speciali» commentò.

«Oh, sì!» esclamò Madame Voss. «Sono stati costruiti dai Valor, i nostri primi sovrani, per poter viaggiare in ogni regione del Nord. Inoltre sono ottimi guardiani. Il principe ne ha uno che sorveglia il nostro stupendo albero-fenice. Dovreste chiedere a vostro marito di mostrarvelo, prima o poi. Aspettate.» La donna abbassò gli occhi sul libro. «Scommetto che c'è un disegno che lo raffigura.»

L'istitutrice girò una pagina su cui, neanche a farlo apposta, spiccava un ritratto mozzafiato di Apollo, sdraiato su un ramo dell'albero più meraviglioso che Evangeline avesse mai visto. Le foglie rilucevano, per metà una sinfonia di caldi colori di vendemmia – gialli, arancioni, ruggine – mentre per l'altra sembravano fatte di oro vero. Sfavillante, scintillante oro come quello di un tesoro di drago.

«Questo è l'albero-fenice» disse Madame Voss. «Dopo la crescita e la fioritura, impiega oltre mille anni per arrivare alla piena maturità, quando le foglie cominciano lentamente a tramutarsi in oro vero. Tuttavia, se una sola foglia venisse staccata prima che siano cambiate tutte, l'intero albero andrebbe in fiamme. *Puff!*» concluse con un gesto melodrammatico, prima di scoccare a Evangeline un'occhiata di ammonimento.

«Non temete, non mi sognerei mai di staccare una foglia» replicò lei.

Intanto Madame Voss aveva già voltato pagina.

C'era di nuovo Apollo, stavolta in groppa a un bianco destriero e vestito in maniera meno elegante: braghe di pelle marrone, camicia con il colletto aperto e un gilè di pelliccia fermato da due strisce di cuoio intrecciate che sostenevano un arco dorato e una faretra di frecce sulla schiena.

«Qui è quando vi ha fatto la proposta di matrimonio» spiegò Madame Voss. «Era la prima sera della Nocte Perenne e lui era abbigliato come il protagonista di uno dei nostri racconti più amati, *La ballata dell'arciere e della volpe.*»

«Conosco quella storia» disse Evangeline. «È la mia preferita...»

O almeno lo era sempre stata. Adesso, mentre pronunciava quelle parole, chissà perché non le sembrò più tanto vero.

«Splendido» replicò l'istitutrice. «Allora potete immaginarvi la scena: il principe Apollo in tutto il suo fascino che faceva il suo ingresso al ballo sul suo possente cavallo bianco. Era vestito proprio come l'Arciere...»

All'improvviso, Evangeline non riuscì a sentire una parola di più. Le faceva male la testa. Le faceva male il petto. Le faceva male il *cuore*, ogni battito come una freccia che la trafiggeva... una similitudine che in qualche modo la turbava. Si sforzò di capire quali ricordi della sua fiaba preferita potessero innescare un tale dolore, ma non trovò...

niente…

niente…

niente…

Più si lambiccava il cervello, più il cuore le doleva. La sensazione era analoga a quella che aveva provato due giorni prima, quando Apollo l'aveva trovata raggomitolata sul pavimento di quella strana, antica stanza. Solo che adesso non le veniva da piangere. Il dolore era così cocente, furioso… come un grido represso che minacciava di lacerarle l'anima se non avesse avuto sfogo.

Ancora una volta le tornò in mente che doveva dire *qualcosa* a *qualcuno*, ma stavolta il pensiero era più straziante che mai.

Madame Voss sgranò gli occhi. «Vostra Altezza, vi sentite bene?»

No!, avrebbe voluto urlare Evangeline. *C'è qualcosa che ho dimenticato e ho bisogno di rammentare.*

La sera prima si era convinta di poter rinunciare ai suoi ricordi smarriti, ma adesso era chiaro che si era illusa. Apollo l'aveva messa in guardia, sostenendo che se avesse recuperato la memoria avrebbe sofferto; ma c'erano delle cose per cui valeva la pena soffrire, ed era sicura che questa fosse una di quelle.

Aveva *bisogno* di ricordare.

«Mi dispiace, Madame Voss» riuscì a dire alla fine. «Ho una terribile emicrania. Non potremmo rimandare la lezione?»

«Naturalmente, Altezza. Tornerò domani e vi racconterò il resto della storia. E magari affronteremo anche i primi rudimenti di etichetta reale, se ve la sentite.»

L'istitutrice si congedò con un'impeccabile riverenza e uscì senza dire altro.

Non appena se ne fu andata, Evangeline ricominciò a sfogliare il volume, chiedendosi se le avrebbe evocato altre emozioni o reminiscenze. Si accorse però che il libro – la sua storia d'amore con Apollo – era poco più di un albo illustrato che mancava di brio e soprattutto di un cattivo.

Le erano sempre piaciute le storie d'amore a prima vista, ma l'amore a prima vista era citato così tante volte che quasi si aspettava che il racconto terminasse con la pubblicità di un profumo "Amore a Prima Vista": *Stanca di aspettare il lieto fine? Smettila di cercare e comincia a spruzzare!*

Il libro, ovviamente, non finiva in quel modo. E non le evocò alcun ricordo. Nemmeno un barlume.

Evangeline si decise a posarlo e cominciò a camminare avanti e indietro di fronte al caminetto. Si spremette le meningi, ripensando alle storie della madre, alla ricerca di un racconto in cui fossero citate le amnesie, nella speranza che potesse aiutarla a trovare un rimedio. Non le venne in mente nulla, ma non aveva dimenticato lo sconosciuto che le aveva consegnato un cartoncino rosso dicendole: «*Se per caso vi andasse di parlare e magari di rispondere a delle domande, sono certo di poter riempire qualche lacuna per voi*».

Si mise a cercare il biglietto nella suite, ma non riuscì a trovarlo da nessuna parte. Per fortuna, l'uomo aveva un nome difficile da dimenticare.

In quel momento Martine, la giovane cameriera che, come lei, veniva dall'Impero di Mezzo, entrò nella stanza con un vassoio di tè fumante e biscotti ai lamponi freschi.

«Martine» la interpellò Evangeline, «hai mai sentito parlare di un certo Kristof Knightlinger?»

«Sicuro!» Il viso a forma di cuore della ragazza si illuminò. «Lo leggo fedelmente ogni giorno.»

«Lo leggi?»

«Scrive per *La Confidenza Quotidiana*.»

«Quel foglio scandalistico?» Evangeline aveva dato una scorsa al giornale quella mattina stessa, e ne rammentava ancora i titoloni sensazionali. *Dov'è Lord Jacks e quali saranno i suoi prossimi orribili misfatti? L'impostore erede al trono ancora uccel di bosco! Quanto è eroica la Gilda degli Eroi?*

Da quel che era riuscita a capire, il signor Knightlinger condiva i suoi articoli scandalistici con pepate opinioni personali. Il suo pezzo su Lord Jacks era stato molto simile a quello che aveva scritto il giorno precedente, ma le altre storie l'avevano intrigata. I commenti del signor Knightlinger, in particolar modo sull'impostore che aveva tentato di usurpare il trono, erano stati piuttosto divertenti. Lo aveva raffigurato come un cucciolo eccitabile che aveva rubato la corona solo perché era un bell'oggetto scintillante con cui giocare. Subito dopo il giornalista ventilava l'ipotesi che si trattasse addirittura di un vampiro!

Tutte quelle illazioni l'avevano indotta a sospettare che Kristof Knightlinger non fosse una fonte così affidabile. Ma probabilmente le avrebbe raccontato qualcosa di più interessante del libro sull'amore a prima vista di Madame Voss. E chissà, magari le avrebbe finalmente innescato un ricordo.

7

Evangeline

A Evangeline piaceva avere un piano. Quello che aveva in mente non era molto articolato, però; in effetti sembrava più un abbozzo che un piano vero e proprio. Probabilmente per fare una breve visita al signor Knightlinger sarebbe bastato, ma in ogni caso voleva mettersi in moto il prima possibile.

Era tardo pomeriggio quando la sua istitutrice l'aveva lasciata nella sua suite, il giorno prima. Dopo l'iniziale impeto di eccitazione, Evangeline si era coricata giusto per un riposino, e invece si era svegliata il mattino dopo.

Anche se non era riuscita a trovare il biglietto rosso di Knightlinger, Martine le aveva detto che la sede della *Confidenza Quotidiana* era situata nelle Guglie, un luogo in cui le guardie di palazzo non avrebbero avuto difficoltà a scortarla.

«Vi piaceranno le Guglie! Ci sono meravigliosi negozi di ogni genere e mele arrostite dai draghi! Oh, sono sicura che *adorerete* i minidraghi!» esclamò Martine mentre cercava un paio di guanti da abbinarle al vestito.

Per l'occasione Evangeline aveva scelto un abito da giorno color lilla, con le spalle scoperte e il corpetto aderente rivestito di perle iridescenti e fiori ricamati in oro che punteggiavano anche i fianchi della gonna vaporosa.

«Ecco a voi, Altezza.» Martine le porse una mantella rosa e un paio di lunghi guanti lilla trasparenti. I guanti erano troppo leggeri per proteggerla dal freddo, ma erano graziosissimi. Ed Evangeline si sentiva sempre un po' più felice quando indossava qualcosa di grazioso.

Quattro soldati baffuti, con armature di bronzo lucente e mantelli rosso borgogna drappeggiati sulle spalle, attendevano dall'altro lato della porta.

«Buongiorno, io sono Evangeline» si presentò allegramente, prima di chiedere i rispettivi nomi.

«Mi chiamo Yeats.»

«Brixley.»

«Quillborne.»

«Rookwood.»

«Piacere di conoscervi. Avevo in mente di visitare le Guglie, quest'oggi. Pensate voi a organizzare il trasporto?»

Passò un attimo di silenzio mentre tre di loro si rivolgevano a quello che aveva detto di chiamarsi Yeats. Sembrava il più anziano, con la testa rasata e un paio di folti baffi neri.

«Non credo che recarsi alle Guglie sia una buona idea, Altezza. Invece potremmo accompagnarvi a visitare il Palazzo del Lupo.»

«Perché non sarebbe una buona idea? La mia cameriera mi ha detto che ci sono splendidi negozi.»

«È vero, ma il principe Apollo ci ha ordinato espressamente di farvi restare nel perimetro del castello. Per la vostra incolumità.»

«Quindi mi stai dicendo che voi quattro bravi gentiluomini non siete abbastanza forti da garantire la mia sicurezza se lascio il castello?» lo pungolò Evangeline sfacciatamente.

Le guardie più giovani reagirono proprio come aveva sperato.

Gonfiarono il petto e assunsero un'aria risoluta.

Ma Yeats parlò prima che avessero il tempo di dire qualcosa. «Onoriamo i desideri del principe Apollo. E in questo momento il suo desiderio è che restiate nel castello, dove sa che non correrete alcun rischio e che nessuno verrà a importunarvi.»

Evangeline sarebbe scoppiata a ridere se il soldato non avesse avuto un'aria tanto seria. Da come aveva parlato, sembrava che nel Magnifico Nord tutto potesse tentare di ucciderla. «E dove, di grazia, mi è concesso di andare nel Palazzo del Lupo?»

«Ovunque. Purché non lasciate il castello.»

«Il principe Apollo si trova qui adesso?»

«Sì, Vostra Altezza.»

«Perfetto. Allora, per cortesia, scortatemi da lui» disse Evangeline con garbo, sperando che fosse tutto un semplice equivoco. Due sere prima, Apollo le aveva detto che non era prigioniera e che non l'avrebbe mai rinchiusa. Anzi, era parso profondamente ferito quando lei aveva accennato a quella possibilità. Era ovvio: i soldati si sbagliavano.

«Mi rincresce» replicò Yeats in tono piatto, «ma il principe è impegnato.»

«A fare cosa?» chiese Evangeline.

I baffi di Yeats fremettero di irritazione. «Non spetta a me dirlo» borbottò. «E se vi portassimo a visitare uno dei giardini?»

A quel punto Evangeline concesse al proprio sorriso di svanire. Sinora si era sforzata di mostrarsi educata e gentile, ma era chiaro che quegli uomini non la rispettavano.

Forse, prima di perdere la memoria, sarebbe stata meno ostinata e si sarebbe accontentata di vagare per il castello e i giardini, investita del ruolo di principessa accomodante. Ma in quel momento non gliene importava niente di essere una principessa o di essere accomodante o gentile. Aveva bisogno di *ricordare*. Ma non ci sarebbe mai riuscita se restava confinata in una fortezza dove tutti pensavano che avrebbe dovuto lasciarsi il passato alle spalle.

«Mio marito ti ha detto che non vuole vedermi?»

«No. Ma...»

«Ascoltami bene» lo interruppe lei. «Vorrei vedere mio marito. E se mi dici di no o mi suggerisci di visitare i giardini ancora una volta, allora o credi che io possa rimpiazzare mio marito con i fiori o tu pensi di potermi dare degli ordini. Quale delle due cose, Yeats?»

Il soldato serrò la mascella.

Evangeline trattenne il fiato.

Alla fine Yeats rispose: «Nessuna delle due, Vostra Altezza».

Evangeline si sforzò di nascondere l'enorme sollievo. Si rivolse agli altri dicendo: «E voi?».

«Nessuna delle due, Vostra Altezza» si affrettò ciascuno a borbottare.

«Splendido! Andiamo da Apollo.»

Le guardie non mossero un muscolo. «Non vi impediremo di andare a cercarlo, ma non vi accompagneremo da lui» dichiarò Yeats.

Evangeline non era mai stata tipo da dire parolacce, ma in quel momento avrebbe imprecato volentieri.

«Vi scorto io dal principe» disse un altro soldato a pochi passi di distanza.

Evangeline guardò accigliata il nuovo arrivato.

L'uomo indossava la stessa uniforme degli altri, ma la sua armatura era graffiata e ammaccata, come se avesse davvero combattuto in guerra. Aveva anche qualche cicatrice sul viso. «Mi chiamo Havelock, Vostra Altezza...» Si interruppe un istante.

Evangeline capì subito che il soldato sperava di essere riconosciuto, e la cosa la innervosì ulteriormente: non si ricordava affatto di lui.

«Va tutto bene, Altezza» mormorò Havelock, poi con un cenno del mento indicò la mantella sul braccio di Evangeline. «Non ne avrete bisogno. Il principe si trova nel salotto di ricevimento. Il camino occupa un'intera parete. A nessuno serve un mantello, lì dentro.»

Havelock aveva detto la verità.

Il salotto era quel tipo di ambiente dove i bambini si sarebbero accoccolati la notte prima di un giorno di festa ad ascoltare i nonni che raccontavano fiabe davanti al caminetto. La pioggia scrosciava fitta al di là delle grandi vetrate.

Quando arrivò, Evangeline vide le cortine argentee frustare gli aghi verde scuro delle conifere e picchiare contro le finestre. Il fuoco crepitò quando i ciocchi consumati si spezzarono, sollevando una nuvola di scintille e spandendo nella sala una nuova ondata di tepore.

Sebbene avesse le spalle nude, Evangeline si sentì riscaldata.

Apollo era in compagnia di uno sconosciuto davanti alla mensola del camino. La persona in questione era alta quanto il principe, ma il pesante mantello con il cappuccio in cui era intabarrata ne celava l'identità.

Evangeline avvertì una punta di apprensione nel rammentare le parole di Havelock: «*A nessuno serve un mantello, lì dentro*». La frase continuò a echeggiarle nella mente mentre varcava la soglia. «Spero di non interrompervi.»

Gli occhi di Apollo si illuminarono non appena la videro. «No, tutt'altro. Giusto in tempo, mia cara.»

La figura incappucciata non alzò lo sguardo dal fuoco.

Evangeline sapeva di stare per infrangere una qualche regola di etichetta, ma non poté fare a meno di dare una veloce sbirciata sotto il cappuccio dello straniero. Non servì a molto. Scoprì che la persona era un uomo, ma poco altro. La metà inferiore del volto era coperta da una folta barba, mentre quella superiore era nascosta da una maschera nera che lasciava intravedere appena due occhi socchiusi.

Apollo indicò l'estraneo. «Ti presento Garrick di Boscoverde, capo della Gilda degli Eroi.»

«Piacere di conoscervi, Altezza.» La voce dell'uomo, bassa e cavernosa, non contribuì a mitigare la crescente apprensione di Evangeline.

Non aveva mai sentito parlare di questo Garrick o di Boscoverde, ma aveva letto della Gilda degli Eroi la mattina prima.

Si sforzò di rammentare cosa avesse detto il giornale. L'articolo, se non ricordava male, iniziava accennando all'impostore salito al trono quando Apollo era stato dichiarato morto. A quanto pareva, quello si era dedicato più alle feste e ai corteggiamenti che a governare il regno, e così una banda di guerrieri aveva preso in mano la situazione per mantenere l'ordine in alcune regioni del Nord. Si faceva chiamare la Gilda degli Eroi. Tuttavia, secondo il signor Knightlinger, non era del tutto chiaro se quei guerrieri fossero veri eroi o semplici mercenari che si erano approfittati di una serie di malaugurate circostanze.

«Garrick guiderà il gruppo che darà la caccia a Lord Jacks nei territori intorno a Valorfell» disse Apollo.

L'eroe si fece scrocchiare le nocche e le rivolse un sorriso raggelante. «Io e i miei uomini siamo cacciatori eccellenti. Lord Jacks sarà morto nel giro di due settimane. Forse anche prima, se sarete disposta ad aiutarci.»

«Che cosa potrei mai fare per aiutarvi?» chiese Evangeline. Per un momento le balenò davanti agli occhi l'immagine di se stessa legata a un albero per fare da esca.

«Non ti allarmare, mio tesoro.» Apollo le prese una mano. «Farà male solo per un istante.»

«Che cosa farà male?» Evangeline tirò indietro il braccio e arretrò di un passo, inciampando nell'orlo della veste.

«Non c'è niente di cui aver paura.»

«A meno che non vi disgusti il sangue» bofonchiò Garrick.

Apollo lo incenerì con un'occhiata. «Così non sei d'aiuto.»

«Nemmeno voi, Vostra Altezza. Non per essere sgarbato» disse Garrick in tono estremamente sgarbato, «ma ci vorrà un'eternità se la coccolate così. Parlatele di quel dannato marchio e finiamola qui.»

«Quale marchio?» ansimò Evangeline.

Le labbra di Apollo si serrarono in una linea stretta, poi gli occhi si abbassarono sul suo polso.

Evangeline non ebbe bisogno di seguire il suo sguardo. Non appena lui le fissò il guanto trasparente, sentì che il cuore spezzato inciso sul polso cominciava a bruciarle. E il suo prese a battere all'impazzata.

A un tratto le tornò in mente la sarta che il giorno prima era sgattaiolata fuori dalla sua camera dopo aver notato la cicatrice, e a quel punto intuì perché era uscita. Era andata ad avvertire Apollo.

«È stato Lord Jacks a lasciarti quel segno. È il suo marchio. Significa che sei in debito con lui.»

«Che tipo di debito?» chiese lei.

«Non lo so» rispose Apollo. «Tutto quello che possiamo fare è tentare di impedirgli di riscuoterlo.» Adesso la sua espressione era cupa e la sua pelle, solitamente di una calda sfumatura olivastra, si era ingrigita.

«Come?»

«Trovandolo prima che lui trovi te. Il marchio ti lega a Jacks, che in questo modo può localizzarti ovunque tu sia.»

«Ma può anche aiutarci a localizzare *lui*» aggiunse Garrick. «Lo stesso legame che gli consente di individuarvi servirà a noi per rintracciarlo. Ma ci occorre il vostro sangue.»

Da qualche parte nel salotto, un uccello lanciò un gracchio inquietante mentre Garrick snudava i denti in un ghigno. *Sanguinario* fu la prima parola che le venne in mente per descriverlo.

A Evangeline non piaceva il pensiero di essere in debito con Jacks, ma le piaceva ancora meno l'idea di dare il suo sangue a quel tale. In realtà, in quel momento avrebbe voluto soltanto fuggire dal salotto e correre finché le gambe non le avessero ceduto. Purtroppo aveva la netta impressione che Garrick di Boscoverde fosse tipo da inseguire qualunque cosa corresse.

«Posso rifletterci?» disse. «Ovviamente voglio aiutarvi a trovare Lord Jacks, ma questa cosa del sangue mi mette un po' in ansia.»

«D'accordo, come volete.» Garrick schioccò due volte le dita. «Argos, è ora di andare.»

Un uccello dall'aspetto di un corvo planò da una delle travi del soffitto. Si diresse verso Garrick, tracciando un arco elegante di ali nero-bluastre. Evangeline sentì una delle penne sfiorarle il viso e...

«Ahi!» strillò quando l'uccello le beccò la spalla nuda. Due trafitture in rapida successione che provocarono l'uscita di due perfette gocce di sangue rosso brillante. Lei cercò di tamponarsi, ma Garrick fu più svelto. Si mosse fulmineo quasi quanto il volatile e le premette un fazzoletto sulla ferita, impregnandolo di sangue.

«Domando scusa, Vostra Altezza, ma non abbiamo tempo perché voi riflettiate. L'abbiamo già fatto noi al posto vostro.» Garrick si infilò il fazzoletto insanguinato sotto il mantello e si avviò spedito verso la porta, lanciando un fischio al corvo che gli si appollaiò su una spalla.

Evangeline schiumava di rabbia mentre continuava a sanguinare. Non sapeva con chi ce l'avesse di più: se con il mercenario che l'aveva appena aggredita con il suo corvo addomesticato o con suo marito.

Due sere prima, sulla torre, Apollo era stato la dolcezza incarnata, tenero, premuroso. Quel giorno, invece, tra le istruzioni che aveva impartito alle guardie e quello che era successo con Garrick, sembrava un'altra persona. E purtroppo non lo conosceva abbastanza da capire quale versione di Apollo fosse quella vera. Fino a qualche minuto prima aveva creduto che l'incidente con i soldati fosse stato un banale equivoco, ma adesso non ne era più così convinta.

«Conoscevi le intenzioni di Garrick? Sapevi che mi avrebbe preso il sangue senza il mio permesso?»

Apollo storse la bocca. «Jacks è una seria minaccia. Tu non te ne rendi conto.»

«Hai ragione. Continui a dire che Jacks è il cattivo della situazione. Eppure hai lasciato che un uomo mi aggredisse con il suo orribile pennuto per dare la caccia a un altro uomo e ucciderlo. E hai anche detto ai soldati della mia scorta… che non sono affatto cortesi, tanto per inciso… di non farmi uscire dal castello, malgrado mi avessi assicurato che non mi avresti mai rinchiusa. Perciò no, non mi rendo conto della minaccia rappresentata da Lord Jacks, ma comincio a considerare una minaccia te.»

Gli occhi di Apollo lampeggiarono. «Credi che voglia tutto questo?»

«Sei un principe e puoi fare tutto quello che ti pare, ecco cosa credo.»

«Ti sbagli, Evangeline» disse lui con voce tremante. «Non voglio niente di tutto questo, ma non sto cercando di proteggerti soltanto da Jacks. Ci sono persone in questo castello, membri del mio Consiglio, che sostengono che non dovrei fidarmi di te. Sono convinte che tu abbia complottato con Jacks per assassinarmi. Se queste persone dovessero ritenere che il mio giudizio è compromesso e che tu stai ancora collaborando con Jacks, allora nemmeno io potrò salvarti.»

«Ma Jacks mi ha rubato i ricordi» protestò Evangeline. «Come possono ancora credere che sia in combutta con lui?»

Lo sguardo spaventato di Apollo guizzò di nuovo sul suo polso, quello con la cicatrice a forma di cuore spezzato. «L'attuale teoria è che Jacks ti abbia cancellato la memoria così non potrai tradirlo.»

«È quello che credi anche tu?» mormorò Evangeline.

Per un lungo istante, Apollo si limitò a fissarla. Il suo sguardo non era più impaurito o arrabbiato, ma non era nemmeno quello appassionato e adorante che lei aveva imparato a conoscere. Aveva un'espressione fredda, distante, che le suscitò un brivido di paura. Apollo era il suo alleato nel Magnifico Nord. Se non fosse stato per lui, non avrebbe avuto niente, nessuno, e nessun posto dove andare.

«Non sono in combutta con Jacks» disse alla fine. «Potrò non ricordare niente, ma so di non essere quel genere di persona. Non ho alcuna intenzione di incontrarmi con lui o di tradire te o gli altri abitanti del castello. Ma se mi tratterai come una prigioniera o una pedina, o se permetterai a qualcun altro di aggredirmi con qualche strano uccello, allora mi rifiuterò di collaborare. Ma non per mancanza di lealtà.»

Apollo trasse un profondo respiro e la freddezza abbandonò i suoi occhi. «Lo so, mia cara. Ti credo. Purtroppo non conta solo quello che penso io.» Allungò una mano e le sfiorò la guancia con un dito. Abbassò lo sguardo sulla sua bocca e lei capì che stava per baciarla. Avrebbe messo fine alla discussione con le labbra premute sulle sue… e una parte di lei lo desiderava. Non poteva rischiare di perderlo. Era tutto ciò che aveva in quella nuova realtà.

Ma non era una ragione sufficiente a concedergli così tanto potere su di lei. «Sono ancora arrabbiata con te.»

Apollo spostò lentamente la mano sui suoi capelli. «Riuscirai mai a perdonarmi? Mi dispiace per il sangue, e mi dispiace per le guardie. Ti assegnerò una nuova scorta. Ma ho bisogno che tu abbia fiducia in me e che sia prudente.»

Evangeline alzò il mento con aria di sfida. «Perciò hai bisogno che resti confinata nel Palazzo del Lupo?»

«Solo finché non troveremo Lord Jacks.»

«Ma…»

Prima che Evangeline avesse il tempo di concludere la frase, la porta si spalancò e lo stesso soldato che l'aveva accompagnata in salotto annunciò: «Lord Boscostrage è qui per vedervi. Dice di avere informazioni su Lord Jacks».

8

Apollo

Havelock era entrato al momento giusto, ma Apollo avrebbe preferito che non avesse accennato alle informazioni su Jacks. La reazione di Evangeline alla potenziale notizia fu immediata. Le sue espressioni erano sempre molto facili da decifrare. All'inizio aveva visto nei suoi occhi il disagio, poi la paura e la rabbia; adesso si mordicchiava il labbro, scorgeva la curiosità. Lei era la falena e Jacks la fiamma.

«Havelock, accompagna Lord Boscostrage nel mio studio. Lo incontrerò lì.»

«Posso unirmi a voi?» chiese Evangeline. «Mi piacerebbe ascoltare cosa ha da dire.»

Apollo finse di rifletterci, più che altro per guadagnare tempo, nel timore che lei uscisse dal salotto troppo presto e si imbattesse in Lord Boscostrage nel corridoio.

Quando Apollo era sotto la maledizione dell'Arciere e tutti lo ritenevano morto, aveva letto su un foglio scandalistico che

Evangeline aveva partecipato alla festa di fidanzamento di Lord Boscostrage. Lei non aveva reagito nel sentire il suo nome, ma il principe non voleva rischiare che un incontro fortuito innescasse in lei qualche ricordo, o che Boscostrage le dicesse qualcosa a proposito di Jacks, con cui, sospettava, Evangeline era andata alla festa.

«Mi dispiace, tesoro mio, ma non credo sia una buona idea. Ricordi cosa ho detto in merito a certe persone convinte che tu stia collaborando con Jacks? Se qualcuno dovesse scoprire che hai assistito a un incontro in cui è stato rivelato il suo nascondiglio, saresti accusata di complicità nel caso ci sfuggisse di nuovo.»

Evangeline serrò le labbra. Segno che stava per obiettare, senza ombra di dubbio. Ma qualunque cosa avesse detto, non aveva importanza. La decisione aveva il solo scopo di proteggerla.

Le accarezzò una guancia. «Spero che tu capisca.»

«Oh, capisco benissimo, e spero che tu capisca un'altra cosa: finché mi tratterai come una prigioniera di cui non ci si può fidare, io mi comporterò di conseguenza, e non come una moglie.»

Evangeline si sottrasse al contatto e, senza aggiungere altro, gli voltò la schiena e uscì dal salotto, con uno svolazzo dei lunghi capelli rosa.

Apollo sentì l'impulso di inseguirla; un residuo della maledizione dell'Arciere lo spingeva a fermarla prima che arrivasse alla porta e a proibirle di andarsene. Non lo fece. Era meglio che uscisse di lì il prima possibile, se ne rendeva conto, e in fondo non sarebbe andata troppo lontano.

Anche se Evangeline aveva deciso di non volersi comportare come una moglie, restava il fatto che lo *era*. Lei era sua. E in un modo o nell'altro, alla fine lo avrebbe desiderato quanto Apollo desiderava lei.

Qualche minuto dopo, il principe incontrò Lord Boscostrage nel suo studio privato.

Robin Boscostrage era dotato di quel tipo di giovialità che attirava la gente verso di lui come una calamita. Quel giorno, però, non sorrideva. Aveva aloni scuri intorno agli occhi, la bocca stretta, il volto tirato. Sembrava invecchiato di cinque anni dall'ultima volta che Apollo lo aveva visto.

«Hai un aspetto magnifico, amico mio. Il fidanzamento ti dona.»

«E tu sei il solito bugiardo patentato» borbottò Robin. «Ho un aspetto orrendo e il fidanzamento è saltato. Ma non sono qui per parlare di questo.»

«Hai qualche indizio su Jacks?» chiese Apollo.

«No» rispose asciutto Robin, avvicinandosi al fuoco. «Ho pensato che non ti avrebbe fatto piacere se avessi menzionato il bracciale di Rancore Boscostrage.»

«Allora l'hai trovato?» Apollo si sforzò di mascherare il suo entusiasmo. Il bracciale era un'antica leggenda, una fiaba, del genere in cui non aveva mai riposto troppa fiducia. Ma di recente aveva imparato che certi vecchi racconti contenevano più di un briciolo di verità, e di potere, di quanto avesse creduto in origine.

«No» replicò Robin secco. «Se esiste, la mia famiglia non ce l'ha. Però ho trovato qualcos'altro che potrebbe interessarti.» Consegnò ad Apollo un grosso rotolo di pergamena legato da una fettuccia di cuoio. «Maneggialo con cura. E qualunque cosa tu decida di fare, non gettare via la cenere.»

9

Evangeline

Sebbene a Evangeline fosse proibito uscire dal castello per andare dal signor Kristof Knightlinger, uno dei suoi fogli scandalistici le venne recapitato la mattina seguente con il vassoio della colazione.

Non era quello che voleva. Avrebbe preferito incontrarlo di persona e chiedergli cosa sapesse del suo passato.

Era persino disposta a organizzare una visita del cronista di scandali al Palazzo del Lupo, ma dal momento che Knightlinger non aveva risposto alla lettera che lei gli aveva scritto il giorno prima, non le restò altro da fare che raggomitolarsi sul divano a leggere il suo giornale.

La Confidenza Quotidiana

SORTITA DI MEZZANOTTE

di Kristof Knightlinger

Ieri sera il Palazzo del Lupo è stato scosso dalla notizia dell'incontro privato tra Garrick di Boscoverde, capo della Gilda degli Eroi, e il principe Apollo. Ovviamente non sono rimasto sorpreso nell'apprendere che Apollo si è rivolto al misterioso eroe per trovare il diabolico Lord Jacks. Ciò che mi ha stupito, però, è stata la notizia dell'inspiegabile sortita di mezzanotte del principe, qualche ora più tardi.

Le mie fonti attendibili sostengono che Apollo è stato visto uscire a cavallo dal castello allo scoccare della mezzanotte, con soltanto una delle sue fidate guardie.

Dove stava andando?

A quanto ne so, deve ancora fare ritorno, perciò non possiamo che domandarci: ha deciso di dare lui stesso la caccia a Lord Jacks? O c'è un altro mistero che lo ha spinto ad allontanarsi dal Palazzo del Lupo e dalla sua amata Evangeline Volpe?

Evangeline non *voleva* essere curiosa. Voleva continuare a essere arrabbiata con Apollo. E lo era. Le faceva ancora male la spalla, nel punto in cui il corvo di Garrick l'aveva beccata, e le si stringeva il cuore ogni volta che pensava alle molte facce del principe, e al fatto che il dolce Apollo in cima alla torre fosse soltanto una di esse. Eppure non poté evitare di domandarsi dove fosse andato.

Mentre Martine l'aiutava a indossare un diafano abito color pesca costellato di fiorellini rosa, bianchi e lilla, Evangeline le chiese se sapesse qualcosa riguardo alla partenza del principe. Ma proprio come lei, la cameriera sapeva solo quello che aveva letto sul giornale.

Avrebbe interrogato le guardie, allora. Evangeline si sistemò i nastri che le chiudevano le maniche a sbuffo e prima di aprire la porta si preparò per un eventuale battibecco. In corridoio c'erano due nuovi soldati armati a guardia della suite.

«Buongiorno, Altezza.» Gli uomini la salutarono solleciti, con un profondo inchino, e poi scattarono sull'attenti.

«Io sono Hansel.»

«E io Victor» disse l'altro.

Dovevano essere fratelli, pensò Evangeline: avevano la stessa fossetta sul mento, lo stesso collo taurino e persino gli stessi baffi rossicci. Per un attimo si chiese se i baffi fossero un requisito necessario per entrare a far parte della guardia di palazzo.

«Che cosa possiamo fare per voi?» le sorrise Hansel.

Evangeline dimenticò per qualche istante cosa l'avesse spinta ad aprire la porta. Le guardie erano entrambe nuove, e per giunta sembravano *cortesi*.

Apollo aveva mantenuto la parola.

Senza dubbio era facile per il principe cambiare un paio di soldati, dato che doveva averne a disposizione migliaia, ma Evangeline sentì comunque che il suo cuore si addolciva, almeno in parte.

«Sapete dirmi dov'è andato il principe Apollo?»

«Siamo spiacenti, Vostra Altezza. Sua Altezza non ci ha comunicato la sua destinazione» rispose Hansel.

«Però abbiamo un messaggio per voi» disse Victor. «È passata la vostra istitutrice e ci ha chiesto di darvi questo.» Porse a Evangeline un rotolino legato da un cordino color vinaccia.

Non c'era il sigillo di ceralacca, quindi la lettera non era privata. E immediatamente il suo cuore tornò di nuovo all'erta.

Fu sul punto di non leggere la missiva – nessun prigioniero degno di questo nome sarebbe stato smanioso di obbedire agli ordini – ma ormai aveva già slegato la cordicella, e così lesse il messaggio.

Vostra Altezza,
ho pensato che per la lezione di oggi potremmo visitare i giardini reali. Vogliamo incontrarci mezz'ora prima di mezzodì al Pozzo dei Desideri?
Cercherò di arrivare in tempo, ma se dovessi ritardare, non estitate a esprimere un desiderio.

Dopo aver firmato la lettera, l'istitutrice aveva disegnato una mappa dettagliata dei giardini del Palazzo del Lupo. Poi, con una grafia così minuta che per poco non sfuggì a Evangeline, aveva scritto: *Vi prego, venite!*

Forse fu per l'accorato *Vi prego* o forse per il punto esclamativo. Forse invece fu la combinazione delle due cose. In ogni caso, Evangeline non poté fare a meno di pensarlo: quella richiesta nascondeva qualcosa di più di quanto non sembrasse a prima vista.

Le campane della torre stavano battendo le undici quando Evangeline uscì dal castello.

Il cielo era una cappa di velluto grigio attraversata da nuvole turbinanti che promettevano altra pioggia e le suggerivano di muoversi in fretta lungo i vialetti lastricati, fiancheggiati da aiuole di vivaci fiori viola.

Il Palazzo del Lupo aveva quattro parchi principali: il Giardino Sommerso, il Giardino Acquatico, il Giardino Fiorito e il Giardino Antico. Ciascuno celava a sua volta uno dei quattro parchi minori: il Giardino delle Fate, il Giardino del Muschio, il Giardino dei Segreti e il Giardino dei Desideri.

Secondo la mappa minuziosa tracciata dall'istitutrice, il Giardino dei Desideri con il suo pozzo omonimo si trovava al centro del Giardino Fiorito, un'area verde cinta da mura e circondata da un fossato attraversabile grazie a un ponte.

In teoria era facile da raggiungere. La mappa era precisa e il Giardino Fiorito curato alla perfezione.

La pioggia del giorno prima aveva conferito ai parchi intorno al castello colori così umidi e intensi che Evangeline temeva di macchiarsi le punte dei guanti se avesse sfiorato qualche petalo. Era tutto talmente meraviglioso che quasi desiderò che non lo fosse. Non voleva farsi stregare dalla bellezza. Le rammentava troppo il rischio di lasciarsi incantare ancora una volta da Apollo.

Però era difficile non sentirsi almeno un po' ammaliata. Tentacoli di nebbia argentea serpeggiavano sul terreno come arabeschi di magia, facendo scintillare gli alberi e i cespugli. Era uno spettacolo così affascinante che Evangeline si accorse di quanto era diventata fitta la nebbia solo quando, proseguendo a camminare, si rese conto di non vedere che a due o tre passi di distanza. Si voltò, ma non riuscì nemmeno a scorgere le guardie che la scortavano. Fu tentata di chiamarle, per capire se la stessero seguendo, poi ci ripensò.

Tutto sommato non le andava di essere pedinata e poi... un'idea balzana la folgorò.

Forse seminare i soldati era proprio il piano dell'istitutrice. Forse voleva incontrarla da sola. Era un'esperta di tutto ciò che riguardava il Palazzo del Lupo e i giardini reali, perciò probabilmente sapeva che ci sarebbe stata la nebbia. Forse aveva predisposto quell'abboccamento segreto per riferirle qualcosa a quattr'occhi.

Era troppo sperare che quel *qualcosa* l'avrebbe aiutata a recuperare i ricordi, lo sapeva, eppure non poté fare a meno di accelerare il passo.

«Principessa, potete rallentare?» gridò Hansel. O forse Victor. Non riusciva a capire quale dei due la stesse chiamando, solo che i giovani soldati erano in apprensione.

«Non vi vediamo più!» esclamò uno di loro.

Per tutta risposta, Evangeline aumentò ancora il passo, abbandonando il vialetto affinché gli stivaletti non ticchettassero sul selciato e aiutassero la scorta a rintracciarla. Il terreno era umido e molle sotto le suole. Petali caduti le si appiccicavano all'orlo della mantella e alle punte degli stivali.

Din-don!

In lontananza, la torre campanaria batté le undici e mezzo.

Evangeline temeva di essere in ritardo, ma all'improvviso

scorse il ponte che portava al Giardino dei Desideri. Lo attraversò di gran carriera, lasciandosi dietro una scia di fango e petali che le guardie avrebbero individuato non appena si fossero avvicinate. Ma con un po' di fortuna avrebbe passato almeno qualche minuto da sola con Madame Voss.

La nebbia si diradò leggermente quando Evangeline raggiunse l'altro lato del ponte, rivelando una porta rotonda costellata di chiazze. Ebbe l'impressione che in origine fosse stata di un bel bronzo lucente, ma con il tempo il colore era sbiadito, come un ricordo destinato un giorno a scomparire del tutto.

La patina verdastra intorno al pomello le riportò alla mente una storia che aveva letto: parlava di un pomello in grado di percepire le mani di chiunque lo toccasse e di comprendere che tipo di cuore avesse quella persona. Era così che capiva chi lasciar passare.

Evangeline non ricordava chi dovesse proteggere quel pomello, ma sapeva che qualcuno con il cuore malvagio aveva tentato di ingannarlo strappandosi il cuore dal petto. Aveva anche dimenticato cosa fosse accaduto dopo, ma non voleva perdere tempo a sforzarsi di rammentare. Doveva entrare nel giardino prima che le guardie la raggiungessero.

Varcò la soglia e le volute di nebbia le si avvolsero intorno agli stivali. Al contrario degli altri parchi reali, quel giardino straripava di fiori ribelli e rampicanti indisciplinati che si aggrappavano ai tronchi degli alberi e penzolavano dai rami come stelle filanti di una festa. Il sentiero era coperto di muschio verde-bluastro che si allungava davanti a lei come una passatoia, conducendola verso un piccolo pozzo che, per qualche strana ragione, non sembrava toccato dalla vegetazione rigogliosa.

Era bianco, sormontato da un arco di pietre a cui era assicurata una fune che reggeva un secchio d'oro. Goccioloni di pioggia cominciarono a cadere mentre Evangeline si avvicinava al pozzo.

Si guardò intorno in cerca dell'istitutrice. I suoi occhi guizzarono dagli alberi alla strana porta, ma non vide né udì nessuno. Il giardino era immerso nel silenzio, interrotto solo dal tamburellio della pioggia. Quella che era cominciata come una leggera acquerugiola si era trasformata in diluvio.

Evangeline si strinse la mantella addosso e si alzò il cappuccio, augurandosi che Madame Voss arrivasse presto. Poi le tornò in mente la conclusione della sua lettera.

Cercherò di arrivare in tempo, ma se dovessi ritardare, non esitate a esprimere un desiderio.

Il suo primo pensiero fu di chiedere che la donna la raggiungesse subito, ma sarebbe stato sciocco sprecare un desiderio per una cosa simile. Ma forse l'istitutrice non intendeva in senso letterale.

Forse c'era qualcosa nel pozzo e Madame Voss voleva che Evangeline lo trovasse. Aguzzò la vista in cerca di un indizio. C'era qualcosa inciso sui mattoni.

Riuscì a leggere solo le parole *Istruzioni per i desideri*, ma il resto era talmente consumato che dovette sporgersi per guardare meglio...

Due mani la spinsero da dietro.

Evangeline urlò e cercò di afferrare il bordo del pozzo, ma la spinta era stata potente e l'aveva colta di sorpresa.

Perse l'equilibrio e precipitò...

10

Evangeline

Evangeline conosceva innumerevoli racconti in cui fanciulle precipitavano attraverso il tempo o in voragini che si erano spalancate all'improvviso nel terreno, e quegli episodi le erano sempre parsi permeati di magia. Si era figurata queste fanciulle come foglie che cadevano lievi e aggraziate, in qualche modo incantevoli mentre fluttuavano sempre più giù.

La sua caduta fu di tutt'altro tipo. Piombò come un sasso e l'aria le sfuggì dai polmoni quando colpì l'acqua gelata e continuò ad affondare. La mantella e gli stivali pesavano come mattoni, risucchiandola verso il basso.

Evangeline non aveva mai imparato a nuotare. Riusciva a stento a tenersi a galla.

Con dita frenetiche si slacciò la mantella per scalciare meglio. Gli stivali l'appesantivano, ma temeva di annegare se avesse tentato di sfilarseli. Le costò una fatica immane riemergere in superficie. Per fortuna trovò un pezzo di legno a cui aggrapparsi.

«Aiuto!» boccheggiò. «Sono quaggiù!»

Udì qualche verso di uccello, il fischio del vento, il tamburellio incessante della pioggia sul pozzo, ma nessun rimbombo di passi.

«C'è nessuno lassù?»

Continuando a gridare, armeggiò con i lacci del vestito. Il sostegno di legno a malapena la teneva a galla.

Fu un po' più facile scalciare con indosso soltanto la sottoveste, ma faceva così *freddo*, si gelava. Stava esaurendo le forze nelle gambe e temeva che, se non avesse scalciato, il pezzo di legno non l'avrebbe sorretta a lungo.

«Sono quaggiù!» strillò più forte, ma in qualche modo la sua voce parve indebolirsi. «Aiuto...»

Era sempre più difficile gridare. E faceva freddo, tanto freddo. I suoi calci cominciarono a perdere vigore.

Non avrebbe mai dovuto seminare la sua scorta. Probabilmente non avrebbe nemmeno dovuto avvicinarsi troppo al pozzo, ma non l'aveva neanche sfiorata l'idea che qualcuno potesse *spingerla*. Chi era stato?

Non aveva visto nessuno, e si domandò confusamente se il suo aggressore fosse una di quelle persone contro cui l'aveva messa in guardia Apollo.

Usò quel poco di energia che le restava per avvicinarsi alla parete del pozzo. Cercò di aggrapparsi a una pietra sporgente, ma era scivolosa, e lei aveva le dita intorpidite. Ricadde nell'acqua gelida sollevando un ventaglio di spruzzi.

«Evangeline!» gridò qualcuno. Era una voce maschile, ma sconosciuta. «Evangeline!»

«Sono… quaggiù…» provò a urlare lei, ma le uscì appena un sussurro.

L'estraneo imprecò.

Evangeline alzò lo sguardo nel tentativo di scorgere chi fosse, ma le pareti erano troppo alte… però vide il secchio d'oro calare verso di lei.

«Afferralo» le ordinò la voce. Era il genere di voce a cui avrebbe obbedito anche se in gioco non ci fosse stata la sua vita. Non gentile, ma autorevole e penetrante come una punta di freccia.

Evangeline cinse il secchio con le mani intirizzite, un'operazione che risultò più difficile del previsto, perché aveva le dita così congelate da aver perso ogni sensibilità.

«Non mollarlo!» le intimò la voce.

Pur scossa dai brividi, Evangeline fece come ordinato. Chiuse gli occhi e si abbracciò al secchio mentre l'estraneo manovrava la fune, sollevandola dall'acqua fino in cima. La sottoveste bagnata le aderiva alla pelle. E all'improvviso due braccia solide, potenti, le cinsero la vita.

«Puoi lasciare il secchio adesso.» Lo sconosciuto le diede un leggero strattone per tirarla fuori dal pozzo.

Lei continuava a tremare, ma il suo salvatore la stringeva con tenacia, come una promessa che intendeva mantenere. Le sue braccia le cingevano la vita, tenendola premuta contro il suo torace. Evangeline ne percepiva i battiti forsennati. *Tump. Tump. Tump.*

Per qualche strana, assurda, delirante ragione, si sentì in dovere di rassicurarlo. «Sto bene.»

L'altro scoppiò in una risata rauca, un po' ansimante. «Se per te questo è bene, non oso pensare alla tua definizione di mezza morta.»

«Ho solo tanto freddo.» Rabbrividì ancora contro il suo petto mentre allungava il collo per vederlo in faccia. I capelli bagnati le coprivano gli occhi e la pioggia le annebbiava la vista, ma quando alla fine scorse i lineamenti del suo salvatore, il mondo parve brillare all'improvviso.

Era bellissimo. Di una bellezza non umana. Un angelo guerriero con gli occhi azzurri, i capelli biondo oro e un volto che ispirava a scrivere poesie. Sembrava quasi che rilucesse. Forse lo sconosciuto aveva ragione, forse lei era davvero mezza morta e lui un angelo venuto a portarla in paradiso.

«Non sono qui per portarti in paradiso» borbottò lui, allontanandola dal pozzo. Evangeline sentì che il cuore gli batteva ancora forte.

D'un tratto il mondo vorticò. La pioggia le turbinava intorno come un ciclone, trasformando il giardino e il suo angelo dorato in una macchia confusa, finché non si ritrovò altrove... dentro un ricordo che richiamava un corridoio illuminato dalla tenue luce delle candele.

Lui la stringeva con una tale forza da farle male, ma non le importava. Gli avrebbe permesso di stritolarla, di spezzarla, purché non la lasciasse andare. Era quello che voleva e si rifiutava di credere che non lo volesse anche lui.

Sentiva il suo cuore martellarle contro il petto, mentre la por-

tava nella camera accanto alla sua. Dentro, regnava il finimondo. Mele e torsoli sparpagliati sulla scrivania, lenzuola per aria, il fuoco nel caminetto che bruciava qualcosa di più che non qualche ciocco.

Il ricordo era così vivido che le parve quasi di sentire il calore emanato dal caminetto.

E con la stessa improvvisa rapidità con cui era piombata nel sogno, ne venne catapultata fuori dal contatto con il terreno duro e bagnato sotto la schiena, seguito dal suono di voci aspre.

«Che cos'è successo?»

«Chi è stato?»

I volti fradici di pioggia di due soldati sconosciuti torreggiavano su di lei. L'acqua gli gocciolava dai baffi.

Guardò alle loro spalle in cerca dell'angelo dalla chioma dorata che l'aveva salvata dal pozzo, ma non vide nessun altro.

Tutte le coperte e i camini accesi del Palazzo del Lupo non riuscivano a dissipare il gelo che le era penetrato nelle ossa e nel sangue.

Dopo che i soldati l'avevano riportata nella sua suite, le cameriere l'avevano aiutata a togliersi la sottoveste zuppa. Poi avevano discusso un po', perché volevano farle un bel bagno caldo, ma Evangeline era terrorizzata solo all'idea di immergersi in altra acqua. Così aveva optato per una morbida vestaglia e il letto.

In quel momento, però, mentre ancora tremava sotto la trapunta, si chiese se la scelta non fosse stata sbagliata.

«Verrà presto un medico» le annunciò Martine. «E il principe è stato richiamato al castello.»

Evangeline si rannicchiò ancora di più sotto le coperte. Fu sul punto di dire che non voleva vedere Apollo, però forse non era del tutto vero. A quanto pareva, aveva avuto ragione a metterla in guardia contro i pericoli che correva.

All'inizio non aveva detto a nessuno di essere stata spinta nel pozzo. Aveva mentito e raccontato di essere caduta. La bugia l'aveva fatta sentire un'incredibile sciocca. Aveva visto le espressioni dei soldati di ronda quando l'avevano trovata, le smorfie che si erano scambiati, come a sottintendere: *Che razza di idiota cade in un pozzo?*

Un'idiota che non vuole dare a suo marito un'altra scusa per sottrarle ancora più libertà, aveva pensato Evangeline, mentre a voce alta aveva tentato di portare avanti la commedia con i denti che le battevano.

Non che avesse funzionato. Mentre le guardie insistevano per riaccompagnarla al castello, si era resa conto che non credevano alla storia della caduta accidentale. L'avevano tempestata di domande: aveva incontrato qualcuno? Aveva ancora la lettera dell'istitutrice? Sapeva che le sue guardie personali, Victor e Hansel, erano scomparse?

Evangeline si rimproverò: era stata troppo fiduciosa. Forse però il problema non era la fiducia in sé, ma il fatto di accordarla alle persone sbagliate. Avrebbe dovuto dare retta ad Apollo quando l'aveva avvertita che era in pericolo.

Il dottor Gramigna andò a visitarla e le prescrisse tè caldo e coperte. Quando sorseggiò l'infuso, però, Evangeline avvertì un sapore… strano. Temendo che vi avessero aggiunto un sonnifero, lo versò in un vaso di piante non appena rimase sola.

Non aveva bisogno di sedativi, si sentiva già esausta. E tuttavia non riusciva a prendere sonno.

Ogni rumore la faceva trasalire. A ogni crepitio del fuoco, a ogni scricchiolio del pavimento, contraeva i muscoli come un pupazzo a molla pronto a scattare. Mentre teneva gli occhi chiusi, avrebbe giurato di udire i battiti impazziti del proprio cuore.

Una folata d'aria gelida spazzò la stanza ed Evangeline si seppellì sotto le coperte.

Forse non avrebbe dovuto mandare via le cameriere.

Il pavimento scricchiolò di nuovo. Si sforzò di ignorarlo.

Poi, invece dello scricchiolio, udì un rumore di passi, sonori e spavaldi. Si decise ad aprire gli occhi.

Apollo era accanto al letto. Aveva il mantello di velluto bagnato, i capelli spettinati dal vento, le guance arrossate, e gli occhi scuri lucidi di apprensione. «So che ora come ora probabilmente non vuoi vedermi, ma dovevo assicurarmi che stessi bene.»

Allungò una mano come per toccarla, ma all'ultimo momento sollevò il braccio e si passò le dita tra i capelli.

Evangeline si alzò lentamente a sedere, stringendosi addosso la trapunta. Si rese conto che anche lei avrebbe voluto toccarlo. Voleva essere abbracciata, tenuta stretta, e sapeva che se gliel'avesse chiesto, lui l'avrebbe fatto.

Poi rammentò a se stessa perché non poteva, ma l'argomentazione non sembrava più reggere. Difficile essere arrabbiata con Apollo quando era evidente che le precauzioni per cui lui aveva tanto insistito erano necessarie.

Allungò timidamente una mano, sfiorandogli le punte delle dita. Erano fredde, non come il ghiaccio, ma come quelle di qualcuno che era corso subito da lei dopo un lungo viaggio. Il giorno prima si era rifiutata di fidarsi del principe, ma questo non gli aveva impedito di accorrere da lei nel momento del bisogno. «Sono contenta che tu sia venuto.»

«Verrò sempre. Anche quando non mi vorrai.» Apollo fece un altro passo verso il letto e intrecciò le dita alle sue. Era scosso da un leggero tremito, proprio come la mattina in cui l'aveva trovata dopo che le avevano rubato i ricordi.

Lei alzò lo sguardo e gli rivolse un sorriso rassicurante. Ma, invece di vedere lui, si figurò l'angelo guerriero del pozzo, quel bellissimo salvatore dalla chioma dorata che l'aveva tenuta tra le braccia forti come l'acciaio. Durò soltanto un attimo, ma le guance le avvamparono.

Apollo sorrise, nell'errata convinzione di essere lui la ragione di quel rossore. «Questo significa che mi perdoni per ieri?»

Evangeline annuì. Nel suo stato confusionale, doveva aver detto qualcosa, perché il principe sorrise raggiante e rispose: «Ti proteggerò sempre, mio tesoro. Ti ho detto la verità quando sono tornato dal regno dei morti... Non ti lascerò andare mai più».

11

Jacks

Jacks si era sempre considerato più un sadico che un masochista. Gli piaceva infliggere dolore piuttosto che riceverlo. Eppure non riusciva a lasciare le ombre della camera da letto di Evangeline.

Non era un'ossessione.

Una sola visita non era un'ossessione.

Doveva solo sincerarsi che fosse ancora viva. Che non stesse sanguinando. Che non fosse in pericolo. Infelice. Infreddolita. Adesso era al sicuro nel suo letto. E sarebbe stata ancora più al sicuro quando lui fosse uscito. Ma Jacks era troppo egoista per andarsene.

Si appoggiò a una colonnina del letto e la osservò dormire. Non aveva mai capito perché qualcuno avrebbe dovuto guardare un'altra persona dormire... *finché non era arrivata lei.*

Castor lo faceva. Diceva che era questo il modo in cui gestiva gli impulsi.

Per Jacks era l'esatto contrario.

Il fuoco languiva nel caminetto. Per un attimo pensò di incendiare la stanza, così avrebbe avuto un'altra scusa per sollevarla tra le braccia e portarla via, per salvarla un'ultima volta prima di abbandonarla per sempre.

A essere onesti, però, non sarebbe stato un vero salvataggio se fosse stato lui a metterla in pericolo appiccando il fuoco.

«Svegliati, principessa.» Jacks lanciò un corsetto di pelle sulla figura dormiente.

Evangeline strizzò le palpebre e si strofinò gli occhi stanchi, liberandosi dell'indumento. Non lo aveva ancora visto in faccia. Ma in passato non era mai stato necessario che lo vedesse. In passato era capace di riconoscere la sua voce o di percepire la sua presenza ancora prima che lui aprisse bocca, e il suo corpo reagiva di conseguenza. Le sue guance avvampavano oppure rabbrividiva e poi faceva finta che fosse stato uno spiffero. Che non fosse stato lui la causa.

Era meglio che non lo riconoscesse, ma Jacks era abbastanza bastardo da detestare il fatto che lo avesse dimenticato.

Anche se non era colpa sua se Evangeline aveva perso la memoria.

«*Non è un piccolo errore quello a cui vuoi rimediare. Se lo fai, il Tempo ti sottrarrà qualcosa di altrettanto prezioso*» lo aveva ammonito Honora.

Jacks aveva pensato che il Tempo avrebbe sottratto qualcosa a lui. Non che avrebbe preso qualcosa a *lei*.

I ricordi perduti di Evangeline gli sembravano un piccolo prezzo da pagare in confronto alla sua *vita*. Ma anche se era di nuovo al mondo, Jacks non avrebbe mai dimenticato quando l'aveva vista morire, sentendola diventare sempre più inerte tra le sue braccia. In quel momento aveva capito quanto era fragile. Era convinto che sarebbe stata più al sicuro nel castello con Apollo… e sarebbe andata così, una volta ottenuto ciò che gli serviva. A quel punto avrebbe potuto lasciarla in pace per sempre.

«Vuoi muoverti?» la incalzò, lanciandole una gonna. «Non mi va di aspettare tutto il giorno.»

Lei cercò di assumere un'aria accigliata mentre borbottava: «È ancora buio fuori».

«Esatto.» Jacks le tirò un terzo indumento.

«La pianti?»

«Ti vesti?»

Evangeline si districò dal groviglio di stoffe e lui osservò la sua espressione sconcertata mentre tentava di mettere a fuoco. Aveva ancora l'aria insonnolita, gli occhi annebbiati e stanchi. Eppure lui non riusciva a distogliere lo sguardo.

Da quel primo giorno nella sua chiesa, Jacks aveva desiderato guardarla. Voleva scoprire il suono della sua voce, com'era la sua pelle. L'aveva seguita, aveva ascoltato la sua preghiera… odiato la sua preghiera. Era stata una delle suppliche più orribili che avesse mai udito. Eppure neanche allora era stato in grado di voltarle le spalle. Voleva un pezzo di lei. Voleva tenerla per sé. Per usarla a tempo debito.

O almeno era così che si era detto.

Lei era soltanto una chiave.

Un'umana.

Non era un'ossessione.

Non era sua.

Si portò una mela nera alle labbra e l'addentò con forza.

Crunch.

Evangeline trasalì a quel rumore e strinse l'orlo della trapunta.

«Non sapevo che avessi paura delle mele.»

«Non dire sciocchezze. Non ho paura delle mele.»

Ma era una menzogna. Lui si accorse della vena che le pulsava sul collo. L'aveva spaventata, il che era un bene. Avrebbe *dovuto* avere paura di lui.

Ma a quanto pareva Evangeline non aveva ancora sviluppato l'istinto di conservazione. Ormai era del tutto sveglia, ma non chiamò le guardie né assunse una posa difensiva. Anzi, sgranò gli occhi e, per un brevissimo istante, fu quasi doloroso contemplare la portata della sua amnesia, perché lo stava fissando come se lui non fosse capace di farle alcun male.

«Sei tu» sussurrò lei. «Mi hai salvato la vita.»

«Se ci tieni a ringraziarmi, sbrigati e vestiti.»

Evangeline ebbe un lieve sussulto al suono aspro della sua voce. Jacks sapeva di essere un bastardo a comportarsi così, ma quando fosse finito tutto, per lei sarebbe stato peggio se si fosse dimostrato gentile.

«Perché sei qui?» gli chiese.

«Devi imparare a difenderti da sola contro la prossima persona che tenterà di ucciderti» rispose lui brusco.

Lei lo squadrò con aria scettica. «Sei un istruttore?»

Jacks si spinse via dalla colonnina prima che Evangeline potesse guardarlo meglio. «Ti do cinque minuti. Poi, vestita o no, cominciamo.»

«Aspetta!» esclamò lei. «Come ti chiami?»

Lo sai già, Piccola Volpe.

Ma ancora una volta non proiettò i pensieri abbastanza forte da farsi udire.

Le rispose con il nome che aveva già scelto. Sapeva che lei non se ne sarebbe ricordata, ma a lui serviva qualcosa che non avrebbe dimenticato. «Puoi chiamarmi Arciere.»

12

Evangeline

Evangeline trovò Arciere in corridoio, con una spalla appoggiata alla parete di pietra, le braccia incrociate sul torace, come a disagio nell'attendere qualcuno. La sua mascella si serrò non appena la vide uscire dalla stanza.

Anche dentro di lei qualcosa si strinse, al centro del petto. Una fitta acuta, dolorosa, che divenne ancora più lancinante quando gli occhi di lui la squadrarono da capo a piedi, accendendosi di una strana luce.

Evangeline aveva indossato gli indumenti che lui le aveva dato. Ma solo perché non era del tutto lucida. L'ampia gonna bianca era comoda, ma il resto era decisamente poco funzionale. La blusa rosa pallido era troppo trasparente, il corsetto di pelle troppo aderente e le parve ancora più stretto quando gli occhi di Arciere indugiarono su di esso.

Si chiese se seguire quella guardia fosse una buona idea.

Il solo fatto di stargli vicina le sembrava un errore.

Le aveva salvato la vita, senza dubbio, ma non aveva più l'aria del salvatore. C'era qualcosa di disumano nei suoi tratti scolpiti; per un attimo Evangeline pensò che rischiava di ferirsi se per sbaglio gli avesse sfiorato la mascella.

Anche l'abbigliamento era un po' troppo trascurato per una guardia reale. Calzava alti stivali graffiati, indossava braghe di pelle a vita bassa e due cinture sovrapposte da cui pendevano numerose lame. Aveva la camicia sblusata con il colletto aperto; le maniche arrotolate oltre i gomiti lasciavano in bella vista le braccia forti e asciutte. Evangeline ricordava ancora la potenza della loro stretta mentre la sollevavano, la sicurezza che aveva provato quando lui se l'era premuta al petto. E provò una fugace fitta di gelosia nei confronti di chiunque fosse stata tra quelle braccia.

Non è stata *decisamente una buona idea.*

E poi… che fine avevano fatto le altre guardie?

«C'è stato un allarme» disse Arciere, notando come lo sguardo di Evangeline guizzava su e giù per il corridoio in penombra. «Sono andati a investigare.»

«Che genere di allarme?» si informò lei.

Arciere fece spallucce. «A me pareva il lamento di un gatto, ma le tue guardie erano di diverso avviso.» Un angolo della bocca gli si sollevò lentamente in un mezzo sorriso. In quell'attimo, il suo volto cambiò. Se prima era attraente, adesso era così bello da dare quasi fastidio.

Evangeline, però, non voleva affatto pensarlo bello. Aveva la netta sensazione che si stesse prendendo gioco di lei, o che quel suo sorrisetto si riferisse a sottintesi che le sfuggivano.

Aggrottò la fronte.

Il suo gesto servì solo a farlo sogghignare ancora di più. Non lo avesse mai fatto. Aveva le fossette. Fossette maliziose. Le fossette avrebbero dovuto essere dolci, ma quel soldato le sembrava tutto tranne che dolce.

Per l'ennesima volta Evangeline si chiese se fosse prudente seguirlo. Alla fine decise che non avrebbe risposto a quella domanda. Perché la verità era che voleva andare con lui. Forse era ancora stordita dalla caduta nel pozzo o dalla mancanza di sonno, o forse, oltre al suo cuore, qualcos'altro si era spezzato dentro di lei durante il periodo che non riusciva a ricordare.

«Ci siamo mai incontrati prima?» gli domandò. «Ti conosco?»

«No. Di solito non gioco con le cose che si rompono facilmente.» Il giovane sciolse le braccia e si spinse via dalla parete.

Arciere si muoveva per il castello furtivo come un ladro, il passo agile e veloce mentre attraversava sale e svoltava angoli. Era difficile tenergli dietro con quella ridicola gonna ampia che le aveva lanciato.

«Sbrigati, principessa.»

«Dove stiamo andando?» gli chiese appena lo raggiunse in fondo a una rampa di scale.

Lei respirava a fatica, mentre lui sembrava quasi annoiato quando con un gesto indolente aprì una porta che conduceva all'esterno.

Evangeline fu investita da una folata d'aria fredda e si cinse il corpo con le braccia. «Si gela qua fuori.»

Arciere sorrise beffardo. «Non è che scegli il clima che vuoi quando qualcuno ti aggredisce.»

«È per questo che mi hai dato vestiti così scomodi?»

Per tutta risposta lui le scoccò un altro sogghigno che la riempì di frustrazione, poi si avviò lungo un vialetto che si perdeva nell'oscurità.

La temperatura era ancora più rigida quando Evangeline si decise a seguirlo. Doveva mancare almeno un'ora all'alba. La notte nera come l'inchiostro era punteggiata dal tenue bagliore dei lampioni disposti a intervalli regolari lungo il sentiero. I coni di luce illuminavano le grandi pozze d'acqua che fiancheggiavano il viale.

L'aveva portata nel Giardino Acquatico.

In lontananza si udiva il gorgoglio delle fontane e il rombo scrosciante delle cascate. Immaginò che di giorno il giardino dovesse apparire piuttosto stravagante, ma in quel momento, nella parte più fredda e buia della notte, Evangeline continuava a pensare a come sarebbe stato cadere in quelle acque. Non sembravano profonde come il pozzo in cui il giorno prima aveva rischiato di morire. Eppure, per un attimo, rimase impietrita.

«Andiamo, principessa» la sollecitò Arciere.

Ma era andato troppo avanti perché lei riuscisse a scorgerlo; fu pervasa da un nuovo brivido di apprensione nel ricordare cosa le era capitato l'ultima volta che aveva perso una guardia.

Udiva solo il suono dei suoi passi affrettati.

Dopo un secondo di esitazione, lo seguì per ritrovarsi su un traballante ponte sospeso. Uno di quelli che da bambina avrebbe adorato, fatto di corde, vecchie assi di legno e probabilmente più di un pizzico di incoscienza, dato che aveva l'aria decisamente instabile. Se avesse avuto una moneta in tasca, l'avrebbe lanciata nel torrente impetuoso che vi scorreva sotto, mormorando una preghiera per un attraversamento sicuro.

Udiva l'acqua che si frangeva contro i massi, ma non più i passi di Arciere.

«Arciere?» chiamò.

Nessuno rispose.

L'aveva seminata di proposito? Non voleva crederci. Aveva avuto il sospetto che seguirlo fosse una pessima idea, eppure, dentro di sé, sperava che si rivelasse buona.

Forse però era arrivato il momento di tornare al castello.

Il ponte oscillò sotto i suoi piedi appena si voltò. All'improvviso due braccia fredde le cinsero il corpo, bloccandole le sue lungo i fianchi.

«Non urlare» le sussurrò all'orecchio Arciere, «altrimenti ti scaravento giù dal ponte.»

«Non oseresti» boccheggiò lei.

«Mi stai sfidando, principessa? Perché io oserei questo e altro.»

La trascinò senza tante cerimonie verso un lato del ponte e la sporse oltre il corrimano di corda sfilacciata, finché i capelli di lei non penzolarono sull'acqua tumultuosa. Evangeline ebbe la sensazione che, se anche non avesse gridato, avrebbe potuto spingerla giù per il solo gusto di guardarla cadere.

«Sei impazzito?» Tentò di divincolarsi.

Arciere ridacchiò. «Dovrai impegnarti di più.»

«Credevo che il tuo compito fosse insegnarmi cosa fare!»

«Prima voglio vedere se sai cavartela da sola.» Si chinò dietro di lei avvicinandole la bocca all'orecchio. A Evangeline parve di sentire i denti che le sfioravano il lobo mentre lui parlava.

Il cuore cominciò a batterle forte. Forse era davvero pazzo, dopotutto.

Gettò indietro la testa nel tentativo di colpirlo in faccia.

Lui si ritrasse di scatto. «Facile da schivare.»

Allora lei calò uno stivale con forza per pestargli un piede, con l'unico risultato di far dondolare il ponte pericolante.

«Mi sa che forse non vuoi scappare.» Stavolta le mordicchiò davvero l'orecchio. Evangeline avvertì i suoi denti aguzzi sulla pelle. Si chiese se gli piacesse fare del male a chiunque o soltanto a lei. Quella situazione cominciava a sembrarle una questione personale. Anche se, a dire il vero, quel morso non le procurava vero dolore, ma piuttosto un certo turbamento.

«Vuoi che ti spinga di sotto?» la stuzzicò lui.

«Certo che no!» strillò.

«Allora perché non combatti?» Sembrava arrabbiato.

«Sto facendo del mio meglio.»

«E io no, quindi devi sforzarti di più. Dammi un calcio.»

Evangeline strinse i denti e scalciò all'indietro, mirando all'inguine della guardia, ma riuscì solo a stropicciarsi l'orlo di quella ridicola gonna.

«Ben fatto, principessa.»

«Mi prendi in giro?»

«Non stavolta. Mi hai costretto a ricalibrare il peso. Un calcio del genere porta l'aggressore a stringere le gambe, e questo ti consente di cambiare posizione. Fa' un passo di lato con la gamba destra» le ordinò, «poi sposta la sinistra dietro di me.»

«A cosa serve?»

«Tu fallo e basta. Non ti lascerò andare finché non avrai imparato.» Arciere strinse ancora di più le braccia fredde. Cadde una goccia di pioggia, seguita da un'altra e da un'altra ancora. Nel giro di pochi secondi, Evangeline si ritrovò con la camicetta leggera completamente zuppa. Ed era bagnata anche quella di Arciere. Lei se la sentiva aderire alla schiena nei punti in cui il corsetto di cuoio non la copriva, mentre lui continuava a stringerla sempre più forte, fin quasi a farle male.

Alla fine decise di seguire le sue istruzioni. Spostò la gamba destra da un lato e spinse la sinistra dietro di lui. Arciere aveva detto la verità. Era riuscita a cambiare posizione, ma le sembrava che in questo modo fossero ancora più avvinghiati.

«Ora afferrami» le ordinò lui.

«Ho le braccia bloccate!»

«Ma le mani no.»

In effetti le aveva libere, ma per qualche motivo esitava ad afferrarlo.

«Fallo» ripeté lui, «poi usa il bacino per sollevarmi e ribaltarmi.»

Arciere la serrò con forza, un braccio intorno alle costole e l'altro appena sotto il punto vita, quasi sul fianco, le dita allargate come se non volesse bloccarla, ma piuttosto toccarla... stringerla nel buio della notte su quel ponte dove esistevano solo loro due e la pioggia e i loro cuori che battevano troppo forte.

Evangeline gli agganciò le gambe. Era tutto bagnato e viscido. Le dita le scivolarono sul cuoio e il ponte ondeggiò.

Perse l'equilibrio. Un'asse di legno le si spezzò sotto i piedi.

«No...» gridò.

Arciere si mosse fulmineo. Le fece scudo con il proprio

corpo mentre cadevano. Quando atterrarono a un soffio dalla tavola fracassata, fu la sua schiena a colpire il ponte con uno schianto secco.

Lei lo udì rantolare, come se gli fosse sfuggita tutta l'aria dai polmoni, ma Arciere non la lasciò andare. Semmai, rafforzò la stretta.

Sentiva il suo respiro affannato sul collo mentre giacevano sul ponte rotto. Nella lotta, le si era strappata la camicetta e le dita di lui adesso le serravano la pancia nuda.

La pioggia si faceva sempre più insistente. Evangeline aveva ogni centimetro di pelle bagnato, ma la sensazione più intensa era quella delle dita di Arciere che scendevano lentamente verso la cintura della gonna.

«Questo sarebbe il momento in cui ti liberi» mormorò.

«Non voglio» disse lei, ma le parole le uscirono con un tono sbagliato, ansimante. E malgrado il freddo e l'umidità, si rese conto di avvampare, dalle guance fino alla pelle nuda sotto le mani di Arciere. «Nel senso che prima ho bisogno di riprendere fiato.»

Lui fece schioccare la lingua in segno di rimprovero. «Non avrai modo di riprendere fiato. Se smetti di combattere, muori.» Spostò una mano gelida verso la sua gola ed Evangeline avvertì la punta aguzza di una lama sulla pelle.

Si immobilizzò, o almeno tentò di farlo. Era sorprendentemente difficile non muoversi con una lama puntata al collo e una mano che le stringeva il ventre in maniera sin troppo intima. «Sei pazzo?»

«Ci puoi scommettere.» Lui mosse adagio la lama, tracciandole una linea leggera sulla vena pulsante del collo. Non le ferì la pelle, ma l'effetto fu ugualmente vertiginoso.

«Non pensare *mai* di essere al sicuro» l'ammonì. Il pugnale prese a scendere dall'incavo della gola fino al centro del petto, verso i lacci del corsetto.

Evangeline trattenne il fiato. La punta d'acciaio rimase sospesa a un soffio dai lacci. Sarebbe bastato un piccolo guizzo della lama a reciderli.

No.

Era stato lui a pensare quella parola o lei? Non ne era certa. Le era quasi parso di udire la voce di Arciere nella sua testa.

Poi, con un'unica mossa repentina, lui la rimise in piedi e la liberò con altrettanta sveltezza.

Evangeline barcollò sulle gambe malferme.

Di fronte a lei, Arciere era fradicio. L'acqua gli gocciolava dai capelli dorati sulle guance pallide, eppure non era scosso nemmeno da un brivido. Se ne stava immobile, impugnando il coltello che le aveva appena puntato alla gola. Aveva le nocche sbiancate, ma forse era soltanto per il freddo. «Ci riproveremo la prossima volta.»

«E se non volessi una prossima volta?» ansimò lei.

Lui le scoccò un sorrisetto beffardo, come a dirle che in realtà non aveva scelta ma era tenera a crederci. «Se è questo che vuoi, allora dovrai impegnarti di più per respingermi quando tornerò in camera tua. Fino ad allora portati dietro questo. *Ovunque.*»

Arciere le lanciò il pugnale.

L'arma disegnò una parabola girando su se stessa. Le gemme scintillarono alla luce dei lampioni, e all'improvviso davanti agli occhi di Evangeline balenò l'immagine della stessa lama non in aria, bensì su un pavimento scuro. E non era un'immagine, ma un ricordo.

Mancavano parecchie gemme, ma l'elsa scintillava alla luce delle fiaccole, pulsando di luce viola-bluastra, il colore del sangue prima di essere versato.

Il ricordo durò un istante.

Mentre svaniva, lei guardò il pugnale che aveva in mano. Senza ombra di dubbio era la stessa lama. Con le stesse gemme blu e viola, con gli stessi castoni vuoti a cui mancavano le pietre.

Non sapeva se fosse sempre stato di Arciere, o se un tempo fosse appartenuto a lei, ma di una cosa era certa: le aveva mentito dicendole di non conoscerla.

Voleva chiedergli perché, e voleva chiedergli del pugnale.

Ma ancora una volta lui si era volatilizzato.

13

Apollo

Apollo era in piedi davanti al fuoco acceso del suo studio privato, le mani intrecciate dietro la schiena, il mento sollevato, gli occhi bassi. Era una posa che assumeva spesso per i ritratti, come quello appeso sul caminetto. Certo, era più giovane in quel quadro, dipinto prima che conoscesse Evangeline, prima che morisse e venisse rimpiazzato da un impostore nel giro di una settimana. E non era nemmeno uno dei migliori.

Apollo sapeva di essere ancora giovane. Aveva vissuto solo vent'anni… ed erano stati vent'anni pacifici, in cui non aveva avuto modo di trascorrere un'esistenza degna di essere cantata da bardi e menestrelli. Gli piaceva pensare che, se fosse vissuto un po' più a lungo prima della sua presunta morte, il suo lascito non sarebbe stato ignorato così rapidamente. Eppure era deluso da se stesso per aver sprecato tanto tempo.

Tornare dal regno dei morti gli aveva procurato un vantaggio: ora poteva costruire un'eredità che non sarebbe stata dimenticata tanto facilmente. Tuttavia sapeva che non sarebbe bastato a forgiare il futuro che desiderava, a garantire che nessuno lo maledicesse mai più o che lo usasse come strumento per nuocere a Evangeline.

Doveva fare di più.

Apollo aprì la pergamena che gli aveva dato Lord Boscostrage due giorni prima. Come le altre volte, cominciò a bruciare; non tanto da ustionarlo, ma abbastanza da distruggere la pagina e ridurla in cenere. Il fuoco partiva dalle parole in fondo al rotolo e le consumava prima che avesse il tempo di leggerle. Tuttavia ne aveva intraviste abbastanza da sapere esattamente cosa fare.

Prima, però, doveva sincerarsi che Evangeline fosse al sicuro.

In quel momento qualcuno bussò alla porta. Tempismo perfetto.

Apollo trasse un sospiro profondo e si fece forza per prepararsi a quanto lo aspettava.

«Avanti» disse, piegando le labbra in una smorfia quando la porta si aprì e Havelock entrò nello studio.

La guardia notò subito la pergamena in fiamme nella mano del principe e la cenere sul pavimento. «Ho interrotto qualcosa?»

«Niente d'importante.» Apollo lasciò cadere il rotolo fumante. Come tutti i racconti nordici, era contaminato dalla maledizione storica. Quella pagina in particolare prendeva fuoco ogni volta che veniva srotolata. Bruciava fino a diventare cenere per poi riformarsi… un po' come stava facendo Apollo con la sua vita e quella di Evangeline.

«Ci sono novità sull'aggressione alla principessa Evangeline?» si informò.

Il soldato chinò il capo e rilasciò un sospiro tormentato. «L'istitutrice della principessa continua a professare la propria innocenza. Madame Voss giura di non averle mai inviato una lettera per attirarla al pozzo. Sostiene che le guardie stanno mentendo.»

Apollo si passò una mano tra i capelli. «Cosa dicono Victor e Hansel?»

«Difendono la loro versione. Dicono che è arrivata una lettera da parte dell'istitutrice e che hanno perduto Evangeline nella nebbia quando lei è andata all'appuntamento. Giurano di non fare parte di alcun complotto.»

Apollo storse le labbra. «Secondo te è la verità?»

«Mi sembrano sinceri, Vostra Altezza. Ma è difficile stabilirlo con assoluta certezza. Anche Madame Voss mi è parsa sincera.»

Apollo sospirò e abbassò lo sguardo sul pavimento, dove la pagina aveva quasi finito di consumarsi.

«Probabilmente Hansel, Victor e l'istitutrice sono in combutta» sentenziò.

Non appena ebbe pronunciato quelle parole, avrebbe voluto rimangiarsele.

Ormai era troppo tardi. Ed era troppo tardi precisamente da quando aveva ordinato a Victor e Hansel di consegnare a Evangeline la lettera contraffatta dell'istitutrice, per poi fingere di perderla nei giardini e spingerla infine nel pozzo. Ma Evangeline non gli aveva dato scelta. Non voleva credere al pericolo che correva. Lui doveva dimostrarle che si sbagliava.

Non era stata sua intenzione trasformare la lezione in un'esperienza tanto traumatica. Si era aspettato che le guardie di ronda la trovassero prima. Era stato un errore, ma non aveva voluto coinvolgere più persone del necessario nel suo piano.

«Continua a torturare l'istitutrice… ho la sensazione che stia per cedere. Specie quando le dirai che hai ucciso Victor e Hansel.»

Havelock impallidì.

Apollo gli diede una pacca sulla spalla e, ancora una volta, fu tentato di cambiare strategia e dirgli di limitarsi a lasciare Victor e Hansel in prigione. Detestava l'idea di perdere quei due soldati che si erano dimostrati scrupolosi e affidabili; d'altro canto, non poteva essere sicuro di quanto sarebbe durata la loro lealtà. E non poteva spargersi la voce che era stato lui ad aver orchestrato l'attentato alla vita di Evangeline. «So che Victor e Hansel sono tuoi amici, ma hanno tradito la principessa. Occorre dare l'esempio.»

Havelock annuì con aria triste. «Mi assicurerò che venga fatto stanotte.»

Apollo avvertì una fitta di quello che sembrava rimorso. Odiava farlo, e odiava che la situazione fosse precipitata fino a quel punto, che la mancanza di fiducia di Evangeline nei suoi confronti lo avesse costretto a adottare misure così drastiche. Ma stava facendo la cosa giusta.

Stava proteggendo sua moglie da tutti, compresa se stessa.

14

Evangeline

Arciere non era né un angelo né un salvatore. Era uno squilibrato, probabilmente pericoloso, eppure Evangeline aveva la sensazione che fosse la sua unica speranza di recuperare la memoria.

Guardò di nuovo il pugnale che le aveva dato. Quel poco che rammentava non le suggeriva indizi, quindi forse era più una briciola di pane che un vero e proprio frammento di ricordo; ma, come ogni appassionata di fiabe, sapeva che valeva sempre la pena seguire una pista di briciole di pane.

Evangeline decise di percorrerla fino al punto in cui l'avrebbe condotta, ovunque si trovasse.

Un solo ricordo si poteva liquidare come mera coincidenza.

Però aveva incontrato Arciere due volte, e per due volte lui le aveva acceso vividi ricordi, e con essi la speranza.

Dopo essersi svegliata prima dell'alba e aver passato le ore più buie a lottare sotto la pioggia con Arciere, avrebbe dovuto tornare a letto strisciando esausta.

Invece si sentiva elettrizzata. Le sembrava di aver trovato un pezzo della sua vecchia sé. Ed era uno dei suoi pezzi preferiti. La parte che amava sperare. Aveva dimenticato come la speranza rendesse i colori più brillanti e i sentimenti più intensi, come riuscisse a spostare i pensieri da ciò che *non era* possibile a ciò che lo *era*.

I suoi ricordi non erano stati cancellati per sempre, li aveva semplicemente smarriti, e adesso nutriva la speranza di recuperarli.

Dato che Arciere le aveva evocato due ricordi, era logico sperare che, nel rivederlo di nuovo, ne avrebbe scoperti altri. In caso contrario, almeno gli avrebbe chiesto come si erano conosciuti.

Stavolta, però, non avrebbe aspettato che fosse lui a cercarla.

Evangeline avrebbe chiesto che le mostrassero Palazzo del Lupo, una visita che comprendesse anche gli alloggi delle guardie e dei soldati. Arciere le aveva detto che avrebbero fatto un'altra lezione, ma lei non voleva aspettare fino a quella vaga *prossima* volta. Voleva rivederlo quel giorno stesso.

«Perdonate, Vostra Altezza» squittì Martine. «Prima che usciate, immagino che vogliate dare un'occhiata a questo. È arrivato mentre parlavate con l'assistente del dottore.» La cameriera le porse un biglietto color crema con il sigillo di ceralacca di Apollo. Evangeline si affrettò a spezzarlo per leggere il messaggio.

Mia dolce Evangeline,
mi rincresce che i miei numerosi impegni di corte mi tengano lontano da te quest'oggi. Mi faresti l'onore di incontrarci stasera a cena, un'ora dopo il tramonto, nella Rotonda delle Colonne? Non vedo l'ora di rivederti e di presentarti alcuni miei ospiti speciali.
Con tutto il mio amore,
Apollo

«Dovremmo cominciare a prepararvi subito!» esclamò Martine, senza nemmeno tentare di nascondere che aveva sbirciato la lettera da sopra la spalla di Evangeline.

«Sul serio dovrei iniziare a vestirmi adesso per stasera?» Era da poco passato mezzogiorno, il che le dava ancora almeno due o tre ore per cercare Arciere. «È solo una cena.»

«Niente è solo una cena se ci si trova in un castello» replicò Martine. «Quando un principe dice *cena*, in realtà intende *banchetto.* Ci saranno tutti. Dignitari, nobili, le Grandi Casate, le guardie…»

«Le guardie?» chiese Evangeline, correndo subito con il pensiero ad Arciere.

Se quella sera fosse stato presente, allora non c'era bisogno di andare a cercarlo subito. E se quella cena prometteva di essere un grande ricevimento come Martine aveva suggerito, non sarebbe stato difficile sgattaiolare via per scambiare due chiacchiere in privato.

15

Apollo

Apollo avrebbe dovuto scegliere una sala diversa per quella cena.

La Rotonda delle Colonne era uno degli ambienti più suggestivi del Palazzo del Lupo, con un soffitto alto tre piani sormontato da una cupola di vetro da cui si godeva una splendida vista del firmamento. Il centro della sala era dominato da otto enormi colonne disposte in circolo e scolpite con le fattezze dei Santi Dimenticati. Apollo le riteneva molto più spettacolari delle statue dei Valor che troneggiavano giù al porto: queste almeno avevano ancora la testa. Inoltre erano state ricavate dalla rara pietra stellata, una gemma che riluceva di notte, creando un'atmosfera irreale che si augurava con tutto il cuore Evangeline trovasse affascinante.

Ora, però, si pentiva della sua decisione.

Avrebbe dovuto pensare meglio alla questione sicurezza.

Le colonne erano maestose, ma impedivano la visuale completa della sala e delle porte. C'erano numerosi uomini appostati nell'eventualità che Jacks si presentasse, ma alla fine della serata la metà di loro sarebbe stata ubriaca quanto gli ospiti. Era così che andavano sempre le cose.

Apollo non era mai troppo rigido con le guardie durante le cene di festa. In serate del genere, il pericolo maggiore era che i brindisi si protraevano troppo a lungo, e lasciare che le guardie bevessero a sazietà era un facile modo per assicurarsi la loro lealtà. Lealtà che non voleva rischiare di perdere, soprattutto adesso che era stato costretto a fare a meno di Victor e Hansel. Avrebbe solo dovuto stare alle costole di Evangeline tutta la sera.

L'avvertì non appena entrò nella Rotonda. Un formicolio alla pelle, piacevole e fastidioso al tempo stesso, come l'attrazione che provava per lei. Si trattava di un lascito della maledizione dell'Arciere, anche se durante l'incantesimo quella sensazione era stata molto più forte: un fuoco che gli divorava la carne e che soltanto lei avrebbe potuto estinguere.

Quando si girò e la vide entrare, tutto il resto perse importanza.

Le tavole imbandite, gli ospiti in ghingheri, le colonne e le candele parvero scolorire e dissolversi come un acquerello sotto la pioggia.

Mentre Evangeline risplendeva delicata, innocente, bellissima.

Dopo qualche istante, i dettagli tornarono a fuoco e Apollo si accorse che tutti gli occhi erano puntati su di lei. Non tollerava il modo in cui gli altri la fissavano. Alcuni erano semplicemente curiosi, ma certi sguardi lo innervosivano e un paio gli fecero venire voglia di tagliare qualche gola.

Si sforzò di non adirarsi. Era la dama più bella della sala e non poteva biasimare gli invitati se la guardavano in quel modo.

D'altro canto, voleva mettere in chiaro che Evangeline apparteneva soltanto a lui.

Lei non lo vide arrivare mentre si avvicinava. Si muoveva con grazia nella Rotonda, gli occhi traboccanti di stupore davanti alle colonne scintillanti.

Aveva i capelli raccolti in cima alla testa e indossava un vestito con la scollatura profonda e due spalline sottili che Apollo immaginò di poter strappare con un semplice schiocco delle dita. Forse, se si fosse giocato bene le sue carte, più tardi Evangeline glielo avrebbe lasciato fare.

Si fermò dietro di lei.

«Sei bellissima» le sussurrò. Poi, dal momento che lei era sua, e che lui ne aveva ogni diritto, le premette la bocca sulla nuca in un lungo e dolce bacio.

Si accorse che la pelle di lei avvampava sotto le sue labbra, poi però Evangeline si irrigidì.

Apollo si augurò di non averle evocato un ricordo.

Lentamente le mise una mano sul fianco e le sfilò accanto. «Spero di non averti spaventata.»

«No, per niente» replicò lei, ma la sua voce era un po' stridula. «Solo che non mi aspettavo di vedere tanta gente.» I suoi occhi guizzarono per la Rotonda.

Era semplicemente in ansia o stava cercando qualcuno? Apollo non avrebbe saputo rispondere a quella domanda. La seconda ipotesi non stava in piedi, dato che lei non ricordava nessuno… o almeno non avrebbe dovuto.

In fondo alla sala, il menestrello cominciò a intonare una canzone che narrava di Apollo il Grande e di Jacks lo Spietato Ben Presto Annientato. «È un mostro perverso di malvagità, un peccato mortale per l'umanità. Dei vostri figli strage farà, le vostre mogli vi ruberà. Se lo vedete che si avvicina, è giunta la fine della vostra vita.»

Gli ospiti ondeggiavano al ritmo della melodia, ma Evangeline era visibilmente a disagio. Aveva smesso di scrutare la sala e a quel punto Apollo si chiese se fosse *davvero* solo turbata da tutte quelle persone.

Non aveva mai considerato timida la moglie, ma gli tornò in mente quanto fosse agitata il giorno delle loro nozze.

«Avrei preferito che questa serata fosse più intima, ma la corte desiderava presenziare, ed è importante che tutti vedano quanto siamo felici.» Le tolse la mano dalla schiena e intrecciò le dita alle sue. «Non ti preoccupare. Stammi vicina, stasera.»

A quel punto, tenendola stretta al fianco, cominciò a salutare gli invitati uno per uno.

Apollo detestava i convenevoli, mentre Evangeline sembrò rianimarsi davanti ai sorrisi e agli abbracci delle persone che si complimentavano con lei per tutto, dal suono della sua voce alla luminosità delle guance, fino ai boccoli biondo rosa.

Avrebbe voluto che le conversazioni fossero un po' meno banali, ma d'altro canto poteva andare peggio. Fu proprio durante un elogio sperticato dei capelli di Evangeline che Apollo si allontanò per andare a procurarsi un calice di vino. Certi supplizi si affrontavano meglio con un bicchiere in mano, anche se capì troppo tardi di aver scelto il momento sbagliato.

Quando tornò da lei, la sposina rideva rossa in viso per qualcosa che aveva detto Lord Byron Campanula. Campanula fece un'altra battuta e lei rise di nuovo, la sua espressione più raggiante di quanto Apollo l'avesse mai vista in tutta la sera.

Bastardo.

Durante la riunione del Consiglio, Byron aveva praticamente chiesto la sua testa. Ora invece stava tentando di ammaliarla.

«A quanto pare, non posso distrarmi nemmeno per un secondo» disse Apollo, prendendole la mano per attirarla a sé.

«Non occorre sentirsi minacciati, Altezza. Non ho alcuna intenzione di rubarvi la moglie. Le stavo solo raccontando alcuni aneddoti di quando noi due eravamo ragazzi. Ho ritenuto che avesse bisogno di un po' di svago dopo la settimana pesante che ha trascorso.» Lord Campanula si portò una mano sul cuore, rivolgendosi a Evangeline. «Volevo anche dirvi che ho saputo della vostra caduta di ieri, Altezza. Mi rallegro che siate stata ritrovata in tempo e che le guardie responsabili di aver messo in pericolo la vostra vita siano state soppresse come i cani che sono.»

«So-soppresse?» balbettò Evangeline. Ogni traccia di ilarità abbandonò il suo volto e gli occhi gentili le si riempirono di orrore.

Apollo avrebbe potuto uccidere quel farabutto di Byron lì su due piedi.

«Credevo che la mia scorta fosse stata chiamata solo per un interrogatorio» disse Evangeline al marito.

«Non c'è motivo di agitarsi, mia cara» replicò lui con quello che sperava fosse un sorriso rassicurante. «Credo che il nostro amico Lord Campanula si fidi troppo dei giornali scandalistici. L'unica cosa che è stata soppressa questa sera è l'animale che verrà servito a cena. E ora, Byron, se vuoi scusarci.»

Si strinse Evangeline al fianco, conducendola lontano da quell'intrigante.

Purtroppo sembrava che il danno fosse già stato fatto. Lo scintillio che aveva scorto negli occhi della moglie fino a qualche minuto prima si era spento, e le sue dita adesso erano fredde.

Apollo bloccò un cameriere che stava passando con dei calici d'argento colmi di vino.

«Tieni, tesoro.» Ne prese uno e lo porse a Evangeline. «Sarebbe ora di fare un brindisi, non trovi?» Si girò verso la folla. «Amici!» esclamò, richiamando l'attenzione dei presenti. «Temo che la mia corte abbia dimenticato come si festeggia. Questa sera ho ascoltato per lo più insulsi complimenti e pettegolezzi infondati. Perciò leviamo i calici alla gloria del ritorno dai morti e alla magia del vero amore!»

16

Evangeline

Era il tipo di cena di gala che Evangeline aveva sempre immaginato quando da bambina ascoltava le fiabe della mamma: una magnifica sala da ballo piena di colori sfavillanti e persone raffinate. Era una di loro, adesso. Indossava un abito luccicante ed era al braccio di un principe... o almeno lo era stata finché lui non aveva levato il calice per il brindisi.

Apollo teneva il bicchiere in alto mentre gli ospiti si accalcavano intorno a loro, imitandolo.

Evangeline fece altrettanto, anche se non si sentiva in vena di bere dopo aver appreso che Victor e Hansel erano morti. Le erano parsi così gentili, ed era difficile credere che avessero avuto un ruolo nell'attentato. Ma purtroppo quello era uno degli inconvenienti dell'amnesia: rendeva parecchie cose difficili da credere.

Cercò di non farsi scoprire mentre sbirciava intorno a sé in cerca di Arciere. Poco prima, avrebbe giurato che Apollo l'avesse sorpresa a curiosare tra la folla di guardie e cortigiani, e le era parso un po' turbato, quasi geloso.

Ora che il marito era impegnato con il brindisi, Evangeline colse l'opportunità di studiare di nuovo la Rotonda. Tutto era come quando era entrata, con le colonne risplendenti e gli ospiti agghindati.

Non aveva ancora scorto nessuno che assomigliasse ad Arciere, quando Apollo esclamò: «Che tutti i presenti in cerca del vero amore lo possano trovare, e che coloro che lo ostacolano siano maledetti!».

La folla fece tintinnare i bicchieri e brindò con il principe. «All'amore e alle maledizioni!»

Evangeline si accostò il calice alle labbra, ma non riuscì a bere un sorso. Capiva brindare all'amore, ma non alle *maledizioni*. La preoccupava il fatto che nessun altro condivideva il suo disagio. L'aroma intenso del vino riempì la sala, mentre gli invitati svuotavano i bicchieri macchiandosi la bocca.

E solo per un momento Evangeline pensò che, se quello era il suo lieto fine, non era più tanto sicura di volerlo.

«Saggia mossa quella di non bere dopo un brindisi del genere» trillò una voce musicale dietro di lei.

Evangeline si scostò appena da Apollo per capire chi fosse.

Se fino a qualche istante prima aveva pensato che il suo mondo fosse strano, adesso aveva l'impressione che stesse per diventare ancora più bizzarro.

La fanciulla che le si avvicinò sembrava la principessa fatata di una di quelle fiabe in cui la gente brindava a cose come l'onore e il valore invece che a orrende maledizioni. Aveva il viso a cuore, gli occhi color verde bottiglia e i capelli di una straordinaria sfumatura violetta.

Con i suoi boccoli biondo rosa, Evangeline era abituata a essere l'unica con una chioma insolita. Lì per lì si aspettò di provare una punta di gelosia, ma quando la fanciulla le sorrise, la sua espressione dolce le suscitò invece un'immediata simpatia.

«Lo sapevate» disse la ragazza con i capelli violetti «che secondo un'antica leggenda nordica non occorre formulare un incantesimo per scagliare una maledizione? Per alcuni il Nord, quando fu creato, era talmente pieno di magia che a volte bastava la parola *maledizione* per evocarne una... purché le persone che la udivano credessero a ciò che veniva detto.»

«E tu credi che stasera sia avvenuta una cosa del genere?» chiese Evangeline.

La fanciulla bevve un sorso dal suo calice con un sorrisetto sornione. «Credo che fortunatamente la magia sia morta tanto tempo fa. Ma credo anche che tutto sia possibile.» Le fece l'occhiolino. «A ogni modo, io sono Aurora Vale, ed è un piacere conoscervi, Altezza.»

Aurora si esibì in una perfetta riverenza e le sussurrò: «Vi presento i miei genitori».

L'atmosfera cambiò all'improvviso quando altre due persone si avvicinarono. Fino a qualche momento prima c'erano chiacchiere, risate, tintinnii di bicchieri e il pungente aroma del vino di prugne. Adesso, invece, mentre il padre e la madre di Aurora avanzavano, calò uno strano silenzio. I calici non cozzarono più tra loro, i passi si fermarono, la gente smise di chiacchierare per osservare incuriosita la coppia.

Anche Evangeline era colpita. I due, così come la loro figliola, evocavano immagini di un'altra epoca, quando il sangue veniva versato più spesso del vino, e persino la gente più mite era costretta a indurirsi per sopravvivere.

La madre di Aurora si muoveva come nessun'altra dama. Invece di fare del suo meglio per pavoneggiarsi e sfoggiare i gioielli (cosa impossibile del resto, giacché non ne portava), fendeva la folla come una freccia nella notte, con grazia e sicurezza. L'impressione era quella di una persona abituata a camminare sui campi di battaglia piuttosto che nelle sale da ballo.

Il padre di Aurora appariva tanto massiccio quanto la figlia era minuta. Aveva le spalle larghe, la barba folta e la cicatrice che gli solcava il lato destro del volto era così brutale che Evangeline non si capacitava di come fosse sopravvissuto a un colpo del genere.

L'uomo diede una pacca sulla spalla ad Apollo con una manona da orso. «Vi ringrazio di averci invitati, Altezza.»

«Non c'è di che» rispose Apollo, con un gran sorriso che però sembrava un po' tirato, come se anche lui avesse percepito la potenza emanata da quella coppia e ne fosse rimasto turbato. «Evangeline, lascia che ti presenti Lord e Lady Vale e la loro figliola Aurora, che a quanto pare hai già conosciuto.»

«È un vero piacere» disse Evangeline.

«Il piacere è tutto nostro» replicò Lady Vale, che subito la strinse tra le braccia. Era la metà del marito, eppure il suo abbraccio fu inaspettatamente tenace e caloroso. «Ho sentito talmente tante cose meravigliose su di voi dal vostro adorato principe che mi sembra quasi di conoscervi.»

Forse era uno scherzo della luce tremolante delle candele, ma Evangeline ebbe l'impressione che gli occhi di Lady Vale fossero inumiditi di lacrime quando si sciolse dall'abbraccio.

Avrebbe voluto chiederle se si sentisse bene, ma in quel mentre Apollo, che aveva ancora un'aria preoccupata, la anticipò.

«I Vale sono venuti a Valorfell dalle più remote regioni del Nord» disse. «Si sono assunti il coraggioso incarico di ricostruire Boscolieto.»

Conosco questo nome, fu sul punto di dire Evangeline. Ma non era vero, non proprio. Però le suonava familiare. Forse lo aveva sentito menzionare poco prima. O forse stava ricordando...

«Cos'è Boscolieto?» chiese.

«Boscolieto comprende tutte le terre che appartenevano a una vecchia Grande Casata. Ci sono una foresta, un villaggio e una villa andata distrutta in un incendio secoli fa» le spiegò Apollo.

All'improvviso le balenò nella mente la scena di una magione diroccata di cui non restava che la carcassa di uno scalone annerito. Probabilmente era solo il suo tentativo di immaginare quella dimora, ma per un attimo si chiese se potesse trattarsi di un vero ricordo. Forse era per questo che Apollo era agitato in presenza di quella famiglia; perché volevano ricostruire un luogo che in qualche modo era collegato ai suoi ricordi scomparsi.

«Com'è bruciata la villa?» chiese.

«Nessuno lo sa per certo» rispose Apollo. «La maggior parte dei dettagli è andata perduta con il tempo e per colpa della maledizione storica.»

«Non del tutto» intervenne Aurora, vivace. «Anche se posso capire perché questa storia non venga raccontata spesso. È tragica.»

«Allora forse anche tu non dovresti parlarne» l'ammonì Lord Vale.

«Ma è stata la principessa a chiederlo» protestò la figlia.

Marito e moglie scoccarono ad Aurora un'occhiata corrucciata, come se non volessero fare una scenata, ma nemmeno affrontare quel particolare argomento.

«In effetti l'ho chiesto io» disse Evangeline per evitare problemi alla ragazza. Però era anche curiosa di saperne di più. Magari la storia l'avrebbe aiutata a ricordare.

«Non è un racconto adatto a una festa» obiettò Lady Vale, che adesso aveva l'aria decisamente inquieta.

«Mi piacerebbe ascoltarlo comunque» insistette Evangeline. «Di storia nordica purtroppo ne so molto meno di quanto vorrei.»

«Allora permettetemi di illustrarvela» disse Aurora.

I genitori cominciarono a fremere, ma la figlia non si lasciò intimidire. «Rancore della Casata Boscostrage un tempo era fidanzato con la fanciulla più bella dell'intero Nord. Solo che lei non lo amava. I suoi genitori le impedirono di sciogliere il fidanzamento, ma lei non voleva sposarsi senza amore. E così, il giorno delle nozze, fuggì. Ovviamente Rancore Boscostrage non poteva fargliela passare liscia; in fin dei conti aveva un nome da difendere. Perciò, quando Rancore venne a sapere che la bellissima fanciulla era innamorata dell'unico figlio di Lord Boscolieto, diede fuoco a Villa Boscolieto, al Villaggio di Boscolieto e alla Foresta di Boscolieto, dimostrandosi all'altezza del suo nome.» La ragazza terminò in tono allegro, come qualcuno avrebbe potuto concludere un brindisi, anche se il suo volto non era più sorridente.

Lady Vale era impallidita, mentre il marito era paonazzo di collera.

In tutta la sua vita, Evangeline non era mai stata fissata dal padre come adesso Lord Vale fissava la figlia. Era pur vero che lei non aveva mai guardato il padre con la stessa aria di sfida di Aurora. Cominciò a dubitare che quella famiglia fosse collegata ai suoi ricordi scomparsi. Forse era solo la tensione tra loro a mettere Apollo a disagio. La storia non aveva suscitato altro, nemmeno una minuscola scintilla nella sua memoria.

«Ci auguriamo che la ricostruzione di Boscolieto contribuisca a recuperare parte di ciò che è andato perduto» annunciò Lord Vale nell'evidente tentativo di cambiare argomento.

Stavolta Aurora non intervenne. Sembrava che avesse detto tutto quello che le stava a cuore sulla questione. «Spero che voi e il vostro principe possiate partecipare alla nostra festa della ricostruzione. Non vedo l'ora di conoscervi meglio.»

La ragazza strinse Evangeline in un abbraccio affettuoso e le sussurrò all'orecchio: «Ho il presentimento che diventeremo *grandi* amiche e... *ahi!*». Si tirò indietro di scatto, sbattendo le palpebre.

«Che succede?» chiese Evangeline.

«Non sapevo che portaste addosso un'arma.» Aurora indicò con il mento il pugnale ingioiellato di Arciere che Evangeline si era infilata nella cintura.

Una ruga profonda solcò la fronte di Apollo e il suo sguardo si rabbuiò. «Dove l'hai preso?»

D'istinto, Evangeline appoggiò la mano sull'elsa. «L'ho trovato nei giardini» mentì.

Subito dopo se ne pentì, perché non era mai stata una bugiarda, ma non era riuscita a trattenersi.

Apollo studiò il pugnale con aria sospettosa. Era la stessa espressione che aveva assunto quando l'aveva sorpresa a scrutare la sala, solo che questa volta la gelosia era inconfondibile. I suoi occhi erano ridotti a due fessure, una vena gli pulsava sulla fronte; Evangeline era contenta di non avergli detto la verità, ossia che un altro giovanotto le aveva donato quel pugnale, ma temeva lo stesso che il marito glielo requisisse.

Allora si affrettò a inventarsi una storia piuttosto assurda, sostenendo di averlo trovato nel pozzo poco prima di essere salvata. «Lo considero un portafortuna. Però mi dispiace che ti sia fatta male, Aurora.»

«Oh, non è niente. Anzi, ora che avete detto che è un portafortuna, sono contenta che lo abbiate. Però dovreste stare più attenta con le armi. Capisco che porti bene, ma con tante guardie in giro ne avete proprio bisogno?»

«Ha ragione» disse Apollo. «Non...»

«Ahem.» Qualcuno fece un colpetto di tosse alle loro spalle.

Evangeline provò un enorme sollievo. Era quasi sicura che il marito le avrebbe tolto il pugnale, ma adesso era stato distratto da un giovane soldato che si era fermato a debita distanza dalla piccola cerchia.

«Vostre Altezze, dolente di interrompervi, ma c'è una questione della massima urgenza di cui devo parlare con il principe.»

«E non può aspettare un altro minuto?» Apollo incenerì la guardia con un'occhiata furente.

Il giovane sbiancò. «Credetemi, Altezza, se non fosse stato importante, non avrei mai osato importunarvi.» Si protese in avanti e sussurrò qualcosa all'orecchio di Apollo, che impallidì di colpo.

«Desolato, ma temo di dovermi congedare.» Guardò Evangeline. «Non vorrei lasciarti, ma ci rivediamo più tardi, promesso.»

Prima che lei avesse modo di chiedergli dove stesse andando, il principe Apollo si era già allontanato.

17

Evangeline

Evangeline non toccò il vino, ma sembrava essere l'unica ad astenersi dall'alcol. La baldoria proseguì dopo che Apollo se ne fu andato.

Ben presto non furono solo i cortigiani a bere; anche un certo numero di soldati pareva piuttosto su di giri.

Non c'erano orologi nella Rotonda delle Colonne, ma dal movimento della luna attraverso la cupola di vetro Evangeline calcolò che era passato diverso tempo dall'uscita di Apollo, segno che qualunque cosa lo avesse trattenuto era importante.

Per un attimo si chiese se avessero trovato Lord Jacks. Tuttavia la notizia avrebbe dovuto rallegrare il principe, che invece non le aveva dato l'idea di essere particolarmente contento quando si era allontanato. No, doveva trattarsi di qualcos'altro.

Continuò a formulare ipotesi per tutta la terza portata, finché qualcuno a metà della tavolata non propose un altro brindisi. I nordici, a quanto pareva, approfittavano di ogni pretesto per alzare i calici. Stavolta era in onore dell'arciere che aveva abbattuto la cacciagione servita a cena, e all'improvviso Evangeline rammentò. *Arciere.*

Lo stomaco le sprofondò. Si guardò intorno ancora una volta, nella speranza che alla fine fosse entrato nella sala, ma non c'era traccia del giovane.

Evangeline non si era mai considerata un'incosciente. Qualcuno avrebbe potuto obiettare, ma lei si sarebbe definita semplicemente una persona che sperava per il meglio, mentre gli altri temevano il peggio.

Evangeline ne era consapevole: considerato quanto avvenuto di recente al pozzo, sgattaiolare fuori dalla Rotonda senza la scorta per andare in cerca di Arciere sarebbe stato alquanto rischioso. D'altro canto, con Apollo lontano e gli invitati distratti, era probabilmente l'occasione migliore per tentare di trovare Arciere e magari di recuperare la memoria.

Valutò le diverse opzioni per creare un diversivo. Inizialmente pensò di tirare la tovaglia e mandare all'aria i vassoi, poi immaginò di rovesciare il vino. In quel momento cominciò un altro brindisi e si rese conto che era il momento giusto.

Era stato Lord Vale a proporlo. Espose il suo desiderio di ricostruire Boscolieto con un discorso appassionato che aveva lo scopo di ottenere il sostegno dei presenti. Persino Evangeline ebbe difficoltà a distogliere l'attenzione.

Lord Vale attirò ogni sguardo su di sé sollevando il calice oltre la testa massiccia. «Questo restauro sarà per tutto il Nord!» dichiarò con un vocione reboante. «Ricostruiremo per bandire i fantasmi del passato che ancora osano perseguitarci. Perché noi siamo nordici! Non abbiamo paura di miti e leggende! Noi *siamo* miti e leggende!»

La sala esplose in un boato di acclamazioni. «Noi siamo leggende!»

«Chi si unirà a me per la ricostruzione?» gridò Lord Vale.

«Contate su di me!»

«La mia Casata vi appoggerà!»

Una babele di voci esagitate riempì la Rotonda; dignitari, dame e soldati levarono i calici ed esultarono.

«Cominceremo dopo la Caccia!» tuonò Lord Vale.

Evangeline scelse quel momento per sgusciare via dal banchetto e imboccare la porta più vicina. Si concentrò più sul fare in fretta che sul fare silenzio. Il clamore della sala sembrava quello di un campo di battaglia.

Per questo motivo si accorse solo dopo qualche minuto di un rumore di passi alle sue spalle.

Prese il pugnale di Arciere e si voltò di scatto.

«Sono io.» Aurora Vale alzò le mani sulla difensiva. «Scusate, non volevo spaventarvi. Quando vi ho vista uscire, ho pensato di unirmi a voi. I brindisi di mio padre possono andare avanti per giorni. Ricordo che, durante un ricevimento di nozze, parlò dal tramonto all'alba.»

«E nessuno tentò di fermarlo?»

Aurora scoppiò a ridere. «Nessuno tenta di fermare mio padre. Non credo che il brindisi di stasera si protrarrà altrettanto a lungo, perché sembra che abbia già mobilitato tutti quanti. Perciò dobbiamo muoverci prima che qualcuno se ne accorga.» La ragazza si avviò con passo baldanzoso, facendo ondeggiare i capelli violetti. «Dove siete diretta? Avete un amante segreto? O forse state andando a consultare la vostra strega personale che vi predice il futuro?»

«No, no» si affrettò a rispondere Evangeline. «Non ho un amante e non conosco nessuna strega. Avevo solo intenzione di tornare nei miei appartamenti.»

«Oh, che delusione» sospirò Aurora. «Tutto sommato, però, sempre meglio accompagnarvi alla vostra suite che ascoltare i discorsi di mio padre.» La prese sottobraccio. «Vi dispiace se vi do del tu?»

Fino a qualche minuto prima Evangeline l'aveva trovata simpatica, ma adesso c'era qualcosa che non le tornava riguardo a quella ragazza. O forse era solo che le stava rovinando i piani per trovare Arciere.

«Nient'affatto, e ti ringrazio dell'offerta» rispose, scegliendo con cura le parole. «Ma preferirei restare da sola.»

Aurora le scoccò un'occhiata dubbiosa prima di esibirsi in un sorriso smagliante. «Allora ce l'hai davvero un amante segreto!»

«No» ribadì Evangeline senza perdere la pazienza. «Sono sposata.»

Aurora storse la bocca. «In genere non è un ostacolo per gli altri. Sul serio non c'è una guardia o un bel garzone di stalla che abbia attirato la tua attenzione?»

«C'è solo Apollo» replicò Evangeline con fermezza, anche se, mentre parlava, i suoi pensieri volarono ad Arciere. Se lo figurò sul ponte, sotto la pioggia, con la camicia bagnata incollata al torace e gli occhi incollati su di lei. Ma non lo voleva come amante. Era sgarbato e irresponsabile, e aveva mentito quando aveva detto di non conoscerla. Voleva solo trovarlo per vedere se le avrebbe evocato qualche altro ricordo.

Purtroppo era destino che quella sera non accadesse.

Nel corridoio risuonarono dei passi. Aurora l'aveva trattenuta abbastanza a lungo perché la sua scorta si accorgesse che era sparita e andasse a cercarla.

La delusione le aveva provocato una grande stanchezza. Mentre le guardie l'accompagnavano alla suite, Evangeline si lanciava occhiate alle spalle. Forse credeva davvero che Arciere sarebbe apparso, o forse desiderava così fortemente che arrivasse da pensare che sarebbe bastata la sola forza di volontà perché accadesse.

Immaginò di imbattersi in lui nel corridoio e di recuperare di colpo tutti i suoi ricordi in un flusso improvviso in grado di dare un senso a quel suo mondo sottosopra.

Ahimè, dopo un breve tragitto senza incidenti, tornò nelle sue stanze dove si ritrovò a spogliarsi per andare a letto e a pensare parole come *ahimè*.

Non avrebbe saputo dire quando si fosse infilata a letto di preciso, né per quanto tempo fosse rimasta sdraiata lì a rimuginare. Era ancora nel dormiveglia quando udì lo scricchiolio di un'asse del pavimento accanto a lei. Non era il passo deciso di Apollo. Sembrava più qualcuno che avanzava furtivamente. Evangeline osò sperare che fosse Arciere mentre apriva gli occhi…

Una figura robusta torreggiava su di lei.

Non è Arciere e nemmeno Apollo.

Cercò di urlare.

Ma l'aggressore fu più svelto di lei. Nel tempo che ci mise ad aprire la bocca, l'uomo saltò sul letto e le tappò le labbra con una mano guantata, inchiodandola al materasso con tutto il suo peso.

Puzzava di sudore e di cavalli. Evangeline non poteva vederlo in faccia perché indossava una maschera che lasciava scoperti soltanto due occhi spenti.

Tentò ancora una volta di gridare. Di mordergli la mano. Arciere non le aveva insegnato cosa fare in quella posizione, ma le tornarono in mente le sue parole di quella mattina. «*Se smetti di combattere, muori.*»

Provò a sferrare un calcio all'inguine dell'assalitore.

«Ti conviene stare ferma.» Il sicario estrasse un coltello lungo quanto il suo avambraccio.

Aiuto! Aiuto! Aiuto!, strillò Evangeline contro la mano che la soffocava, divincolandosi inutilmente.

L'uomo abbassò la lama e con la punta le aprì il davanti della camicia da notte, per poi inciderle un piccolo solco doloroso appena sotto la clavicola.

«Dev'essere uno scherzo!» ringhiò Arciere.

Evangeline non si era accorta che era entrato, ma all'improvviso era lì, biondo, sfolgorante, probabilmente la cosa più bella che avesse mai visto. Afferrò l'assassino per il collo, lo strappò via dal letto e lo sbatté contro una delle colonnine, tenendolo con le gambe che ciondolavano nel vuoto come quelle di una bambola di pezza.

Evangeline si affrettò a scendere dal letto. «Ho cercato di combattere.»

Un rivolo rosso le colava dalla ferita, mentre si infilava la vestaglia con mani tremanti.

Quando Arciere notò il sangue, i suoi occhi si ridussero a due fessure, ed Evangeline avrebbe giurato di aver visto l'azzurro tramutarsi in argento liquido. Girò la testa verso l'aggressore e ringhiò.

Il suono che gli uscì dalle labbra sembrava un verso animale. Strappò la maschera dal volto dell'uomo, estrasse un coltello e glielo puntò all'occhio sinistro. «Chi ti ha ingaggiato per ucciderla?»

Il sicario impallidì, ma strinse i denti.

«Te lo chiedo un'altra volta, poi ti caverò un occhio. E sai, spero tanto che tu non risponda, perché adoro cavare occhi. *Chi* ti manda?»

«È un mandante anonimo!» sbottò l'assassino.

«Peggio per te.» Arciere abbassò il coltello.

«Ti giuro, non lo so!» gridò l'uomo. «Mi è stato solo ordinato di ucciderla in maniera lenta, dolorosa, cruenta.»

Evangeline per poco non svenne. Una cosa era scoprire che qualcuno la voleva morta, un'altra venire a sapere che volevano torturarla.

«Ti hanno detto perché?» chiese con un filo di voce.

Il sicario chiuse la bocca.

«Non essere scortese. La principessa ti ha fatto una domanda.» Arciere spinse l'uomo ancora più in alto e gli diede una violenta scrollata che gli fece rimbalzare la testa da un lato e dall'altro. «Rispondi.»

«Non lo so perché» ansimò l'assassino. «Mi è stato detto solo di farle male.»

Le narici di Arciere fremettero.

«Sei fortunato che io sia più gentile del tuo padrone.» Scosse la chioma dorata, quasi pensieroso. «Perché questo ti farà male, ma non durerà a lungo.» E pugnalò l'uomo dritto al cuore.

18

Evangeline

Il sicario stramazzò al suolo con un tonfo flaccido. Fu scosso da una serie di spasmi, convulsioni… Evangeline non sapeva quale fosse il termine giusto, solo che non morì subito.

Una scena agghiacciante, ma in tutta onestà non poteva dire che le dispiacesse. Sentiva ancora il sangue inzupparle la vestaglia che si stringeva al petto. Era stata così graziosa, blu pervinca, orlata di pizzo color crema che adesso si andava scurendo di rosso.

L'aggressore emise qualche flebile gorgoglio che suonò come una maledizione.

«Sprechi fiato» disse Arciere. «Io sono già dannato.» Si chinò sull'uomo e rigirò il coltello. Quando lo estrasse, il sangue zampillò macchiandogli il mantello scuro e la camicia bianca che indossava sotto, ma non ci fece caso.

Scavalcò il cadavere e cominciò a girare intorno al letto, fissando Evangeline con un'espressione truce.

«Perché la gente tenta sempre di ucciderti?» La sua voce era bassa, il tono quasi letale. «Devi stare più attenta.»

«Sarebbe colpa mia?»

«Non hai l'istinto di conservazione.» Arciere avanzò di un altro passo, con aria furente. «Se qualcuno scrivesse *veleno* su una boccetta, tu la berresti. Prendi gli ammonimenti per inviti. Non riesci a stare alla larga da tutte le cose che potrebbero nuocerti.»

Come me.

Evangeline avrebbe giurato di aver udito quelle due ultime parole nella mente, quando lui mosse un altro passo verso di lei, fermandosi così vicino che le parve quasi di avvertire il calore incandescente della sua collera sulla pelle.

Avrebbe dovuto indietreggiare, chiamare le guardie, dirgli di andarsene. Il cuore le batteva all'impazzata.

«Non sei qui per farmi del male» si ritrovò invece a dire.

«Non puoi saperlo» ribatté lui, la mascella percorsa da uno spasmo. «Stamattina per poco non ti ho scaraventata giù da un ponte.»

«Però hai anche ucciso un uomo per salvarmi la vita.»

«Magari è solo che mi diverto ad ammazzare la gente.» Arciere asciugò la lama insanguinata sulle lenzuola, ma il suo sguardo ardente non l'abbandonò nemmeno per un istante. Aveva ancora l'aspetto di un animale infuriato, con le mani sporche di sangue e gli occhi che sprizzavano scintille. Eppure lei non aveva mai desiderato tanto qualcuno.

Doveva aver perso la testa durante la notte, perché voleva che lui si avvicinasse di più. Voleva sentire le sue mani su di sé, voleva che la stringesse tra le braccia, voleva che le insegnasse a combattere. Qualunque cosa, purché la toccasse.

Si disse che era solo per la paura, l'eccitazione, l'adrenalina che le scorreva nelle vene. Sarebbe passata in un minuto. Ma la parte irrazionale di lei non voleva che svanisse.

Prima che potesse ripensarci, gli prese una mano.

Il contatto fu come una scossa elettrica. Non appena le sue dita sfiorarono quelle di Arciere, il mondo cominciò a vorticare. La stanza si trasformò in un caleidoscopio di stelle e di scintille, e all'improvviso si ritrovò in un altro luogo.

Si ritrovò in un altro ricordo.

Era al buio, era bagnata e, per un secondo, le mancò il fiato.

L'impatto con l'acqua ghiacciata le risucchiò tutta l'aria dai polmoni. D'istinto, cominciò a dibattersi, ma qualcuno la teneva stretta in una morsa d'acciaio risalendo verso la superficie spumeggiante. L'acqua salata le entrò nelle narici e il freddo le congelò le ossa. Una volta riemersi, tossì e sputò, quasi incapace di riprendere fiato, mentre lui nuotava verso la riva, stringendosela al petto come se la sua vita dipendesse da lei e non il contrario.

«Non ti lascerò morire.» Una perlina d'acqua gli cadde dalle ciglia sulle sue labbra. Sembrava una minuscola goccia di pioggia, ma negli occhi di lui si agitava una tempesta. Avrebbe dovuto essere troppo buio per scorgere la sua espressione, ma la luna crescente brillava sempre più luminosa a ogni secondo che passava, mettendo in risalto gli zigomi affilati dell'uomo che la fissava.

Il mondo di Evangeline vacillò quando riconobbe quel volto. Era Arciere.

All'improvviso il fragore delle onde parve silenzioso in confronto al martellare del suo cuore, o forse era quello di lui.

Il torace del giovane si alzava e si abbassava visibilmente, i suoi indumenti erano fradici, i capelli incollati al viso; eppure, in quel momento, Evangeline ebbe la sensazione che avrebbe attraversato con lei ben altro che un gelido oceano. Si sarebbe gettato oltre un muro di fuoco, se necessario, l'avrebbe strappata dalle grinfie della guerra, condotta via da città assediate, da mondi in rovina.

Il ricordo svanì, a Evangeline girava la testa. Qualche giorno prima, quando aveva intravisto l'ultima parte di quella scena, aveva pensato che a stringerla tra le braccia fosse Apollo.

Ma si era sbagliata. Era stato Arciere.

Non si erano conosciuti quel giorno al pozzo. E probabilmente nemmeno quel nuovo ricordo risaliva al loro primo incontro. Lui l'aveva stretta con troppa intensità.

Mentre tornava in sé, notò per prima cosa che Arciere aveva attraversato la stanza. Adesso era fermo davanti alla porta e non la stava più guardando con la stessa espressione del ricordo, come se fosse capace di gettarsi tra le fiamme per salvarla. La mano che lei aveva toccato era chiusa a pugno e il suo sguardo esprimeva un'irrefrenabile voglia di andarsene.

Mentre lei aveva l'irrefrenabile voglia che restasse.

Evangeline aveva così tante domande, e non solo a proposito di quel nuovo ricordo. Pensò a come aveva reagito quando Madame Voss aveva menzionato *La ballata dell'arciere e della volpe*. Aveva creduto che fosse stata la storia a turbarla, ma adesso sapeva che era stato quel nome. *Arciere.*

Era lui.

«Mi assicurerò che le guardie puliscano questo disastro e tengano la bocca chiusa. Nel caso in cui qualcuno ti interrogasse, però, devi dire che sei stata *tu* a uccidere l'uomo che ti ha aggredita.»

Arciere si voltò per allontanarsi.

«Aspetta!» gridò Evangeline. «Non te ne andare!»

Lui non si fermò.

Era già uscito dalla stanza.

Ma stavolta lei lo rincorse.

19

Apollo

Gli stivali di Apollo erano da buttare. C'era troppo sangue. Sangue che macchiava i tappeti, le pareti e adesso i suoi stivali. Non che fosse particolarmente dispiaciuto. Se ne sarebbe procurati degli altri, le calzature non erano in cima alle sue priorità. A seccarlo sul serio era l'idea che sua moglie se ne andasse in giro con un pugnale che un tempo era appartenuto a Jacks.

Apollo avrebbe preferito andarsene a caccia di quel mascalzone quella notte stessa, ma doveva prima occuparsi di quello sfacelo.

«Hai detto che c'è un sopravvissuto?» chiese.

«Sì, Vostra Altezza» rispose la guardia assegnata alla scena del crimine.

«Vorrei parlargli in privato.» Apollo uscì dalla stanza, calpestando altre pozze di sangue. Conosceva la morte, ma non aveva mai visto niente di così raccapricciante.

Udì un'altra guardia che vomitava in un vaso in fondo al corridoio.

Per fortuna non aveva avuto il tempo di mangiare prima di essere convocato, altrimenti si sarebbe trovato nella stessa situazione.

Al piano di sopra l'umore era tetro, ma almeno l'aria non aveva più l'odore metallico del sangue.

Sapeva di cera d'api. Le candele proiettavano una morbida luce sulla carta da parati floreale, e sui dipinti ad acquerello e gli schizzi a matita incorniciati. Qualcuno della famiglia doveva essere stato un artista; anche se all'inizio nessuna delle opere era particolarmente riuscita, più si inoltrava lungo il corridoio, più la qualità migliorava. Alcuni disegni erano fedeli ritratti dei membri della famiglia che ora giacevano massacrati al piano di sotto.

Alla fine la guardia si fermò davanti alla porta dietro la quale si trovava l'unico superstite della carneficina.

«Entro da solo» disse Apollo.

«Ma Vostra Altezza...»

«È un ordine. Questa vittima ha già vissuto un'immane tragedia stanotte. Non voglio che abbia l'impressione di essere sotto torchio.»

La guardia si fece rispettosamente da parte.

Apollo entrò nella stanza in penombra e si chiuse la porta alle spalle.

Un ragazzo sui quattordici anni sedeva rannicchiato su un grande letto a barca, dondolandosi avanti e indietro con le ginocchia strette al petto. Era molto magro, probabilmente perché stava attraversando la fase dello sviluppo più che per malnutrizione.

I Fortuna erano una delle Grandi Casate. Anche se avessero perso metà del loro patrimonio, non avrebbero mai patito la fame.

Era il motivo per cui Apollo era stato chiamato lì quella sera. Non capitava spesso che la maggior parte dei membri di una Grande Casata venisse massacrata in una sola notte. Presto si sarebbe sparsa la voce e la Corona doveva avere il controllo di cosa sarebbe trapelato.

Quel genere di notizia avrebbe potuto gettare nuove ombre sul regno di Apollo oppure rafforzarlo.

«Ciao» disse, sedendosi con cautela sul bordo del letto.

Il ragazzo si chiuse ancora di più a riccio.

«Non sono qui per farti del male.»

«Non importa» mormorò il ragazzo con la voce incrinata. «Niente può farmi più male di questo.»

«Già» convenne Apollo. «Non ho mai visto niente di così orribile, ecco perché sono qui. Voglio assicurarmi che chiunque abbia commesso quest'atrocità sia catturato, affinché una sciagura del genere non si ripeta mai più.»

«Non potete prenderlo» bofonchiò il ragazzo, continuando a dondolarsi. «Non è umano.»

«Perché dici questo?»

A quel punto il ragazzo alzò gli occhi. Il terrore espresso dal suo volto era così vivido che sembrava uno scheletro con la pelle dipinta sopra. «Si muoveva troppo in fretta. Io ero quassù quando ho sentito il primo grido. Era mia sorella. È sempre così melodrammatica. Lì per lì l'ho ignorato. Poi ne ho sentito un altro, e un altro ancora.»

Il ragazzo si tappò le orecchie con le mani come se udisse ancora le urla.

«Sapevo che era qualcosa di brutto, di malvagio. Sono sceso di sotto, ma non appena ho visto tutto quel sangue, mi sono nascosto nella credenza.»

«Hai visto chi è stato, prima di nasconderti?»

Il ragazzo annuì con foga. «Sembrava una bestia.»

«Assomigliava a Lord Jacks?»

«No.»

«Ne sei sicuro?» insistette Apollo.

In realtà non credeva che fosse stato Jacks. C'era soltanto una creatura capace di un simile scempio. Ma voleva che il ragazzo dicesse che era stato Lord Jacks. Sarebbe stato tutto più facile.

«Non era lui. L'avrei riconosciuto. Lord Jacks era amico di mia nonna prima che lei morisse. Quest'uomo... non credo nemmeno che fosse un uomo...»

Il ragazzo si premette i palmi sugli occhi e cominciò a piangere in silenzio.

Apollo, che si sentiva sempre a disagio davanti alle lacrime, si alzò dal letto e perlustrò rapidamente la stanza. Di fronte alla finestra c'era una scrivania con accanto un cavalletto. A quanto pareva era il ragazzo, l'artista di famiglia. Appoggiato sul cavalletto c'era un acquerello per metà incompiuto che prometteva bene. Sulla scrivania c'erano altri disegni, schizzi e album. Sembrava che preferisse ritrarre animali e persone, però c'era il disegno di una mela.

Apollo odiava le mele.

Bastò la vista di quel frutto a infiammare di nuovo la sua collera. Spostò lo sguardo dalla mela al sangue che gli macchiava gli stivali, al ragazzo che ancora piangeva sul letto.

Non c'era niente che potesse fare per lui o per il sangue. Ma grazie ai disegni e alla mela, Apollo si rese conto che poteva fare qualcosa riguardo a Jacks.

«Hai un notevole talento» disse. «Alcuni di questi lavori sono davvero ammirevoli.»

«Vi ringrazio.» Il ragazzo tirò su con il naso.

«Pensi che potresti disegnare qualcosa per me?» Apollo prese un album e una matita e glieli porse.

«Volete che disegni adesso?»

«Sì. L'arte è spesso un balsamo per l'anima.»

Apollo gli spiegò cosa voleva che ritraesse.

Il ragazzo gli rivolse un'occhiata perplessa, ma non provò nemmeno a discutere con il principe. Nessuno osava farlo, anche se sarebbe stato molto meglio per lui se si fosse opposto.

E così cominciò subito a disegnare, la testa china sull'album mentre tracciava contorni e ombreggiature e tutte le cose che di solito fanno gli artisti. Una volta finito, strappò con cautela il foglio e lo porse ad Apollo.

«Eccellente» commentò il principe. «Un lavoro davvero eccellente, giovanotto.»

«Vi ringrazio.»

«Ti senti meglio ora?»

«Non direi» borbottò il ragazzo.

Apollo gli diede una pacca sulle spalle. «Sono davvero dispiaciuto per il tuo lutto» mormorò, «ma presto non sentirai più alcun tormento.»

Estrasse il pugnale e glielo piantò nel cuore.

Per un breve istante, sgomento e dolore balenarono sul volto del ragazzo, che infine ricadde sul letto, morto come il resto della sua famiglia.

Apollo provò una punta di tristezza. Non era un mostro. Aveva solo fatto ciò che era necessario. Un ragazzo così credulone e codardo non avrebbe fatto strada nella vita, e del resto tutta la sua famiglia era già morta. Apollo si sarebbe assicurato di fare buon uso del suo sacrificio.

Strinse le mani del ragazzo intorno all'elsa del pugnale per dare l'impressione, a chiunque l'avesse trovato, che si fosse suicidato. Poi, dopo una rapida occhiata allo specchio per controllare di non essere sporco di sangue, uscì nel corridoio e si chiuse la porta alle spalle, prima che il soldato in attesa fuori avesse modo di dare una sbirciata alla stanza.

«Com'è andata, Vostra Altezza?» si informò l'uomo.

Apollo scosse il capo con aria mesta. «Che tragedia. Il ragazzo si sente in colpa per essere sopravvissuto. Temo che non sarà più lo stesso. Tuttavia ha disegnato l'immagine del responsabile della strage.» Gli consegnò il foglio. «Fate affiggere nuovi manifesti da ricercato. Menzionate il massacro e aggiungete questo ritratto di Lord Jacks.»

20

Evangeline

Mentre Evangeline si precipitava fuori dalla stanza, incrociò sulla soglia due guardie che sopraggiungevano dal corridoio. Le schivò per un pelo, aspettandosi che la inseguissero. Invece continuò a correre da sola. I suoi piedi nudi battevano ritmici sulle pietre fredde del pavimento mentre chiamava Arciere a gran voce: «Aspetta… fermati!».

Non poteva essere andato lontano. Corridoio dopo corridoio udiva il rimbombo dei suoi stivali in lontananza, ma ogni volta che girava l'angolo Arciere non c'era. Vedeva solo ritratti di Apollo che sembravano avere un'aria più accusatoria di quanto ricordasse.

Gli occhi dipinti del principe la osservavano mentre percorreva un passaggio particolarmente angusto. Alcune candele erano state spente, e il corridoio divenne ancora più buio, almeno finché Evangeline non raggiunse un altro ritratto di suo marito. I candelabri a parete ai lati del quadro erano più splendenti che mai. Mettevano in risalto la cornice dorata come se volessero compensare le luci mancanti.

Sembrava l'ennesima riproduzione di Apollo mollemente adagiato sui rami del magico albero-fenice. Solo che era difficile stabilirlo con certezza: il quadro presentava un profondo squarcio proprio al centro.

Arciere era accanto all'opera deturpata, con il mantello gettato dietro le spalle e le braccia incrociate sul petto. Ammiccò verso il ritratto sfregiato. «Credo che sia il mio preferito.»

Evangeline non gli vide alcun coltello in mano, ma il suo sguardo era affilato come una lama. Se fosse mai esistito qualcuno capace di tagliare con un'occhiata, era lui.

«Sei stato tu?» gli chiese.

«Non sarebbe stato molto gentile da parte mia.»

Gli occhi di Evangeline indugiarono sulla sua camicia macchiata di sangue. «Ti descriveresti come una persona gentile?»

«Tutt'altro. Ma suppongo che tu questo già lo sappia.» Si allontanò dalla parete con una spinta e si incamminò verso Evangeline; dato però che il corridoio era molto stretto, gli bastarono due passi per fermarsi di fronte a lei. Evangeline fu travolta da un intenso profumo di mele che le procurò un capogiro.

La mattina precedente, quando aveva incontrato Arciere fuori dalla sua suite, il solo fatto di stargli vicina le era parsa una pessima idea, eppure aveva voluto seguirlo. Aveva imputato la decisione allo stordimento per non aver dormito. Ma adesso non era intontita dal sonno. Non era ammattita. Era lui il motivo.

Arciere le mozzava il fiato, le dava l'impressione che il suo sangue fosse pieno di bollicine di champagne che le affluivano al cervello.

«Cosa sei tu per me?» gli chiese.

Arciere la fissò negli occhi. «Niente.»

Eppure non le parve *niente* quando lui infilò le dita nella cintura della sua vestaglia. Sembrava indeciso se sciogliere il nodo o attirare Evangeline a sé.

«Perché stai mentendo?» lo incalzò.

«Credevo avessimo già stabilito che non sono un tipo gentile.» Arciere diede uno strattone alla cintura e il nodo si allentò.

Evangeline si affrettò a togliergliela dalle mani e si ricompose, stringendosi la vestaglia addosso.

Lui emise una risatina sommessa. «Ti sto innervosendo?»

Lo disse come se fosse quello che sperava. O forse voleva solo impedirle di fare domande. Quando era così vicino, le risultava difficile pensare lucidamente, ricordare perché lo aveva rincorso per i corridoi. C'era qualcosa in Arciere che la spingeva semplicemente a essere lì, con lui.

Sapeva che era sbagliato. Lei stava con Apollo. *No, non sto con Apollo*, rammentò a se stessa. *Sono sposata con lui.* Apollo era suo marito.

Arciere non poteva rappresentare qualcosa per lei. E lui lo aveva appena confermato. Ma aveva anche detto di essere un bugiardo.

«Dimmi almeno una volta la verità» mormorò lei, e si ripromise in silenzio che si sarebbe allontanata da lui e dalle emozioni che le suscitava. «So che ci eravamo già incontrati prima che mi tirassi fuori dal pozzo. Eri una delle mie guardie?»

Lui contrasse la mascella.

Per un secondo Evangeline pensò che non le avrebbe risposto.

Alla fine Arciere scosse il capo. «No. Di solito sono più bravo a fare del male che a proteggere.» Abbassò lo sguardo sul sangue che le macchiava la vestaglia.

Dopo l'aggressione, Evangeline non aveva più badato alla ferita inflittale dal sicario. Era abbastanza superficiale da essersi già rimarginata. Non occorrevano punti. Ma il sangue versato era orribile... probabilmente *lei* aveva un aspetto orribile.

«Non hai mai un aspetto orribile» mormorò lui.

Evangeline alzò di nuovo lo sguardo. Arciere aveva un'aria quasi impacciata e sembrava più giovane, appena poco più grande di lei. Ciocche biondo oro gli caddero sugli occhi quando lentamente si protese verso di lei.

Evangeline non sapeva se stesse cercando di non spaventarla, o se fosse lui a essere spaventato. Le parve insolitamente timoroso quando allungò una mano verso la sua guancia. Le prese una ciocca ribelle di capelli rosa e gliela sistemò dietro l'orecchio. Fu talmente delicato che le sue dita non le sfiorarono neppure la pelle, anche se forse avrebbe voluto farlo.

Le parve che un diverso tipo di sofferenza trapelasse dallo spasmo che gli contraeva la mascella e dalle pulsazioni delle vene del collo, mentre sosteneva il suo sguardo come se invece avesse voluto sostenere lei, stringerla fra le braccia come aveva fatto in quel barlume di ricordo.

Sposata.

Sposata.

Sposata, continuò a ripetersi Evangeline.

Era sposata con Apollo. Non era niente per Arciere.

«Sarà meglio che vada» disse. «Le mie guardie... probabilmente staranno per dare l'allarme. Anzi, mi sorprende che le campane non stiano già suonando» farfugliò, sforzandosi di trovare altre parole che le dessero un motivo per restare, pur sapendo che invece doveva andarsene.

Era sicura che esistessero altri ricordi dimenticati di Arciere; ma in quel momento aveva un po' paura di cos'avrebbe potuto rimembrare, come se ricordare significasse provare più emozioni di quante già non l'avessero turbata.

Era difficile stare lì davanti a lui, non toccarsi in un modo che sembrava quasi più intimo che toccarsi davvero. Era come se Arciere stesse facendo appello a tutte le sue forze per non sfiorarle la mano, come se il minimo contatto tra loro potesse scatenare un'esplosione di scintille o estinguere tutte le luci del corridoio.

Evangeline aspettò che fosse lui ad andarsene.

Ma Arciere non si mosse.

Per un secondo, anche lei rimase immobile. Non riusciva a liberarsi dal presentimento che se lo avesse lasciato, se gli avesse voltato le spalle, probabilmente non lo avrebbe più rivisto.

Aveva sentito le farfalle nello stomaco quando aveva baciato Apollo, ma aveva la sensazione che baciare Arciere le avrebbe spezzato il cuore.

Sposata, si disse per l'ennesima volta.

E alla fine si girò.

Non appena ebbe mosso il primo passo, fu però colta dal

dubbio di aver commesso un errore. Ma non aveva idea di quale fosse lo sbaglio, se avvicinarsi troppo ad Arciere oppure allontanarsi.

Sforzandosi di non pensare a lui, Evangeline tornò quasi correndo nelle sue stanze. Si girò a guardare solo due volte, ma in entrambi i casi non lo vide.

Quando rientrò nella suite, si accorse che ogni traccia del crimine commesso era stata cancellata.

Era vagamente inquietante. Forse avrebbe dovuto esserlo ancora di più, ma, dopo gli eventi di quella notte, Evangeline non aveva la forza di provare altri sentimenti. O di porre domande sull'assurdità della situazione.

Davanti alla porta trovò le sue guardie in attesa, che però non le chiesero dove fosse andata o chi fosse l'uomo morto nei suoi appartamenti. Un uomo che dovevano aver visto per forza, dato che avevano già rimosso il cadavere.

La sua camera era intatta, come se non fosse successo nulla.

Sul letto c'era un'altra soffice trapunta candida come la neve. Non c'erano macchie, nemmeno sul pavimento, su cui era stato disteso un nuovo tappeto bianco e oro. Tutto era lindo, in ordine, immacolato… tranne Evangeline.

Arciere aveva detto: «*Mi assicurerò che le guardie puliscano questo disastro e tengano la bocca chiusa*». Ma qui si andava ben oltre una semplice sistemata e la consegna del silenzio. O quegli uomini gli erano straordinariamente fedeli oppure…

Evangeline non trovò le parole per proseguire dopo l'*oppure*. Tornata nella sua stanza, lo shock per quanto era accaduto la travolse come non aveva fatto fino a qualche minuto prima.

Aveva i capelli rosa ridotti a una massa informe, gli occhi sgranati e traboccanti di paura, macchie di sangue sulla vestaglia e persino su una guancia. Era in uno stato pietoso.

Con le mani tremanti si lavò e indossò una nuova camicia da notte rosa, tenendo a bada i pensieri che si ostinavano a tornare su Arciere. Non le apparteneva, eppure continuava a immaginarlo come lo aveva visto nel corridoio e al fatto che, per un secondo, le era parso timido, quasi spaventato, e quasi suo.

Din. Din. Din.

La torre dell'orologio batté le tre del mattino.

Evangeline tornò di colpo al presente. Chiuse gli occhi, scrollò il capo per liberarsi dei ricordi di Arciere e rientrò nel salottino… solo per ricevere un altro shock alla vista di Apollo.

Doveva aver appena varcato la soglia. Aveva gli occhi infossati, la camicia sgualcita, e sangue sugli stivali. Era solo sugli stivali ma ne erano talmente intrisi che il cuoio era diventato rosso scuro.

Morte. Quella notte era dappertutto.

«Stai bene?» Evangeline attraversò di corsa la stanza. «Che cosa è successo?»

Apollo si passò una mano tremante tra i capelli e strizzò le palpebre, come se non sopportasse il ricordo di qualunque cosa fosse accaduta. «Preferirei non parlarne.»

Quando riaprì gli occhi, Evangeline notò che erano iniettati di sangue, e si accorse anche di una rada barbetta incolta che non gli aveva mai visto prima. Apollo era sempre impeccabile.

Il classico principe delle fiabe. Ma nelle poche ore in cui erano stati separati qualcosa era cambiato.

Evangeline provò una stretta al cuore. Aveva creduto di non essere capace di altre emozioni, ma evidentemente teneva ad Apollo più di quanto pensasse. Non sapeva cosa fosse successo, ma voleva tentare di rimediare.

«Posso fare qualcosa per te?» gli chiese.

Lui parve sul punto di dire di no, poi abbassò lo sguardo sulle sue labbra, come se pensasse che forse una cosa c'era.

Il cuore di Evangeline cominciò a battere forte.

Apollo non si mosse subito, quasi comprendesse che non era il tipo di aiuto che lei gli stava offrendo. In fondo, però, lo era; forse era ciò di cui avevano bisogno entrambi.

Lui di conforto, lei di chiarezza.

Apollo si protese verso di lei.

Evangeline fu pervasa da un brivido. Non capiva perché le sembrasse sbagliato, quando invece avrebbe dovuto essere la cosa giusta. Avrebbe dovuto essere facile abbandonarsi a lui, mettergli le mani sul torace mentre le sue braccia le cingevano la vita.

Si accorse che le dita di Apollo esitavano, il che la fece sentire un po' meglio. Forse una certa agitazione era normale.

Il primo contatto delle labbra del principe sulle sue fu delicato, così come le sue mani che le scivolavano sul corpo. Con indosso soltanto la camicia da notte sottile, sentiva ogni parte di lui con un'intensità mai provata prima, quando si erano baciati.

Ben presto si smarrì nel sapore della sua lingua e nella pressione del suo corpo mentre avanzavano a tentoni verso il letto.

Ma all'improvviso il suo mondo vacillò, facendola precipitare in un altro bacio di un altro momento.

Sentiva il vento sulla schiena e le braccia di Apollo che la stringevano.

Il cuore di Evangeline era un tamburo che batteva sempre più forte, più veloce, mentre lui l'attirava contro di sé. Nonostante gli strati di tessuto fra di loro, lei avvertì il calore che emanava il corpo del giovane. Più di quanto ne avesse mai sentito. Era troppo ardente, troppo famelico. Apollo bruciava come un fuoco che consumava invece di riscaldare. Eppure doveva esserci una parte di lei che voleva essere infiammata, o almeno scottata.

Gli cinse la nuca con le mani. La bocca di Apollo lasciò le sue labbra e le scese sulla gola, tracciando una scia di baci fino a...

Una mano fredda le afferrò una spalla e la strattonò liberandola dalla stretta del principe. «Credo sia ora di andare.»

Arciere la spinse verso la scala della balconata con una rapidità sovrannaturale. Un momento prima Evangeline non aveva sentito altro che l'ardore di Apollo, e un istante dopo stava tremando di freddo, stretta contro il fianco gelido di Arciere.

Arciere.

Apollo staccò di colpo la bocca dalla sua. «Che cosa hai detto?»

Evangeline si sentì mancare il fiato. Doveva aver pronunciato inavvertitamente il nome di Arciere a voce alta.

«S-solo un ricordo» balbettò, per pentirsene subito dopo. Non poteva dire al marito di aver rammentato un episodio che riguardava Arciere. Magari poteva raccontargli la prima parte, quella in cui si baciavano, ma probabilmente lui le avrebbe chiesto perché aveva detto *Arciere*, e lei non voleva rivelargli che il giovane l'aveva strappata via da quel bacio.

D'un tratto la curiosità prese il sopravvento. Perché Arciere era intervenuto? E con quale diritto? Apollo era un principe. Tuttavia non ebbe il tempo di approfondire quegli interrogativi, perché il marito la fissava come se lo avesse tradito.

La gelosia sembrava peggiorata di molto rispetto a quella che gli aveva visto ardere negli occhi poco prima. La percepì nel modo in cui strinse la sua camicia da notte nel pugno.

Si lambiccò il cervello in cerca di qualcosa da dire. Qualunque cosa pur di cambiare quello sguardo. E all'improvviso le tornò in mente la storia del fidanzamento che le aveva raccontato Madame Voss. Gli avrebbe detto che le era affiorato alla memoria quell'episodio.

«Mi è tornata in mente una scena che ti riguarda. La notte in cui mi hai chiesto di sposarti. Eravamo a un ballo e tu eri vestito come l'arciere di quell'antica fiaba, *La ballata dell'arciere e della volpe*.»

E mentre parlava, le balenò davanti agli occhi quello che doveva essere un altro ricordo.

Apollo si abbassò su un ginocchio.

All'improvviso Evangeline dimenticò come si faceva a respirare, mentre la folla intorno a loro si infittiva, assediandoli in una gabbia di sottane, farsetti ed espressioni scioccate.

Apollo le prese le mani in una calda stretta. «Io voglio te, Evangeline Volpe. Voglio scrivere ballate su di te e scolpirle sulle mura del Palazzo del Lupo. Voglio incidere il tuo nome sul mio cuore con le spade. Voglio che diventi mia moglie, la mia princi-

pessa e la mia regina. Sposami, Evangeline, e permettimi di darti tutto ciò che desideri.»

Si portò di nuovo la sua mano alle labbra e, stavolta, quando la guardò, fu come se il resto della sala non esistesse.

Nessuno l'aveva mai guardata in quel modo. Tutto quello che vedeva erano la brama e la speranza nello sguardo di Apollo, appena oscurate da un'ombra di timore.

Eppure quell'espressione non aveva nemmeno la metà della potenza dello sguardo che le aveva rivolto Arciere nel ricordo affiorato prima, come se fosse pronto a strapparla alle grinfie della guerra, a condurla via da città assediate, da mondi in rovina. Lo rivide ancora con l'occhio della mente, che la fissava mentre una goccia di pioggia cadeva dalle ciglia di Arciere sulle labbra di Evangeline.

Ma quello era il passato.

Nel presente, lei era sposata con Apollo. Qualunque sentimento avesse provato per Arciere non contava più. Se poteva dimenticare un anno di ricordi, poteva scordarsi anche di quei sentimenti. Il problema era che non era sicura di volerlo. Non ancora, almeno. Non finché non avesse scoperto tutta la verità.

Sapeva che era sbagliato temporeggiare. Ma quella notte si era anche resa conto di quanto poco conoscesse suo marito. Non sapeva che fosse un tipo geloso e che si divertisse a brindare alle maledizioni. Non sapeva perché in quel momento avesse gli stivali sporchi di sangue.

E si era aspettata di vederlo felice all'idea che si fosse ricordata della sua proposta di matrimonio. Invece Apollo aveva un'espressione inequivocabilmente allarmata.

21

Jacks

Jacks aveva visto abbastanza.

Se fosse rimasto sul balcone un istante di più, se avesse continuato a osservare la scena, avrebbe ucciso Apollo, o almeno gli avrebbe impedito di toccare Evangeline una sola altra volta.

Si ripeté che lei era al sicuro con Apollo. In quanto principessa, avrebbe avuto tutto ciò che aveva desiderato.

Ma Evangeline in teoria non avrebbe dovuto desiderare di baciarlo. Non era giusto da parte di Jacks odiarla un po' per questo; d'altro canto, l'odio era l'unica cosa che gli avrebbe permesso di andarsene. E lui doveva andarsene.

Evangeline stava bene. Solo questo contava.

Poteva rimanere, piombare nella stanza e usare i suoi poteri per costringere Apollo a guardare mentre spiegava a Evangeline di aver mentito quando le aveva detto che non era niente per lui, confessarle che lei era *tutto*, che aveva riportato indietro il tempo per salvarle la vita e che, se necessario, avrebbe rifatto sempre la stessa scelta… Poteva indurla a ricordare che era *lui* quello che Evangeline aveva sempre desiderato baciare… ma in tal caso non sarebbe più stata al sicuro. E nemmeno viva.

Se Evangeline era destinata ad avere un futuro, Jacks non poteva farne parte.

Saltò giù dal balcone silenziosamente. I suoi stivali non produssero alcun rumore quando atterrò nella penombra del cortile. Purtroppo il tempismo non era stato dei migliori. Udì i passi di due soldati di ronda.

Di solito avrebbe usato i suoi poteri per controllare le loro emozioni e farli tornare indietro, ma aveva appena soggiogato tutte quelle guardie e si sentiva prosciugato. E poi sentiva i due chiacchierare e le parole *sangue* e *massacro* attirarono la sua attenzione.

Muovendosi furtivo lungo le mura di pietra del Palazzo del Lupo, si nascose tra le ombre mentre i soldati si avvicinavano. Il più alto disse: «Quixton era lì e ha detto che una sola persona non può aver ammazzato tutta quella gente. Ha detto che è stato un demone». Rabbrividì. «Non stravedo per la famiglia Fortuna, ma nessuno merita di avere la gola squarciata e il cuore strappato.»

Jacks non era d'accordo con quest'ultima affermazione. Ma non era l'irrazionale indulgenza di quella guardia reale a preoccuparlo, quanto la scelta da parte del soldato di utilizzare la parola *demone*.

I demoni non esistevano.

Tuttavia lui era a conoscenza di una creatura che gli esseri umani spesso scambiavano per demone, specie nel Nord, dove la maledizione storica impediva ai racconti sui vampiri di diffondersi in maniera corretta. Quando capitava, la maledizione inibiva la paura negli esseri umani; perciò, quando un umano era davvero spaventato, usava il termine *demoni* per riferirsi ai vampiri.

E Jacks temeva di sapere esattamente di quale demone sanguinario stessero parlando quelle guardie. *Castor.*

In origine, i Valor avevano evocato la maledizione storica per proteggere il figlio Castor quando era stato trasformato in vampiro. Avrebbe dovuto alterare soltanto i racconti sui vampiri; la maledizione, però, era scaturita dal terrore, e i sortilegi nati dalla paura risultavano sempre un po' distorti o diventavano molto più terribili del previsto.

Jacks si chiese se i Valor avrebbero tentato di annullare la maledizione ora che erano tornati. Sarebbe stato interessante vedere se Wolfric e Honora avrebbero scelto di riplasmare il Nord, o si sarebbero accontentati di condurre una vita tranquilla ricostruendo Villa Boscolieto.

Doveva ancora andare a trovarli. Aveva visto la maggior parte dei Valor quando l'Arco era stato aperto, ma all'epoca era mezzo morto, per colpa della fame insaziabile di Castor. Da allora, Jacks aveva incontrato solo Aurora. Sapeva che lei non lo avrebbe denunciato ad Apollo o ai suoi soldati; era un po' meno sicuro a proposito dei suoi genitori, Wolfric e Honora.

Innanzi tutto, c'era la questione dell'onore, una virtù che possedevano entrambi. E poi c'era Apollo, che aveva concesso lo status di Grande Casata al loro nuovo cognome e donato alla famiglia la Foresta di Boscolieto, il Villaggio di Boscolieto e Villa Boscolieto.

Villa, foresta e villaggio non erano un granché come regalo, secondo l'opinione di Jacks. La loro storia era orribile, così come le condizioni in cui versavano. La maggior parte della gente li riteneva luoghi maledetti o infestati dagli spettri. Persino lui non amava viaggiare in quelle terre desolate.

Poi ripensò alle guardie che parlavano di un demone assassino. E si figurò quello stesso *demone* che squarciava la gola di Evangeline uccidendola, di nuovo.

Jacks montò in sella al cavallo e partì di gran carriera verso Boscolieto.

Non appena raggiunse il limitare della foresta, percepì subito un cambiamento. Sentiva la vita brulicare ai lati del sentiero: conigli, rane, uccelli, cervi, e gli alberi che cominciavano a ricrescere.

Anche se i Valor erano tornati solo da qualche giorno, c'era un motivo per cui erano i Valor; c'era un motivo per cui, anche dopo tanto tempo dalla loro morte, le storie su di loro avevano continuato a vivere e a diffondersi, trasformandoli in esseri simili agli dèi.

Jacks sapeva che non lo erano.

I Valor potevano sanguinare e morire come chiunque altro, ma non vivevano come chiunque altro. Non si accontentavano di tirare avanti e basta. Jacks dubitava persino che ne fossero capaci. Prima di essere rinchiusi nel Valory, avevano dato vita a un regno che si estendeva per mezzo continente. Jacks non conosceva le loro intenzioni adesso che erano liberi, ma di una cosa era certo: i Valor avrebbero apportato un altro formidabile mutamento nel mondo.

Smontò di sella e legò il cavallo a un palo alle porte del Villaggio di Boscolieto. I Valor non avevano ancora dato il via alla ricostruzione della dimora in rovina. Stavano cominciando dal paese. Jacks immaginò che risiedessero tutti nelle vicinanze e che quindi Castor si fosse stabilito lì da qualche parte, invece di tornare nella sua vecchia cripta a Valorfell.

Come la foresta, anche il Villaggio di Boscolieto stava riprendendo vita. L'aria odorava di assi di legno appena segate quando Jacks entrò nella piazza. Era un vecchio slargo, costruito intorno a un pozzo, un tempo circondato da diverse botteghe – il fabbro, lo speziale, il fornaio, il macellaio, il candelaio, oltre ai banchi del mercato quotidiano di frutta e verdura.

Per un attimo Jacks tornò con la memoria a quando sgattaiolava fuori di notte per incontrarsi con gli amici sul tetto dello speziale. Se ne stavano sdraiati a guardare le stelle e a vantarsi di tutte le cose che avrebbero fatto prima o poi, come se i loro giorni fossero infiniti invece che contati.

Alzò lo sguardo, e anche se non si aspettava di vedere Castor sul tetto dello speziale, non rimase comunque sorpreso quando invece lo scorse.

Uno degli inconvenienti dell'immortalità era la propensione a restare ancorati al passato, all'epoca che precedeva l'arresto del processo d'invecchiamento. A prescindere da quanti anni avesse vissuto Jacks, quei giorni da umano si stagliavano sempre nitidi nella memoria e non sbiadivano mai con il tempo. Era un altro aspetto negativo: quegli infiniti, strazianti ricordi davano l'illusione che l'umanità fosse molto più intensa dell'essere immortale. Era il motivo per cui a volte Jacks odiava gli umani, ma probabilmente era anche la ragione per cui Castor voleva tornare a essere uno di loro.

«Scendi giù o devo dare fuoco alla bottega?» gridò Jacks.

«La minaccia funzionerebbe meglio se avessi in mano una torcia» ribatté Castor. Un istante dopo saltò agilmente a terra e appoggiò con aria disinvolta il gomito al muro della vecchia spezieria. Senza elmo e con la famiglia riunita, sembrava più Castor, il nobile principe spensierato, che Caos, il tormentato vampiro con l'elmo che gli impediva di nutrirsi.

Per un attimo Jacks provò una punta di invidia.

«Perché così di malumore?» gli chiese Castor. «Stavi di nuovo spiando Evangeline?»

«Non sono qui per lei» sbottò Jacks.

«Be', sei alquanto suscettibile al riguardo.»

Jacks fremette. «E tu sei di un inquietante buonumore per essere uno che ha appena massacrato un'intera famiglia.»

L'espressione di Castor si rabbuiò all'istante. Nel suo sguardo ardeva una brama che però non sembrava fame, quanto piuttosto una minaccia.

Se Jacks avesse tenuto di più alla propria vita, forse si sarebbe spaventato. Ma ultimamente si sentiva abbastanza apatico, a meno che non si trattasse di Evangeline, e stava facendo del suo meglio per evitare quelle emozioni.

Qualunque cosa lo aiutasse a togliersela dalla mente era un piacevole diversivo in confronto… tranne, forse, questo. Castor era il suo più vecchio amico, e Jacks non voleva odiarlo, ma quando lo guardava vedeva ancora i suoi canini affondare nella gola di Evangeline succhiandole la vita.

Castor non aveva idea che fosse mai esistita quella versione della storia. In fondo non era giusto giudicarlo per un atto che non sapeva di aver commesso. Ma era da un pezzo che Jacks se ne infischiava di essere giusto.

«Se sei venuto a farmi la predica» disse Castor, «non voglio ascoltarla.»

«Allora sarò breve. Devi imparare a controllarti. Altrimenti i tuoi ti scopriranno e magari stavolta, invece di infilarti un elmo in testa, infileranno te in una tomba.»

Castor contrasse la mascella. «Non lo farebbero mai.»

«Sono ancora umani. E gli umani fanno un sacco di stupidaggini quando hanno paura.»

A Jacks era capitato. E la cosa peggiore era che aveva creduto di essersi comportato nella maniera giusta. Come quando Castor era morto.

Era stato Jacks a suggerire a Honora, la madre di Castor, di riportarlo indietro dall'aldilà.

Castor e Lyric erano stati i suoi migliori amici, anzi, erano come fratelli. Lyric era appena morto e Jacks non voleva perdere anche Castor.

Non aveva riflettuto su quanto sarebbe costato riportarlo in vita. Non aveva immaginato quanto sangue sarebbe stato versato. Uno dei motivi per cui Jacks si era lasciato trasformare in Fato era stato per non lasciare Castor da solo. Poi aveva sparso la voce che Castor era Caos, e che Caos era un Fato, affinché il mondo non scoprisse che si trattava dell'ultimo Valor rimasto.

«Sto solo cercando di proteggerti» disse. «Finalmente ti sei liberato dell'elmo e hai riavuto la tua famiglia. Non voglio vederti distruggere questa opportunità.»

Castor sbuffò. «Non sono io quello che sta per distruggere la sua vita.»

«E questo cosa vorrebbe dire?»

«Ho parlato con mia sorella. Aurora mi ha raccontato cosa vuoi e cosa sei disposto a cedere per ottenerlo.»

«Tua sorella è...» Jacks si interruppe. Sapeva che non era saggio insultare la gemella di un vampiro con problemi di autocontrollo. Anche se era tentato di farlo comunque. Si accorse di aver stretto i pugni, ma non era Castor che voleva picchiare. «So quello che faccio.»

Il vampiro gli scoccò un'altra occhiata torva. «Se Evangeline dovesse recuperare la memoria, non ti perdonerà mai.»

«Ma almeno sarà viva per odiarmi.»

22

Evangeline

«La Caccia…»

«… la Caccia.»

«… la Caccia…»

Di solito Evangeline non sentiva chiacchierare le guardie, ma quelle due parole si ostinavano a intrufolarsi sotto la porta, come se il nome di quella caccia contenesse più potere di altri termini normali. Ne aveva già sentito parlare, ma aveva pensato che si alludesse alla caccia a Lord Jacks. Adesso non ne era più tanto sicura.

Avrebbe voluto chiedere a Martine, ma la sua cameriera era appena uscita dalla stanza per portare via il vassoio vuoto del pranzo. Dopo tutto quello che era successo la notte precedente, Evangeline aveva dormito fino a mezzogiorno.

Mentre sorseggiava una tazza di tisana di mirastella ormai tiepida, prese il giornale scandalistico nella speranza che le fornisse una risposta. Una risposta c'era… ma non riguardava i suoi dubbi sulla Caccia.

La Confidenza Quotidiana

STRAGE! STRAGE! STRAGE!

di Kristof Knightlinger

Sprangate le porte! Non andate in giro da soli! State in guardia! Nessuno è al sicuro! La notte scorsa Lord Jacks ha commesso un altro crimine efferato. Nelle prime ore della sera, ha orrendamente massacrato l'intera famiglia della Casata Fortuna, produttrice della celebre Acqua Aromatica Affatata Fortuna. Una guardia con cui ho parlato ha riferito di non aver mai visto tanto sangue.

C'era un unico sopravvissuto, il giovane Edgar Fortuna; sfortunatamente, l'immenso dolore ha sopraffatto il povero ragazzo, che si è tolto la vita poco dopo la strage. Prima di morire, però, Edgar ha disegnato un ritratto dell'assassino che troverete stampato sulla pagina successiva.

Raccomando vivamente a chiunque abbia avvistato Lord Jacks di avvertire subito l'Ordine della Guardia Reale. Ogni minimo indizio sarà prezioso. Questo spietato omicida deve essere fermato prima che colpisca di nuovo.

Evangeline voltò la pagina. Stavolta nessuna immagine confusa. Fresco di stampa in bianco e nero, c'era un ritratto di Arciere. Aveva un sogghigno sprezzante e una mela in mano, quanto di più lontano dall'immagine di un assassino… e quanto di più vicino a ciò che Evangeline segretamente desiderava.

«No» mormorò con un filo di voce.

No. No. No. No.

«Non può essere» disse a voce più alta, agitata.

Doveva esserci un errore.

Forse Arciere assomigliava a Lord Jacks. O magari quello era il disegno sbagliato. Arciere non poteva essere Lord Jacks. Era una guardia. Le aveva salvato la vita… due volte.

«Vostra Altezza» disse Martine, rientrando nella stanza, «avete le guance un po' pallide.»

«Sto bene. Ho solo visto qualcosa sul giornale che mi ha allarmata.» Mostrò la pagina alla ragazza. «È davvero Lord Jacks?»

«Oh, sì, Vostra Altezza. Adesso capisco perché siete sbiancata. È orribile, non è vero?» Ma la sua voce uscì come un sospiro, ed Evangeline avrebbe giurato di vedere i cuoricini negli occhi di Martine mentre fissava il ritratto in bianco e nero, che era tutto tranne che orribile.

Jacks sembrava un lieto fine irraggiungibile, e Martine ne era chiaramente affascinata. Proprio come era capitato a Evangeline, solo che i suoi sentimenti per lui erano andati un po' oltre la semplice infatuazione.

Persino in quel momento provava *qualcosa* guardando quel disegno.

Non voleva crederci. Voleva ancora pensare che il giornale si fosse sbagliato. Arciere, o meglio Lord Jacks, era stato con lei la notte prima.

Ma non *tutta* la notte. Si erano incontrati solo dopo che Apollo era stato chiamato d'urgenza. Però…

Cercò un'altra scusa. Ancora una volta si disse che Arciere – *Jacks* – le aveva salvato la vita, perciò non poteva essere un assassino. D'altro canto, proprio quella notte le aveva confessato qualcosa del genere.

«*Magari è solo che mi diverto ad ammazzare la gente*» aveva detto. E lei, invece di inorridire... Non riusciva a pensare a cosa aveva provato la notte prima; sapeva solo che in quel momento si sentiva nauseata e stupida e incosciente e assolutamente furiosa con se stessa.

Avrebbe dovuto saperlo. Avrebbe dovuto capirlo: Arciere compariva nei ricordi che Apollo voleva lasciare nell'oblio. Il principe l'aveva avvertita. «*Jacks ti ha fatto cose orribili, imperdonabili, e io credo sinceramente che saresti più felice se non le ricordassi più.*»

E aveva ragione, perché adesso Evangeline si sentiva uno straccio.

Continuava a non volere che Arciere fosse il cattivo della storia. Non voleva che fosse Jacks. E decisamente non voleva aver provato dei sentimenti per lui.

Le guance le avvamparono per qualcosa di simile alla vergogna.

Martine le scoccò un'occhiata colma di apprensione. Evangeline avrebbe tanto voluto sorridere, gettare il giornale nel fuoco e fingere che niente fosse accaduto. Ma anche se fosse stata capace di ignorare i propri sentimenti (e dubitava fosse possibile, perché sentire era proprio ciò che le riusciva meglio), non avrebbe mai potuto ignorare tutte le persone che Jacks aveva massacrato quella notte.

Doveva dire ad Apollo che aveva visto Jacks nel Palazzo del Lupo, travestito da guardia e con il nome di Arciere.

Afferrò il primo vestito che le capitò a tiro: corpetto di velluto verde muschio, scollatura a cuore, spalline sottili con applicazioni di fiorellini rosa pallido che si abbinavano alla lunga gonna svasata.

Martine le porse un paio di scarpette adatte alla mise che Evangeline si affrettò a calzare. Infine si avviò alla porta prima che le venisse meno il coraggio. Non voleva nemmeno contemplare quell'ipotesi, ma era meglio sbrigarsi.

Bisognava fermare Jacks prima che uccidesse altri innocenti, e lei sperava che la sua confessione potesse aiutare. Se Jacks entrava e usciva dal castello a suo piacimento, doveva avere dei complici dalla sua parte, come la sua scorta della sera prima. A meno che quei soldati non fossero ingenui quanto lei.

Trasse un profondo respiro e aprì la porta della suite che dava sul lungo corridoio.

La scorta della sera prima non c'era. C'erano invece ad attenderla sorridenti Joff e Hale, i due soldati che l'avevano trovata al pozzo. Come tutte le guardie, indossavano l'armatura di bronzo lucente e portavano i baffi... un dettaglio che ad Arciere mancava.

«Buongiorno, Vostra Altezza» la salutarono all'unisono.

«Buongiorno, Joff. Buongiorno, Hale. Per favore, potreste accompagnarmi da Apollo? Devo parlare con il principe, con la massima urgenza.»

«Temo che sia già partito per la Caccia» disse Joff.

«Allora portatemi alla Caccia» replicò lei.

Era passata già mezza giornata ed Evangeline sentiva i minuti scorrere inesorabili mentre se ne stava lì impalata nel corridoio. Avrebbe potuto dire alle guardie che aveva delle novità su Lord Jacks: un argomento del genere avrebbe di certo destato la loro attenzione. Tuttavia non era sicura di chi potersi fidare; probabilmente c'erano dei soldati leali a Lord Jacks, che altrimenti non sarebbe potuto entrare e uscire indisturbato dal Palazzo del Lupo.

Hale aggrottò la fronte. «Vostra Altezza, però...»

«Non ditemi che non vi è permesso condurmi fuori dal perimetro del castello.»

«Oh, no. Non ci perderemmo mai un'occasione di partecipare alla Caccia.»

Hale pronunciò la parola *Caccia* con un misto di deferenza ed eccitazione, e sebbene Evangeline sapesse di non avere tempo da perdere, non poté evitare di domandare: «Cos'è questa Caccia?».

I volti seriosi di Hale e Joff si illuminarono.

«È l'evento più esaltante dell'anno!» disse Joff.

«Tutti non vedono l'ora che arrivi» aggiunse Hale.

Evangeline non aveva fratelli, ma se ne avesse avuti, probabilmente sarebbero stati un po' come Joff e Hale. Erano così vivaci, si completavano a vicenda le frasi o le ripetevano entusiasti, mentre spiegavano le meraviglie della Caccia.

«È una tradizione antica quasi quanto lo stesso Nord» disse Hale.

«Furono i Valor a inaugurarla, secoli fa» aggiunse Joff. «La leggenda narra che una delle figlie, quella bella...»

«Erano tutte belle» intervenne Hale.

«Insomma, la più bella» riprese Joff «aveva come animale domestico un unicorno e, una volta all'anno, mandavano l'unicorno nella Foresta Maledetta per dargli la caccia.»

«E questo doveva essere divertente?» chiese Evangeline.

«Oh, non temete, non volevano *ucciderlo*» precisò Hale. «Porta sfortuna uccidere un unicorno. Sono molto più utili da vivi.»

Joff annuì e aggiunse: «A chiunque avesse catturato l'unicorno veniva concesso un mezzo desiderio».

«Che cos'è un mezzo desiderio?»

I due giovanotti si strinsero nelle spalle.

«Nessuno lo sa di preciso» ammise Joff.

«Ormai gli unicorni non esistono più» proseguì Hale, «ma al giorno d'oggi, ogni anno, un volontario si traveste da unicorno per la Caccia. Una volta per poco non è toccato a Joff!»

Quest'ultimo annuì fiero. «L'avrei fatto, ma poi quella testa di rapa di Quixton mi ha battuto.»

«Se posso chiedere» disse Evangeline usando quello che sperava fosse un tono educato, dato che quegli uomini avevano chiaramente un'alta considerazione della Caccia, «perché qualcuno dovrebbe offrirsi volontario?»

«Se sei l'unicorno» spiegò Hale «e riesci a superare due notti e tre giorni senza essere catturato, ricevi in premio il titolo di cavaliere, uno scudiero e una montagna d'oro.»

«E se invece ti catturano?» chiese Evangeline.

«Be'» rispose Joff un po' meno entusiasta, «chiunque si travesta da unicorno in genere finisce piuttosto malconcio, se viene preso. Ed è chi lo cattura a ottenere il titolo, se già non ne ha uno, oltre allo scudiero e all'oro.»

«Quindi la gente ama la Caccia per la ricompensa finale?»

«E per la grande festa di chiusura» disse Hale.

«E poi» aggiunse Joff «è l'unico periodo dell'anno in cui è consentito l'ingresso nella Foresta Maledetta.»

Evangeline non aveva mai sentito parlare della Foresta Maledetta. «E la gente ci vuole entrare?»

«Altroché. La Foresta Maledetta è *speciale*» rispose Hale. «A ogni modo, dovreste indossare scarpe più robuste e magari un mantello o due prima di andare. Lungo la strada piove sempre, ed è proprio quello che stavo tentando di dirvi poco fa.»

23

Evangeline

C'era una volta, tanto tempo fa, una Foresta Maledetta che di maledetto non aveva nulla. Al contrario, pare che fosse la foresta più incantevole del Magnifico Nord, del genere che ispirava le parti migliori delle fiabe, brulicante di amichevoli creature silvestri che riportavano i viandanti smarriti sulla retta via o aiutavano i feriti a trovare soccorso. Quella in particolare era piena di fiori che emettevano luce di notte e di uccelli che cantavano melodie così armoniose da sciogliere anche i cuori più duri.

Si diceva che fosse stata la foresta preferita dei Valor, e che i Valor fossero la famiglia preferita della foresta.

Così, quando i Valor vennero tutti decapitati, la foresta si rattristò per la loro perdita. Il dolore fu talmente profondo da trasformarla in qualcosa di completamente diverso. Qualcosa di *maledetto* che a sua volta malediceva chiunque osasse entrarvi.

Alcuni sostenevano che la maledizione era il modo con cui

la foresta cercava di indurre le persone ad amarla come avevano fatto i Valor, dal momento che il maleficio era piuttosto singolare. Anzi, sulle prime non parve nemmeno un maleficio, quanto piuttosto un prodigio. Finché sempre più persone non cominciarono a entrarvi per non uscirne mai più.

Allora, com'era tipico del Nord, si decise che tutti i sentieri che portavano alla Foresta Maledetta venissero maledetti a loro volta, affinché nessuno scomparisse più.

Purtroppo, sorsero dei contrasti sulla maniera migliore di stregare le strade; di conseguenza vennero evocati parecchi incantesimi maldestri contemporaneamente.

Evangeline non conosceva questa storia, ma non appena raggiunse il sentiero scelto in compagnia della sua scorta, si rese subito conto dell'effetto di quei sortilegi. Cominciò con un'acquerugiola non troppo fastidiosa, che si trasformò ben presto in una pioggia battente. All'improvviso furono investiti da raffiche di vento e da muri d'acqua che scrosciavano di traverso.

Evangeline era zuppa. Non sapeva quanto fosse lungo il tragitto, però aveva l'impressione di essere sotto la pioggia da un'eternità. Fu tentata di fare dietrofront, ma doveva assolutamente dire ad Apollo che Jacks si era intrufolato nel castello per vederla.

L'unica arma a sua disposizione era il pugnale ingioiellato che le aveva dato proprio Jacks. Se l'era infilato nella cintura di velluto verde che le stringeva il punto vita, dicendosi che se l'avesse rivisto non avrebbe esitato a usarlo. Nondimeno, una parte di lei temeva che alla fine non sarebbe stata capace di colpirlo, mentre un'altra parte, quella più contorta, temeva di non rivederlo mai più. Le si strinse lo stomaco nel ricordare come la notte prima lei gli aveva voltato le spalle e lui non l'aveva inseguita.

Sapeva che Jacks era il nemico, pur sentendosi ancora intrigata da Arciere. Da sola non lo avrebbe mai sconfitto; aveva bisogno di Apollo e del suo esercito e di qualunque altro asso nella manica avesse il principe, e percorrere un sentiero fangoso era un ben misero prezzo da pagare.

«Continuate a camminare» disse Joff, mentre il vento gli spingeva il mantello sul viso e la melma gli inzaccherava gli stivali.

Evangeline era lieta che i due soldati non le avessero permesso di uscire dal castello con le sue scarpette eleganti, che altrimenti sarebbero rimaste impantanate nel fango, com'era capitato a tanti prima di lei: in alcuni punti la strada era lastricata di calzature invece che di ciottoli. Lungo i bordi del sentiero notò anche parecchi carri rovesciati dall'aspetto vetusto. Evidentemente i moderni nordici erano ormai avvezzi agli incantesimi che impedivano l'accesso alla Foresta Maledetta a qualunque mezzo di trasporto tranne i piedi.

«Ci siamo quasi» l'avvertì Hale, e all'improvviso su un lato della strada spuntò un cartello.

CENTO PASSI
ALLA FORESTA MALEDETTA

Potete ancora tornare indietro!

La pioggia cominciò a cadere sempre più fitta quando Evangeline lo oltrepassò, incollandole ciocche di capelli sugli occhi e sulle guance. Riuscì a malapena a scorgere un altro cartello qualche istante dopo.

PERCHÉ NON SIETE ANCORA TORNATI INDIETRO?

L'acquazzone infuriava implacabile quando raggiunse un ultimo cartello che diceva:

BENVENUTI AL
GIORNO PIÙ BELLO
DELLA VOSTRA VITA!

Il legno era rosa e le lettere dorate, e la cosa straordinaria fu che, quando Evangeline lesse le parole, di colpo smise di piovere. Udiva ancora il tamburellio dell'acqua sul terreno, ma quando si voltò a guardare il sentiero appena percorso, lo trovò asciutto come una valle sotto un cocente sole estivo.

«Non piove *mai* nella Foresta Maledetta» disse Joff. «Un altro motivo per cui tutte le strade sono stregate. Se ti perdi, la pioggia è l'unico modo per capire che sei uscito dalla foresta.»

«Quindi adesso siamo dentro?» chiese Evangeline, guardandosi intorno.

Dopo il faticoso tragitto per arrivare e i cartelli di ammonimento, si era aspettata qualcosa di più sinistro. Aveva immaginato ombre fosche, ragnatele, creature striscianti, ma non vide altro che un cielo prossimo al tramonto su un variopinto assembramento di tende di seta decorate da gran pavesi, e una moltitudine di uomini e donne abbigliati per un'avventura all'aperto. C'erano anche cavalli, cani e due o tre falchi appollaiati sulle spalle dei cacciatori.

Evangeline aguzzò la vista per guardare oltre i padiglioni, cercando alberi o anche solo qualche foglia, ma al di là delle tende riuscì a scorgere soltanto una macchia confusa di colori che le suggerì l'immagine della fine di un arcobaleno.

«Siamo in un territorio intermedio» rispose Hale.

«Quando sarete nella foresta ve ne accorgerete» aggiunse Joff.

«Altezza! Voglio dire, Evangeline!» esclamò Aurora Vale correndole incontro, con i boccoli violetti che le sobbalzavano sulle spalle.

Mentre tutti nei paraggi apparivano stremati dalla pioggia, Aurora era fresca come una rosa. Gli stivali di pelle grigio chiaro, alti fino al ginocchio, erano immacolati, come pure il corto abito rivestito di placche metalliche e la faretra di frecce dalla punta d'argento che portava a tracolla.

Nel vederla, Hale raddrizzò le spalle e Joff si lisciò i ricci ribelli.

«Non sapevo che saresti venuta alla Caccia!» disse Aurora elettrizzata. «Puoi fare squadra con me e mia sorella Vesper.»

«Ti ringrazio, ma sono qui solo per parlare con Apollo.»

«Potrete sempre unirvi alla vostra amabile amica dopo aver conferito con il principe» suggerì Joff.

«Sono certo che a lui non dispiacerà» si affrettò ad aggiungere Hale.

Dal canto suo, Evangeline non ne era tanto sicura. Ma non era nemmeno certa che le guardie fossero nel pieno possesso delle loro facoltà mentali. Ancora prima che l'amabile Aurora li ammaliasse con il suo arrivo, i volti dei due si erano illuminati per la smania di avventura, alla vista di tutti quei festoni sventolanti e delle armi affilate.

«Oh, ti prego, chiedi al principe se puoi venire con noi! Ci divertiremmo un sacco insieme.» Aurora la guardò con un'espressione da cucciolo impaziente di uscire a giocare. Solo che i cuccioli di solito non portavano a tracolla frecce per trafiggere altri cuccioli.

«Ci penserò» promise Evangeline. «Ma prima devo trovare Apollo.»

«Ti accompagno io» si offrì Aurora. «L'ho appena visto da quella parte. Il suo padiglione si trova oltre l'accampamento della Casata Forterocca.» Indicò verso nord, dove intorno a un piccolo villaggio di tende celesti a strisce argento si affaccendavano diverse persone piuttosto alte che vestivano gli stessi colori.

«Temo che la signorina si sbagli» disse una voce che lì per lì Evangeline non riconobbe. Quando però si girò, vide il volto amichevole di Lord Byron Campanula.

L'uomo le scoccò un sorriso cordiale, come aveva fatto la sera prima quando si erano conosciuti alla cena di gala e lui l'aveva intrattenuta con una serie di aneddoti divertenti su Apollo. Non le dispiaceva incontrarlo di nuovo, ma quello non era il momento migliore.

«Non mi ero accorta del vostro arrivo, Lord Campanula.»

Non c'era da stupirsi, dato che Aurora stava attirando l'attenzione di tutti, mentre Lord Campanula aveva l'aria di essersi vestito per passare inosservato.

Quel giorno indossava braghe marroni, gilè di pelle e una camicia beige con le maniche arrotolate fino ai gomiti. Al contrario di Aurora, non era armato di frecce, ma solo di un piccolo pugnale infilato nella cintura e di un coltello che gli pendeva al fianco.

«Credevo fossimo abbastanza amici da chiamarmi Byron. E perdonate se vi ho spaventata, Altezza. Ho appena visto Apollo. Stava parlando con la Gilda degli Eroi laggiù, proprio dove si trova *effettivamente* il suo padiglione.» E indicò nella direzione opposta, oltre una fila di chioschi di cibo e bevande. Evangeline scorse un accampamento di tende verde scuro, circondate da gruppetti di uomini e donne, tutti in possesso di un cane o di un rapace.

«Impossibile» ribatté Aurora, avvampando di colpo. «Il principe e il padiglione reale sono da quell'altra parte. Ero lì appena qualche minuto fa, prima di incontrare la principessa Evangeline.»

«Vostra Altezza» replicò Lord Campanula, sereno, «desolato di offendere la vostra amica, ma temo che sia o confusa o bugiarda. Il principe non è lì.»

«Non sono affatto...»

Pe-pere-peeee! Uno squillo di trombe risuonò in lontananza, interrompendo le proteste di Aurora. Un attimo dopo, un araldo con i colori della casa reale annunciò: «Attenzione! Attenzione! La Caccia inizierà ufficialmente tra dieci minuti. Dieci minuti all'inizio della Caccia!».

Evangeline non aveva più tempo.

«Ebbene, a quanto pare dobbiamo metterci in marcia» disse serafica Aurora, come se l'alterco non fosse mai accaduto.

Joff e Hale la seguirono a ruota, testa alta e petto in fuori. Probabilmente l'avrebbero seguita in un vulcano se lei glielo avesse chiesto.

Immune al fascino della fanciulla, Byron rivolse a Evangeline uno sguardo implorante. «Commetterete un grave errore se andrete con lei» mormorò sottovoce.

Evangeline si diede una rapida occhiata intorno, sperando di chiedere a un passante se avesse visto il principe. Ma erano tutti diretti dalla parte opposta, verso il limitare nebbioso della Foresta Maledetta; probabilmente Apollo stava facendo la stessa cosa. Doveva prendere una decisione se voleva raccontargli di Jacks prima che la Caccia avesse inizio e lui entrasse nella foresta.

«Sono sicura che uno di voi due semplicemente si sbaglia» disse in tono conciliante.

Anche se non ne era affatto convinta. Uno dei due stava mentendo.

Entrambi parvero offendersi.

Aurora smise di camminare. Sembrava sul punto di giurare che era onesta e che non avrebbe mai detto una bugia, poi si limitò a serrare le labbra e a scoccare a Lord Campanula un'occhiata velenosa che trasformò il suo viso da grazioso a terrificante in una frazione di secondo.

Evangeline non si fidava di lei. C'era qualcosa in quella ragazza che non le tornava. Aveva cominciato a nutrire qualche sospetto dopo che Aurora aveva attirato l'attenzione sul suo pugnale ingioiellato per poi trattenerla nel corridoio accusandola di avere una tresca.

D'altro canto non si fidava nemmeno di Byron. Dopo tutto quello che era accaduto negli ultimi giorni, Evangeline diffidava di chiunque. Era pur vero che il giovane nobiluomo non le aveva dato nessun motivo per *non* fidarsi di lui.

«Joff, tu va' con Aurora» decise alla fine. «Se trovi il principe, digli che lo sto cercando e di non unirsi alla Caccia finché non gli avrò parlato. È importante. Hale e io ci dirigeremo dall'altra parte con Lord Campanula.»

Hale storse la bocca, avvilito all'idea di separarsi da Aurora.

«Sono certa che la rivedremo presto» lo rassicurò Evangeline, mentre seguivano entrambi Byron verso i chioschi del cibo, che in verità servivano più birra che manicaretti.

Le fiaccole illuminavano gli avventori che si attardavano nei paraggi. Un gruppetto fece tintinnare i boccali per un brindisi: «Alla Caccia!».

«Buona fortuna, amici miei!» li salutò Byron sventolando la mano.

Gli altri levarono in alto i bicchieri e brindarono ancora.

«Cinque minuti!» gridò un araldo in lontananza. «Cinque minuti all'inizio della Caccia!»

Questo era più lontano del precedente. Evangeline non riusciva nemmeno a scorgerlo. Udì soltanto la sua voce, più fievole dell'altra, finché non si spense nel silenzio.

Anche le tende che stavano superando in quel momento, appartenenti alla Gilda degli Eroi, erano silenziose. Evidentemente tutti gli eroi si erano già avviati verso la foresta. Nell'accampamento non restava altro che la sottile spirale di fumo di un falò appena spento. Il chiacchiericcio, le risate, lo stridio delle lame che venivano affilate erano cessati.

Evangeline sperò che non fosse troppo tardi. Non voleva inseguire Apollo sin dentro la Foresta Maledetta, specie adesso che il sole stava tramontando.

«Siamo arrivati?» chiese.

«Manca poco» rispose Byron con sicurezza.

Tuttavia, mentre il cielo si andava scurendo e volute di nebbia cominciavano a serpeggiare sul terreno, Evangeline ebbe l'impressione che si stessero avvicinando ai margini della Foresta Maledetta e non a un accampamento.

A quel punto le venne il dubbio di aver commesso un errore a seguire il nobiluomo. Si staccò da lui per accostarsi a Hale.

«Statemi vicina.» Byron le afferrò il polso, attirandola a sé. Intanto la nebbia si era infittita, trasformandosi in un denso strato grigiastro che le lambiva le ginocchia. Ma era la stretta dell'uomo a innervosirla.

«Per favore, lasciatemi andare» disse, tentando di liberarsi. Ma l'altro non mollò la presa.

«Lord Campanula.» Hale mise mano all'elsa della spada. «La principessa vi ha chiesto di lasciarla.»

Le labbra di Byron si sollevarono in un mezzo sorriso. Fu uno di quegli istanti in cui tutto accade rapidamente e con lentezza allo stesso tempo. Mentre il sorriso si allargava, la mano del nobiluomo si mosse fulminea, tanto che Evangeline non se ne accorse finché non vide il coltello sfrecciare in aria e conficcarsi nella gola di Hale.

La guardia stramazzò al suolo, con il sangue che sgorgava a fiotti dalla ferita.

«*No!* Hale!» strillò Evangeline. «Hale!»

Byron la zittì tappandole la bocca con una mano, mentre con l'altra la teneva bloccata. «È ora di pagare per quello che hai fatto a Petra.»

«Chi è Petra?» tentò inutilmente di urlare Evangeline attraverso il palmo di Byron. Provò a divincolarsi, ma lui la strinse ancora più forte, sollevandola di peso. Ormai le tende non si vedevano più, c'era soltanto la nebbia ad avvolgerli: erano soli.

Evangeline provò a scalciare, a scartare di lato, a fare tutto quello che le aveva insegnato Arciere, ma a stento riusciva a sfiorare il terreno con le punte dei piedi. Non aveva appoggio.

Però aveva una mano abbastanza vicina al pugnale infilato nella cintura. Si rese conto di avere una sola possibilità di usarlo, una sola possibilità di salvarsi la vita.

Lo impugnò e lo spinse verso l'alto, trapassando il polso di Byron.

«Vipera schifosa!»

«Questo è per Hale!» gridò Evangeline mentre l'uomo mollava la presa.

E poi fuggì.

24

Apollo

Apollo non era un assassino: non uccideva a meno che non fosse assolutamente necessario.

Eppure in quel momento provò l'irrefrenabile tentazione di sguainare la spada e conficcarla nel ventre di Joff.

Non c'era nessun altro nella tenda con loro, e in una giornata come quella sarebbe stato facile sbarazzarsi del cadavere abbandonandolo semplicemente nella Foresta Maledetta. Gli incidenti capitavano spesso durante la Caccia.

Apollo però aveva bisogno di risposte, non di altro sangue. Squadrò il soldato con un'espressione gelida. «Dov'è mia moglie?»

«La principessa è con Lord Campanula, Altezza.»

«Perché diamine l'hai lasciata con lui?»

«È stata lei a chiedermelo, Altezza. La principessa Evangeline non sapeva dove fosse il vostro padiglione, così ha ordinato a me e a Hale di dividerci.»

«Il tuo compito è di restare sempre al suo fianco» tagliò corto Apollo. «A prescindere da quello che vuole lei.»

«Lo so, Altezza.» Joff chinò il capo. «Sono rammaricato di aver fallito.»

«Vattene» ringhiò Apollo, «prima che ti infilzi con la mia spada.»

«C'è solo un'altra cosa, Altezza.» Una gocciolina di sudore cadde dalla fronte del soldato. «La principessa chiede di non unirvi alla Caccia finché non vi incontrerete.»

«Ti ha spiegato perché?»

Joff scosse il capo. «No, ma sembrava molto risoluta.»

«Lei è sempre risoluta.»

«Vostra Altezza!» strillò una vocina acuta e trafelata. Un bambino piombò nella tenda.

«Fermati, moccioso!» gridò una guardia, ma il bambino fu più svelto.

«La principessa! È in pericolo!» disse quest'ultimo. «Ho appena visto un uomo che tentava di ucciderla. E adesso è scappata nella Foresta Maledetta!»

25

Evangeline

Evangeline correva a perdifiato. In teoria si stava dirigendo verso la zona da cui era arrivata, l'accampamento della Gilda degli Eroi, ma non vide nessuna tenda; intorno a lei solo il grigiore della nebbia e l'oscurità della notte.

Pensò di tornare indietro, ma sentiva ancora la voce di Byron che le urlava i peggiori insulti. Cosa credeva che avesse fatto? E chi era Petra?

Quando alla fine non udì più le sue urla furiose, si concesse di rallentare abbastanza da riprendere fiato e asciugarsi le lacrime.

Povero Hale. Non meritava di morire in quel modo, anzi, non meritava proprio di morire.

Evangeline sapeva che non era colpa sua, non era stata lei a lanciare il coltello, eppure si sentiva responsabile. Dopo i continui e svariati tentativi di ucciderla, non poté evitare di domandarsi cosa avesse fatto per irritare tanta gente.

Era solo perché aveva sposato il principe... o la causa risaliva a un altro evento passato di cui lei non aveva memoria?

Intanto respirava sempre più a fatica, soffocata dalla scura cappa di umidità. Odiava l'idea di non sapere e aveva paura di rimanere per sempre all'oscuro di tutto.

Il fango le schizzava gli stivali e le bagnava l'orlo del mantello di velluto verde, poi a un tratto il terreno sotto i suoi piedi cambiò consistenza. Per poco non inciampò quando le suole colpirono i ciottoli di una strada lastricata.

Poi, come se si fosse aperto un sipario, la nebbia si dissolse insieme all'oscurità della notte, rivelando una strada piena di negozi variopinti come confetti in un barattolo. Le botteghe erano tutte corredate di vivaci tendoni a righe, campanelle scintillanti e porte dipinte di ogni colore dell'arcobaleno.

Le formicolò la pelle mentre passava davanti alle sgargianti vetrine. Sapeva che non poteva fermarsi, che non *doveva* fermarsi. Stava fuggendo per mettersi in salvo, e aveva bisogno di trovare Apollo per raccontargli di Jacks.

Ma quella non era una via qualsiasi. Lei la *conosceva*. Conosceva persino il lampione sbilenco in fondo, e il motivo per cui odorava di biscotti appena sfornati. E sapeva che a metà strada, tra le Chicche Caramellate di Crystal e i Dolci Deliziosi di Mabel, c'era il posto che più amava al mondo, la bottega di suo padre: Curiosità, Stranezze e Bizzarrie di Maximilian.

Avvertì una stretta dolorosa al petto mentre si avvicinava alla porta. All'improvviso il resto non aveva più importanza.

Il negozio era diverso da come lo ricordava. Come le altre botteghe, appariva più nuovo, più luccicante, più... *recen-*

te. La vernice era di una tonalità di verde talmente brillante da apparire fresca. La grande finestra era così trasparente da dare l'impressione che non ci fosse affatto il vetro; Evangeline immaginò di allungare una mano e prendere una delle curiosità che traboccavano dal cappello a cilindro viola. Un cappello che, come il negozio, aveva creduto di non rivedere mai più.

Doveva trattarsi di un'illusione. Non poteva aver corso fino a Valenda – non sapeva nemmeno che strada fare per tornare a Valenda dal Nord, ma era abbastanza sicura che occorresse prendere una nave.

Eppure, quando toccò la porta, sotto le dita sentì il legno solido e riscaldato dal sole. Era reale. Era tutto reale. Fiutava ancora il profumo dei biscotti che proveniva dalla pasticceria poco più avanti. D'un tratto udì una voce in lontananza. «Limonata! Limonata fresca!»

Il grido fu seguito dalla comparsa di una serie di bolle in fondo alla strada e da un perfetto momento di euforia.

Quando era arrivata ai margini della Foresta Maledetta, sull'ultimo cartello c'era scritto: *Benvenuti al giorno più bello della vostra vita!*

Lì per lì aveva pensato che fosse un'esagerazione, ma adesso quella frase sembrava descrivere esattamente il luogo, o meglio *il punto nel tempo* in cui si trovava.

Quella particolare giornata risaliva al giorno prima del suo dodicesimo compleanno.

Evangeline aveva sempre amato l'attesa. Uno dei suoi passatempi preferiti era sognare e immaginare. *Che cosa sarà? Che cosa potrà accadere? E se...?* Soprattutto adorava la trepidazione che accompagnava le occasioni speciali, e i suoi genitori avevano sempre reso i suoi compleanni speciali in maniera meravigliosa.

Il giorno in cui aveva compiuto nove anni, per esempio, al risveglio aveva trovato ogni albero del giardino di sua madre con i rami carichi di lecca-lecca legati con dei nastrini a pois. Al centro di ogni fiore c'erano delle caramelline gommose, e sparpagliati tra gli steli d'erba ammiccavano dei pezzi di carbone dolce, come se i sassi del prato si fossero trasformati in leccornie durante la notte.

«*Non siamo stati noi*» aveva detto il padre.

«*Oh, no*» lo aveva appoggiato la madre. «*Questa è di sicuro una magia.*»

Evangeline sapeva che non era vero... be', più o meno. I suoi genitori avevano un modo di fare le cose per cui c'era sempre un pizzico di incanto nell'aria, tanto che a volte si chiedeva se non si trattasse davvero di magia.

E così, il giorno prima del suo dodicesimo compleanno, Evangeline fremeva di eccitazione al pensiero di quale magia avessero in serbo per lei i genitori.

Era sicurissima che avessero escogitato qualcosa di fantastico. Smaniava d'impazienza, eppure era proprio l'attesa a rendere unica quella giornata.

La sua trepidazione per quanto stava per accadere traboccava come una pentola in ebollizione, inondando chiunque entrasse nella bottega di curiosità di suo padre quel giorno. Il negozio era pieno di sorrisi e risate, anche se nessuno sapeva il motivo per cui stava ridendo. Semplicemente, la felicità di Evangeline era contagiosa.

E forse c'era un pizzico di magia nell'aria, dal momento che, per una bizzarra coincidenza, il fornaio in fondo alla strada provò una nuova ricetta per i biscotti vetrati che decise di portare nella bottega di Maximilian. Voleva sapere cosa ne pensassero i clienti, e quel pomeriggio il negozio di curiosità era il luogo perfetto per trovare gente.

I biscotti erano squisiti, e furono ancora più apprezzati grazie al carretto di limonate che si fermò davanti al negozio. Era giallo e bianco, dotato di un meccanismo nascosto che soffiava un flusso costante di bollicine a forma di cuore.

Evangeline aveva già visto dei carretti di limonate, ma mai uno come quello. Offriva quattro gusti che, secondo il cartello, cambiavano ogni due giorni. Quella volta erano:

Limonata ai mirtilli
Limonata alla lavanda con cristalli di miele
Limonata di fragole sminuzzate con foglie di basilico

E infine il più delizioso di tutti…

Limonata frullata!

Era fatta con panna, limone e zucchero, sormontata da un goloso ciuffo di crema alla vaniglia.

Evangeline si gustò la bevanda, ma volle anche condividerla

con i genitori che avevano commesso lo sbaglio di ordinare la semplice limonata ai mirtilli.

Ricordava ancora il momento in cui, seduta sui gradini del negozio, stretta tra la mamma e il papà, si era sentita la ragazzina più fortunata del mondo.

Evangeline non sapeva come avesse fatto a viaggiare indietro nel tempo fino a quella giornata particolare, ma in fondo non le importava. Lo desiderava così tanto – *trovarsi di nuovo nel negozio, con i suoi genitori, al sicuro* – da essere disposta a credere nell'impossibile.

Un'ombra si mosse dietro la vetrina. Sebbene fosse soltanto una sagoma indistinta, lei capì subito di chi si trattava.

«Papà!» gridò, precipitandosi nella bottega.

L'odore era proprio come lo ricordava, così come le casse di legno sempre in arrivo e in partenza, e il profumo di violette che emanava sua madre.

I suoi stivali ticchettarono sul pavimento a scacchi mentre correva all'interno chiamando: «Papà!».

«Amore» le disse la madre, «non venire di qua!»

Evangeline si sentì cedere le ginocchia al suono della sua voce. Era passato così tanto tempo dall'ultima volta che l'aveva udita. Non le importava che le avesse detto di non andare, nessuna forza al mondo le avrebbe impedito di seguirla.

Attraversò il negozio fino alla porta mascherata da anta di armadio che si apriva sul retrobottega. Ma i suoi genitori non c'erano. Vide soltanto casse aperte, una composizione per la vetrina ancora da terminare, e cumuli di altre cianfrusaglie che non degnò di attenzione. Se ricordava bene quella giornata, avrebbe trovato i genitori in soffitta, impegnati a gonfiare palloncini per il giorno seguente.

Le scale si trovavano in fondo alla stanza. Non appena le raggiunse, la voce del padre rimbombò dal piano di sopra. «Tesoro, non salire!»

«Ho solo bisogno di vedervi per un secondo!» Si slanciò sui gradini con il cuore che traboccava di speranza e con la paura che, se non si fosse affrettata, sarebbe ripiombata nel presente senza più avere la possibilità di rivedere i genitori.

Quando sentì il pomolo della porta nel pugno, solido e concreto, per poco non gridò di gioia. L'uscio si spalancò su una stanza piena di palloncini di compleanno colorati – lavanda, viola, bianchi, oro – che ondeggiavano legati a tanti nastrini rosa. Erano identici a quelli del suo dodicesimo compleanno; solo che, come tutto il resto di quella strana giornata, sembravano più sgargianti, più gonfi, e ce n'erano *molti* di più di quanti ricordasse.

«Amore, non dovresti essere qui» disse la madre.

«Così rovini la sorpresa» aggiunse il padre. La sua voce era limpida, sembrava vicinissima, ma Evangeline non riusciva a vedere né lui né la madre in mezzo alla moltitudine di palloncini.

«Mamma! Papà! Per favore, uscite fuori.»

Era come se un sogno si fosse trasformato in un incubo. Evangeline tentò di farsi strada tra i palloncini, ma ogni volta che ne spostava uno ne spuntavano altri due.

«Mamma! Papà!» Cominciò a farli scoppiare, ma continuavano a comparirne di nuovi.

«Tesoro, che cosa ci fai lassù?» le chiese il padre.

Stavolta le parve che la voce provenisse dal piano di sotto.

Sapeva che era un trucco, proprio come quella soffitta orribile.

Il problema della speranza era anche ciò che la rendeva una cosa meravigliosa. Una volta accesa una scintilla, era difficile spegnerla. Ora che aveva udito la voce dei suoi genitori, Evangeline non poteva fare a meno di sperare che, se si fosse sbrigata, avrebbe rivisto anche i loro volti.

Inciampò nelle sue gonne e per poco non ruzzolò giù per le scale mentre scendeva di corsa, tornando nel retrobottega pieno di casse di curiosità. Come nel caso dei palloncini, ce n'erano molte di più di quante ricordasse, un infinito labirinto di casse. E in fondo sentì la madre che diceva: «Amore, dove sei?».

Stavolta la voce dolce della mamma le fece venire un groppo in gola. Era così vicina, eppure aveva la sensazione che quello era il massimo che avrebbe ottenuto. Vicina, ma irraggiungibile.

«Mi dispiace» disse una voce nuova.

Evangeline trasalì e si lanciò un'occhiata alle spalle. Il giovane uomo che aveva appena parlato però non aveva un viso per cui bastava un'occhiata. Era un viso da mozzare il fiato. Bellissimo, con gli occhi più verdi che avesse mai visto, così verdi che Evangeline si chiese se avesse mai visto davvero degli occhi verdi prima di allora.

«Perché ti dispiace?» gli chiese. «Sei stato tu a farmi questo?»

Il Bel Forestiero piegò la bocca in una smorfia. «Temo di non essere così potente. Questo è il modo con cui la Foresta

Maledetta ti intrappola. Ti lascia intravedere quello che vuoi per spingerti a seguirlo, ma non ti permette mai di trovarlo.»

«Amore, dove sei?» ripeté la madre.

Evangeline spostò lo sguardo in direzione del suono. Era persuasa che il Bel Forestiero avesse ragione. Per certi versi era ciò che aveva temuto, che tutto quanto fosse troppo meraviglioso per essere vero. Le persone precipitavano nelle buche e nei pozzi, non nel giorno più bello della loro vita; eppure, in quel momento, voleva solamente correre tra quelle casse inseguendo la voce di sua madre. Desiderava solo rivederla un'ultima volta, un ultimo minuto insieme, un ultimo abbraccio.

Il Bel Forestiero non aveva l'aria di chi l'avrebbe fermata se si fosse lanciata di nuovo alla ricerca della mamma. Se ne stava così immobile che avrebbe potuto essere uno dei tanti oggetti inanimati esposti nel negozio.

Non batteva ciglio, non muoveva un muscolo, sembrava una statua. Era vestito da soldato, con una raffinata corazza di cuoio, diversa però dalle altre armature che Evangeline aveva visto quel giorno. E non sembrava che avesse armi addosso, né portava i baffi, perciò non poteva essere una delle guardie di Apollo.

«Anche tu sei una trappola della foresta?» lo interrogò. «Sei qui per stringere un patto? Mi lascerai vedere i miei genitori se ti concedo un anno della mia vita?»

«Lo faresti?» chiese lui.

Evangeline rifletté. C'era qualcosa nel sentirsi così vicina ai suoi, in quel *quasi luogo* dove si trovava, capace di rendere la morsa di solitudine che le attanagliava il petto ancora più dolorosa. Era allettante l'idea di cedere un anno della propria vita in cambio di un abbraccio, della sensazione di essere stretta dalle persone che amava e che l'amavano, sapendo con assoluta certezza che desideravano soltanto il meglio per la figlia. Voleva dimenticare anche solo per un istante di non avere altro all'infuori di un marito misterioso, che la gente continuava a tentare di ucciderla e che l'unica persona verso cui si sentiva inspiegabilmente attratta era l'assassino più pericoloso di tutti.

Un anno non le sembrava un prezzo esorbitante da pagare per sfuggire a quell'inferno. Ma i suoi genitori l'avrebbero rimproverata se avesse accettato.

«No, non lo farei» mormorò.

«Bene» disse il Bel Forestiero. «E no, non sono un'altra trappola. Anzi, sono in trappola anch'io.»

Avanzò lentamente di un passo, muovendosi con una grazia sorprendente per un uomo così alto e robusto. «La Foresta Maledetta conduce le persone in un luogo che replica la giornata più bella della loro vita. Poi gliene concede giusto un assaggio per invogliarle a desiderare di più.»

«Quindi ti trovi in un giorno diverso dal mio?» chiese Evangeline.

Il Bel Forestiero annuì. «La foresta può cambiare ambientazione, ma non nascondere le persone che vi si trovano all'interno. Ecco come ti ho trovata.»

«Perché mi cercavi? Chi sei?»

«Tu mi conosci come Caos. Sono tuo amico» rispose lui, ma c'era qualcosa di strano nel modo in cui pronunciò la parola *amico*, come se non ne fosse del tutto convinto.

Se Evangeline non avesse appena assistito all'assassinio di una delle sue guardie da parte di un uomo che poi aveva tentato di eliminare anche lei, magari non ci avrebbe fatto caso. Non poteva credere di essere talmente sfortunata da imbattersi in un'altra persona che aveva intenzione di ucciderla.

Però non voleva correre rischi.

Si sfilò il pugnale dalla cintura.

Caos alzò le mani. «Non sei in pericolo. Io sono qui perché un amico ha bisogno di aiuto… del tuo aiuto. Sta per prendere una decisione terribile e tu devi fargli cambiare idea prima che sia troppo tardi per salvarlo. Non sono qui per farti del male, Evangeline.»

«Allora perché non sparisci, canaglia?» ringhiò Arciere.

Evangeline non lo aveva sentito arrivare. Si voltò, e all'improvviso Arciere – *Jacks* – era lì. Era più facile pensare a lui come Jacks mentre lo guardava avanzare tra le casse, gli occhi scintillanti di furia omicida che fissavano Caos.

«Non voglio che ti avvicini a lei. Mai più.» Jacks sguainò la spada e, prima che Caos avesse il tempo di parlare, lo infilzò da parte a parte.

26

Jacks

Jacks atterrò di schianto sulla schiena quando Evangeline gli si avventò contro. «Sei un mostro!» urlò la ragazza, e imprecò.

Non l'aveva mai sentita imprecare prima di quel momento. Non era il suo forte, ma ci stava mettendo tanto impegno ed energia.

Erano entrambi a terra, Evangeline aveva sbattuto contro il petto di Jacks e il duro impatto avrebbe dovuto lasciarla senza fiato; invece continuò a strepitare. «Perché l'hai fatto? Non puoi andare in giro ad ammazzare la gente!»

E intanto continuava a dimenarsi, stringendogli il busto tra le ginocchia e tempestandolo di colpi. Jacks non avrebbe saputo dire se stava cercando di picchiarlo o di pugnalarlo, e aveva il sospetto che nemmeno lei lo sapesse. Se voleva pugnalarlo… be', teneva la lama puntata nella direzione sbagliata mentre gli schiaffeggiava il torace. Almeno stava provando a difendersi e, in una situazione diversa, Jacks se ne sarebbe compiaciuto; come al solito, però, Evangeline non aveva la minima idea del reale pericolo che stava correndo.

Lui le afferrò i polsi con le mani guantate e le strattonò le braccia sopra la testa, prima che gli tagliasse la gola per sbaglio.

«Non è morto per sempre» sbuffò. «Il *vero* mostro, quello che ho appena infilzato, tornerà in vita. E quando succederà, sarà meglio che non ci trovi qui.»

«Non esiste il *ci*. So chi sei!» Evangeline si liberò le mani tirandosi indietro di scatto e gli puntò il pugnale al cuore. Stavolta la lama era rivolta nella direzione giusta. Tremava, ma la sua voce traboccava ancora di furia e sdegno. «Ho visto il tuo ritratto sul giornale, insieme alla storia della strage che hai compiuto ieri notte!»

«Non ho ucciso nessuno ieri notte.»

«Hai ammazzato un uomo davanti ai miei occhi!»

«Quello non è stato un omicidio. Stava tentando di assassinarti.»

Evangeline storse la bocca. Era vero e lo sapeva. Però non spostò il pugnale, continuando a tenerlo puntato contro il suo cuore. Jacks glielo leggeva negli occhi: era convinta che porre fine alla sua esistenza fosse la cosa giusta da fare. E in fondo non aveva tutti i torti.

«Me lo merito» scandì lentamente. «Anzi, probabilmente mi merito di peggio. Ma questo *non* è il giorno giusto per uccidermi. Sto cercando in tutti i modi di salvarti la vita.»

Le afferrò di nuovo le braccia e la ribaltò, intrappolandola sotto il proprio corpo. Cercò di non essere troppo violento, di non farle male. Ma doveva aprirle gli occhi prima di liberarla. «Sì, sono un assassino. Sì, mi piace ferire le persone. Mi piace il sangue. Mi piace il dolore. Sono un mostro, ma anche se non te lo ricordi, sono il *tuo* mostro, Evangeline.»

Lei trattenne il fiato.

Per un secondo, Jacks avrebbe giurato di scorgerle negli occhi qualcosa che non era né rabbia né paura. Le guance e il collo le avvamparono… ma in maniera diversa da prima. Stava forse ricordando?

Era abbastanza egoista da sperare di sì.

Accarezzò l'idea di tenerla bloccata sotto di sé finché non le fosse tornata la memoria. Sapeva che era una pessima idea, ma voleva che si ricordasse di lui. Che lo guardasse, anche solo per una volta, e lo riconoscesse.

Era crudele da parte sua sperare che lei lo desiderasse come un tempo. Se avesse rammentato il passato, avrebbe sofferto ancora di più.

Jacks continuava a essere tormentato dall'ultima volta che l'aveva vista prima dell'amnesia. Era stato fuori dal Valory. Erano passate poche ore da quando lei gli era morta tra le braccia.

Evangeline non aveva idea di cosa fosse accaduto, non poteva sapere che Jacks aveva già usato le pietre per riportare indietro il tempo per lei.

Aveva tentato di convincerlo a non utilizzarle per tornare da Donatella. Gli aveva chiesto di restare con lei.

Dopo tutto quello che era successo, Evangeline lo desiderava ancora.

Jacks avrebbe tanto voluto dirle che non ricordava nemmeno più le fattezze di Donatella, che era il viso di Evangeline a parargli si davanti quando chiudeva gli occhi, che sarebbe andato con lei ovunque... se solo fosse stato possibile.

Ma non poteva vederla morire di nuovo. La sua prima volpe aveva creduto in lui, ed era morta, proprio come sarebbe accaduto a Evangeline. C'era un unico finale per la loro storia, e non era lieto. La speranza di Evangeline poteva anche essere incrollabile, ma non era magica. Non era sufficiente.

Era meglio ferirla, spezzarle il cuore, fare tutto il necessario per tenerla in vita, e per tenerla lontana da lui.

Questo non era cambiato.

Solo che in quel momento Jacks esitava a lasciarla andare. Voleva tenerla inchiodata sul pavimento sotto di sé. Avrebbe incendiato il mondo e lasciato che bruciasse, pur di continuare a stringerla così.

Si lanciò un'occhiata alle spalle. Castor era inerte: il petto immobile, gli occhi spalancati e vacui. Sembrava davvero morto. Ma non sarebbe passato molto prima che resuscitasse.

Doveva portare via Evangeline.

Lei era ancora ansimante sotto di lui, il volto arrossato. Non aveva ancora deciso se fidarsi, era palese, ma Jacks non aveva un minuto da perdere.

Si alzò di scatto, poi le afferrò una mano e la tirò su con uno strattone, sfilandosi contemporaneamente la corda che portava alla cintura.

«Cosa stai...» cominciò a dire lei, ma Jacks non le diede il tempo di liberarsi. L'attirò a sé e le legò il polso al suo.

27

Evangeline

Evangeline non vide nemmeno da dove Jacks aveva preso la corda. All'improvviso era lì, nelle sue mani esperte, quasi fosse abituato a portarsela appresso nel caso avesse avuto bisogno di legare una ragazza. «Come ho fatto ad amarti?»

Non era una domanda gentile, ma si sentiva sopraffatta. Un istante prima era sul pavimento, con il peso di Jacks addosso, mentre adesso erano legati, pelle contro pelle, e, senza uno strato di tessuto a separarli, la sensazione era diversa.

Immaginò che lui potesse sentire il suo battito accelerato, impetuoso.

Tentò di strattonare la corda, ma non riuscì ad allentarla; sulla fune iniziarono invece a spuntare dei fiorellini, piccoli germogli rosa e bianchi su tralci verde smeraldo che cominciarono ad avvolgersi intorno a loro, avvicinandoli ancora di più.

«Che stai facendo?» ringhiò lui.

«Credevo fossi tu!»

«E pensi che ti avrei legata con i fiori?» Jacks aggrottò la fronte quando un bocciolo si aprì in una delicata corolla.

«Dev'essere questo posto» bofonchiò.

Evangeline si accorse in quel momento che non si trovavano più nel retrobottega del negozio di curiosità.

Le casse accatastate erano sparite, e il negozio era diventato una graziosa villetta… o forse era una locanda? L'ingresso luminoso in cui erano finiti sembrava un po' troppo ampio per un cottage di famiglia. Sopra di loro dovevano esserci almeno quattro piani, pieni di porte decorate da bizzarri intagli: conigli con la corona, cuori sotto campane di vetro, sirene che indossavano collane di conchiglie.

Si sentì una sciocca per non averlo notarlo subito, impegnata com'era a fissare Jacks.

Di fronte a lei c'era una porta rotonda accanto alla quale troneggiava il più singolare degli orologi a pendolo. Era dipinto con colori sgargianti e aveva i contrappesi ingioiellati. Al posto dei numeri comparivano i nomi di cibi e bevande: *Ravioli & Carne, Zuppa di pesce, Stufato misterioso, Tè e Pasticcini, Porridge, Birra, Idromele, Vino, Sidro, Crostata di miele, Crespelle alle more, Torta foresta.*

«Benvenuta nella Conca» mormorò Jacks.

Evangeline si voltò a guardarlo. O almeno ci provò. Girarsi non era facile con le braccia imprigionate nei tralci. «Non puoi legare la gente e trascinarla dove ti pare.»

«Non sarebbe necessario, se solo ricordassi.» La sua voce era calma, ma si trattava di un tipo pericoloso di calma, quella che dava alle sue parole una qualità mordace.

Evangeline si disse che non le importava, ma alla fine si ritrovò a ribattere: «Credi che non stia *provando* a ricordare?».

«Non abbastanza, è ovvio» rispose lui con freddezza. «Vuoi o no recuperare la memoria?»

«Sto facendo di tutto per ritrovare i miei ricordi!»

«Se ne sei davvero convinta, o menti a te stessa oppure hai dimenticato cosa significhi provarci sul serio.» I suoi occhi la fissarono, illuminati da un fuoco che sembrava rabbia; ma c'era anche del dolore, spirali argentate che turbinavano nelle sue iridi azzurro ghiaccio. «Ti ho vista provare in passato. Ti ho vista volere una cosa più di qualunque altra al mondo. Ho visto che cosa eri disposta a fare. Fin dove eri pronta a spingerti. Adesso sei ben lontana.»

Jacks irrigidì la mascella mentre la fissava. Sembrava furioso ed esasperato. Alzò la mano libera come per passarsela tra i capelli, poi le cinse la nuca e appoggiò la fronte alla sua.

La sua pelle era gelida, ma lei avvampò di calore. La mano di Jacks le si insinuò tra i capelli ed Evangeline si sentì sciogliere. La teneva stretta, le sue dita languide ma salde le accarezzavano la cute.

Era così sbagliato, desiderare l'uomo che l'aveva legata a sé e fatto altre innumerevoli cose indicibili. Eppure non riusciva a pensare ad altro: voleva che osasse di più.

Jacks era come la mela avvelenata delle fiabe: un solo morso era destinato a rovinare per sempre una persona. Ma lei non lo aveva ancora morso, né aveva intenzione di farlo. No, nessun morso; anzi, non sapeva nemmeno perché ci avesse pensato.

Tentò di scostarsi, ma lui la teneva stretta, le dita intrecciate nei suoi capelli, la fronte premuta sulla sua. «Ti prego, Piccola Volpe, ricorda.»

Quel nome le suscitò qualcosa.

Piccola Volpe.

Piccola Volpe.

Piccola Volpe.

Due semplici parole. Solo che non le sembravano affatto semplici. Le diedero le vertigini. Le diedero speranza. Le parvero le due parole più importanti del mondo. Le fecero ribollire il sangue e girare la testa, finché non rimasero soltanto lei e Jacks. Non esisteva nient'altro se non la pressione della sua fronte fredda, la sensazione della sua mano forte che le stringeva i capelli, lo sguardo implorante, quasi spezzato, nei suoi occhi azzurri screziati d'argento liquido.

Tutte quelle emozioni si rimescolarono dentro di lei come carte di un mazzo, finché i sentimenti che aveva tentato di reprimere non si ritrovarono in cima.

Voleva fidarsi di lui. Voleva credergli quando diceva che il Bel Forestiero che aveva appena trafitto non era davvero morto. Voleva pensare che le storie sanguinose che le avevano raccontato su di lui fossero tutte bugie.

Voleva *lui*.

Appena qualche istante prima le aveva detto che gli piacevano il sangue, il male, il dolore… ma non le importava. Quelle cose erano finite in fondo al mazzo. E lei non voleva più mescolarlo.

Avrebbe potuto accampare mille ragioni per giustificarsi, ragioni che andavano ben al di là di quel nomignolo.

Ma non voleva più difendere i propri sentimenti; voleva solo scoprire dove l'avrebbero condotta. Non voleva più tirarsi indietro, bensì andare avanti lungo l'ignoto e oscuro sentiero su cui Jacks l'avrebbe portata. Questo doveva pur significare qualcosa. Magari solo che era una sciocca, o forse che il suo cuore ricordava dettagli dimenticati dalla mente.

Si sforzò ancora una volta di rammentare. Chiuse gli occhi e ripeté in silenzio quel nomignolo come una preghiera.

Piccola Volpe.

Piccola Volpe.

Piccola Volpe.

Bastò il pensiero di Jacks che pronunciava quelle parole per farle battere il cuore all'impazzata, ma non le evocarono alcun ricordo.

Quando riaprì le palpebre, gli occhi disumani di lui erano ancora fissi nei suoi.

«Mi dispiace» mormorò con un filo di voce. «Non ci riesco.»

La fiamma ardente si spense nello sguardo di Jacks, che si affrettò a sfilare le dita dai suoi capelli, raddrizzò le spalle e si staccò. Le uniche parti dei loro corpi ancora in contatto rimasero le mani e le braccia legate dai rampicanti.

Jacks non tentò di tagliarli, ed Evangeline ne fu stranamente contenta. Anche se non aveva recuperato la memoria, aveva la netta sensazione che il suo cuore si ricordasse di lui, perché lo sentì incrinarsi sotto il suo sguardo divenuto gelido come le ombre di una foresta.

Lo strano orologio all'ingresso batté lo *Stufato misterioso*, e il corpo del Bel Forestiero sul pavimento si mosse. Evangeline gli vide fremere il torace per qualcosa che non era un vero respiro. Ma senza dubbio era un movimento.

«Dobbiamo andarcene alla svelta» sibilò Jacks. Tirò il tralcio fiorito che lo legava a Evangeline e alcuni petali candidi piovvero sul pavimento.

«Dove andiamo?» chiese lei. «Ma soprattutto, come siamo arrivati *qui*?»

«Siamo qui perché siamo legati» rispose Jacks. «Se due persone hanno un contatto a pelle, allora entrambe vengono trasportate nell'illusione della persona con la volontà più forte. Altrimenti potremmo perderci. Dato che siamo intrappolati in illusioni diverse, tu potresti vedere un muro laddove io troverei una porta.»

«Quindi è questa la tua giornata più bella?» chiese Evangeline, rammaricandosi di non averci pensato prima, o di non aver avuto più tempo per esplorare quella curiosa locanda e scoprire perché Jacks ci teneva tanto.

Ma era chiaro che lui non voleva trattenersi. Non le rispose nemmeno.

Evangeline non udì alcuna voce che lo chiamava, ma si domandò se quel luogo provocasse in Jack lo stesso dolore che aveva provato lei nel trovarsi così vicino ai suoi genitori. Se anche lui fosse tormentato dall'attrazione di qualcosa che voleva ma non poteva avere.

Jacks spalancò la porta della Conca come se non vedesse l'ora di uscirne. Eppure Evangeline notò una scintilla di dolore nei suoi occhi, come se anche andarsene da lì lo facesse soffrire.

Una volta fuori, Jacks imboccò di corsa uno dei sentieri più allegri che Evangeline avesse mai visto.

I colibrì sfrecciavano, gli uccelli cinguettavano e alcuni minidraghi azzurri sonnecchiavano su enormi funghi con la cappella a pois. Anche i papaveri lungo il sentiero che si allontanava dalla locanda erano altissimi: i petali vellutati di un rosso acceso le arrivavano quasi alla cintola ed emanavano un profumo inebriante.

Quando raggiunsero la fine del viottolo lastricato, l'aria perse la dolce fragranza dei fiori per diventare umida e muschiosa. Il sentiero proseguiva, ma era una semplice pista di terra battuta, fiancheggiata da alberi colossali che oscuravano la luce del sole, gettando il mondo nell'ombra e nel freddo.

Evangeline udì il gorgoglio di un torrente in lontananza, insieme a un coro di voci concitate e a uno scalpitio di zoccoli.

La Caccia doveva essere vicina, quindi anche Apollo era nei pressi.

Nella concitazione degli eventi si era dimenticata di lui. Si chiese se si fosse unito alla Caccia o se Joff fosse riuscito a recapitargli il suo messaggio. Sperava con tutto il cuore che avesse seguito le sue indicazioni e che la stesse aspettando fuori dalla Foresta Maledetta. Non osava neanche immaginare cosa sarebbe accaduto se l'avesse vista in quel momento, legata a Jacks.

«Mi puoi dire dove stiamo andando, esattamente?»

«Innanzitutto dobbiamo uscire da questa dannata foresta, prima che qualcun altro tenti di ucciderti.»

«Per tua informazione» disse lei «hanno tentato di uccidermi anche poco fa, prima che entrassi in questo posto.»

Jacks le scoccò un'occhiata di traverso. «Come mai ogni giorno c'è qualcuno che vuole eliminarti?»

«Vorrei tanto saperlo. Così almeno potrei fare qualcosa al riguardo.»

Jacks assunse un'espressione dubbiosa. «Chi era stavolta? L'hai visto in faccia?»

«Era Lord Byron Campanula. Lo conosci?»

«Ci siamo incontrati. Ricco, viziato, buono a nulla.»

«Sai perché mi vuole morta? Ha detto qualcosa a proposito di una certa Petra.»

Jacks inarcò un sopracciglio. Fu un movimento rapidissimo, quasi impercettibile, tanto che Evangeline pensò che forse se lo era solo immaginato.

Quando riprese a parlare, Jacks aveva un tono quasi annoiato. «Petra era una donna di facili costumi. Lei e Campanula erano amanti, ma è morta di recente. E tu non c'entri nulla.»

«Allora perché vuole uccidermi?»

«Non ne ho la minima idea.» Ora Jacks sembrava irritato. «Ormai inizio a pensare che tutti ti vogliano morta.»

«Compreso te?»

«No.» Non un attimo di esitazione. «Ma questo non significa che tu sia al sicuro.»

La guardò, incrociando il suo sguardo per la prima volta da quando aveva premuto la fronte sulla sua e l'aveva implorata di ricordare. Jacks aveva gli occhi dell'azzurro più luminoso che Evangeline avesse mai visto. Ma lì, nella foresta, sembravano più chiari, una sfumatura spettrale di azzurro che le evocò l'immagine di una fiamma sul punto di estinguersi.

«Non credo che mi farai del male» mormorò.

Gli occhi di Jacks si annebbiarono.

Presto la penserai diversamente.

Le parole risuonarono soltanto nella sua testa, ma sembrava proprio la voce di Jacks e, per un secondo, Evangeline avvertì una terribile sensazione di vuoto allo stomaco.

Un uccello lanciò un sonoro gracchio stridulo.

Evangeline guardò in alto.

Una creatura nera dall'aria familiare volava in circolo sopra di loro.

Evangeline provò un tuffo al cuore quando riconobbe lo stesso corvo che le aveva beccato la spalla. «Oh, no!»

«Che succede?» chiese Jacks.

«Quell'uccello» bisbigliò lei. «Appartiene al capo della Gilda degli Eroi. Ti sta dando la caccia.»

Con la mano libera, Jacks estrasse il coltello dal fodero assicurato alla gamba.

«No!» Evangeline gli afferrò il polso.

Jacks si rabbuiò. «Non dirmi che adesso non posso nemmeno uccidere un uccello.»

«È un animale addomesticato, e non dovrebbe pagare per le colpe del suo padrone.»

Lui la fissò come se avesse pronunciato parole senza il minimo senso, ma rinfoderò il coltello. «Speriamo solo che il pennuto se la stia spassando come mai in vita sua, a furia di cacciare grassi conigli, e non badi a noi.»

«Ti ringrazio» disse Evangeline.

«Non credo di averti fatto esattamente un favore.»

«Ma era quello che volevo.»

Jacks parve sul punto di aggiungere qualcos'altro sulle sue *voglie*, poi ci ripensò e si inoltrò nella foresta trascinandola per il polso.

Evangeline non avrebbe saputo dire per quanto avessero camminato, ma alla fine la foresta lussureggiante si trasformò in nebbia. I tralci fioriti che li legavano si dissolsero, svanendo come un sogno in grado di vivere soltanto alla luce del sole.

Riusciva ancora a scorgere Jacks e sentiva il contatto dei polsi, sempre legati ma con la semplice corda, mentre nel mondo intorno a loro calava l'oscurità. Il cielo era plumbeo e denso di nuvole minacciose.

La prima goccia solitaria arrivò come una sorpresa. Poi la pioggia cominciò a scrosciare incessante, fitte cortine grigio-argento che coprivano le stelle e il cielo buio.

Evangeline si affrettò a tirarsi su il cappuccio del mantello di velluto verde, ma aveva già i capelli fradici. «Questo vuol dire che siamo ufficialmente fuori dalla Foresta Maledetta?»

«Sì.»

«Ma dove sono tutte le tende della Caccia?»

«Siamo usciti dalla parte opposta» rispose Jacks senza fermarsi.

Evangeline perse di nuovo la cognizione del tempo mentre arrancavano sotto il diluvio. Erano emersi dalla foresta con il buio ed erano ancora avvolti nelle tenebre. Jacks sembrava stranamente silenzioso e a lei era venuta una discreta fame.

Non ricordava l'ultima volta che aveva mangiato o bevuto. Dentro la Foresta Maledetta non ci aveva pensato, ma adesso le brontolava lo stomaco, aveva le gambe molli e ogni sasso o ghianda che adocchiava pareva qualcosa che valesse la pena addentare.

Cominciava a subire gli effetti di un'intera giornata di digiuno. O almeno... le pareva che fosse stato un giorno. Non era sicura di quanto tempo fosse trascorso da quando era entrata nella foresta.

Sapeva soltanto che era di nuovo notte, aveva la gola secca e le gambe minacciavano di cederle a ogni passo. Jacks camminava accanto a lei, ma era chiaro che lo stava rallentando.

L'acqua cominciò a filtrare nel tessuto del mantello zuppo. Aveva la pelle gelata.

«Ci siamo quasi» disse lui. Perline di pioggia gli gocciolavano dalle punte dei capelli dorati sulle guance, per poi scivolare nel farsetto. Al contrario di Evangeline, addosso non aveva cappuccio né mantello, solo pioggia... che, come tutto il resto, gli donava.

La guardò con la coda dell'occhio. «Non dovresti fissarmi in quel modo.»

«Come altro dovrei fissarti?»

«Non dovresti fissarmi affatto.» Distolse bruscamente lo sguardo.

Evangeline provò una fitta di qualcosa che sembrava dolore. L'aveva legata a sé, le aveva salvato la vita, e ora le diceva di non guardarlo.

«Che cosa stiamo facendo, Jacks?»

«Dobbiamo uscire dalla pioggia» rispose lui.

Mentre finiva la frase, in lontananza comparve una locanda, come un'illustrazione saltata fuori da un libro animato. Un libro animato alquanto uggioso. Ma a Evangeline andava benissimo, purché la locanda fosse riscaldata e ci fosse qualcosa da mangiare. Aveva gli stivali pieni d'acqua, il mantello zuppo le pesava sulle spalle, persino la corda che la legava a Jacks era fradicia. Tuttavia, a mano a mano che si avvicinavano, si accorse che, malgrado la pioggia battente, la locanda sembrava accogliente e calda.

La costruzione era di lucidi mattoni rossi, ravvivata da una serie di grandi vasi traboccanti di fior-di-volpe lanuginosi bagnati da grosse perle di pioggia. Il comignolo, che spuntava dal tetto coperto di muschio, emetteva sbuffi di fumo grigio che riempivano l'aria umida di odore di legna bruciata. Davanti all'ingresso, l'insegna ondeggiava nel vento.

La Vecchia Locanda di Mattoni: per viaggiatori irrequieti e avventurieri.

Sotto l'insegna c'era un altro cartello che indicava: *Disponibilità*.

E ancora più sotto penzolava un altro avviso più piccolo: *Una camera.*

28

Apollo

Apollo non aveva mai partecipato alla Caccia.

«*È il modo perfetto per finire uccisi*» diceva sempre suo padre. «*Assisti alla partenza, lancia un grido d'incitamento, e poi levati di torno.*»

E così aveva sempre fatto Apollo. Non si era mai avventurato oltre il perimetro dell'accampamento reale per entrare nella Foresta Maledetta.

L'unica cosa che avrebbe potuto attirarlo là dentro era Evangeline. Non appena il bambino era piombato nella sua tenda per riferirgli che qualcuno aveva tentato di ucciderla, Apollo avrebbe voluto precipitarsi nella foresta per salvarla.

Poi se ne era reso conto. Quella era l'occasione che stava aspettando. Il momento che gli avrebbe garantito di essere pronto a prendersi cura di lei per sempre.

«Altezza» lo chiamò una guardia, poi scostò il lembo di tessuto che chiudeva la tenda e si affacciò dallo spiraglio. «Lord e Lady Vale sono qui per vedervi.»

«Falli entrare» disse Apollo.

Honora e Wolfric fecero il loro ingresso.

L'aria parve fermarsi e le fiamme del falò si abbassarono, come se la tenda avesse trattenuto il respiro.

Wolfric non si era disturbato a mettersi un cappotto. Indossava una vecchia camicia lavorata ai ferri con la chiusura a lacci, pesanti calzoni neri e un paio di logori stivali di cuoio. La moglie era vestita altrettanto semplicemente. Avrebbero potuto essere scambiati per contadini, eppure emanavano un'autorevolezza innata. Prima che i soldati richiudessero il lembo della tenda, Apollo li sorprese a lanciare alla coppia un'occhiata riverente, pur non conoscendone la vera identità.

«Prego, accomodatevi.» Il principe indicò la panca dall'altro lato del tavolo basso gremito di candele, mentre lui prese posto su una sedia. Come aveva pianificato per giorni, si era assicurato che la sua tenda fosse dotata di ogni comodità. Cuscini, coperte, sedie… persino una vasca da bagno in un angolo.

«Grazie di essere venuti, stanotte. È bello rivedervi insieme, Vostre Maestà. Anche se avrei preferito che accadesse in circostanze migliori. Sono certo che siate al corrente della scomparsa di mia moglie.»

«La mia famiglia è pronta a offrire tutto l'aiuto possibile» disse Wolfric.

«Sono lieto di saperlo, perché ritengo che possiate avere accesso all'unica cosa che mi occorre.»

Apollo prese la pergamena che gli aveva dato Lord Robin

Boscostrage e la srotolò con cautela sul tavolo. Il fondo della pagina prese subito fuoco, come sempre. Lentamente le fiamme divorarono le parole riga dopo riga.

Dopo essere entrato in possesso della pergamena, ad Apollo erano serviti ben otto tentativi per leggere la pagina, anche se non interamente, giacché le ultime righe bruciavano sempre troppo in fretta. Aveva comunque letto abbastanza da capire che aveva sprecato tempo a cercare il bracciale di Rancore Boscostrage. Quella era la storia che avrebbe dovuto inseguire sin dal principio.

«Avete idea di cosa si tratta?» chiese ai Valor, mentre la pergamena continuava a bruciare.

«No» rispose Wolfric. «Dovresti sapere che non mi piacciono questi trucchetti. Se hai una richiesta, sputa il rospo.»

«Nessun trucco» replicò Apollo in tono di scuse. «È solo la maledizione storica.» Si sforzò di controllare la voce per non apparire arrogante. Se avesse funzionato, il vecchio re non lo avrebbe considerato una minaccia. «Questa pergamena contiene un antico racconto dimenticato. Parla di un albero unico nel suo genere. L'Albero delle Anime.»

Apollo si interruppe per esaminare la faccia di Wolfric, in cerca di una reazione, ma il vecchio re mantenne un'espressione neutra. Nemmeno sua moglie batté ciglio, anche se il rotolo non la citava, per cui forse non ne sapeva niente.

«Non ne avevo mai sentito parlare, finché un amico non mi ha dato questo rotolo. A quanto pare, i rami dell'Albero delle Anime sono ricchi di sangue, e chiunque sia abbastanza in gamba da trovarlo e abbastanza coraggioso da berne la rossa linfa non sarà più umano, ma immortale.»

«Sembra proprio l'antico mito» disse Wolfric.

«Tu dovresti saperlo meglio di chiunque altro» osservò Apollo. «La pergamena dice che sei stato l'unico ad averlo coltivato con successo.»

«È vero» rispose Wolfric serafico, «ma sono stato anche uno sciocco a piantarlo. L'Albero delle Anime è il male.»

«A volte il male è necessario.»

Alla fine, seppure appena per un istante, la maschera di granito del vecchio re si incrinò. Le sue labbra si curvarono. Apollo sperimentò un breve lampo di trionfo.

Poi Wolfric si tirò su e lo guardò dall'alto in basso come avrebbe fatto con un bambino. «Non esiste il male necessario, solo scelte sbagliate, e temo che tu stia per farne una, ragazzo.»

Apollo si indispettì alla parola *ragazzo*, ma riuscì a mantenere la calma. «Evangeline è un'innocente, e Lord Jacks un immortale con amici immortali. Non sarò mai in grado di sconfiggerlo e salvare mia moglie finché sarò un semplice umano.»

Wolfric sbuffò. «Ho sentito dire che tua moglie è stata rapita da Lord Campanula, non da Lord Jacks.»

«Magari è vero, ma sono certo che ormai sia nelle mani di Jacks.»

«Allora dovresti smettere di perdere tempo in tende lussuose e cominciare a comportarti da vero condottiero, andando a cercarla» intervenne Honora.

Apollo accusò il colpo con un certo imbarazzo. Se si era irritato per le parole di Wolfric, Honora lo aveva fatto vergognare.

«Mia moglie ha ragione» disse il vecchio re. «Va' a cercare la tua principessa e, se ci tieni alla vita, dimenticati dell'Albero delle Anime.»

29

Evangeline

Evangeline sperava che la Vecchia Locanda di Mattoni fosse calda. Anzi, rovente. Che le camere fossero piccole e accoglienti, i caminetti accesi, e ci fossero le trapunte… montagne di trapunte. Trapunte a quadri sulle panche, trapunte sui pavimenti, trapunte sulle scale.

Comprese a quel punto che stava un po' delirando. E stavolta non era per colpa di Jacks. Ormai si era abituata alla sensazione dei loro polsi legati. Tuttavia, mentre si avvicinavano alla locanda, si accorse che le pulsazioni di lui acceleravano.

«Qualunque cosa accada, *non* toglierti il cappuccio.»

Sotto la pioggia battente, Jacks le prese i lati del cappuccio e glielo abbassò sul viso, tanto da coprirle gli occhi.

«Così non ci vedo.» Evangeline si sollevò l'orlo per poter sbirciare qualcosa. «E tu? Non hai nemmeno il mantello.»

«Non mi serve il mantello.»

«Ma sei riconoscibile quanto me. E ti porti appresso una donna legata.»

«Ne sono perfettamente consapevole» borbottò Jacks. «Tu seguimi e assecondami qualsiasi cosa dica.»

Poi, prima che lei avesse modo di fargli altre domande, aprì la porta.

La locanda non era tappezzata di trapunte come Evangeline aveva sperato, ma da quel poco che riuscì a scorgere sembrava pittoresca e invitante.

Travi di legno intersecavano il soffitto da cui pendevano lanterne di vetro tutte diverse tra loro, come tante stelle perdute che illuminavano due scale, una a destra e una a sinistra. Al centro c'era un corridoio che conduceva a una quieta taverna immersa in una luce polverosa. Doveva essere piuttosto tardi, perché gli unici avventori erano una coppia che chiacchierava sottovoce davanti a due boccali di birra mezzi vuoti. In fondo al bancone, un gatto dal soffice pelo bianco lappava latte da una ciotola.

«In cosa posso esservi utile?» chiese la locandiera.

«Ci serve una camera per stanotte.» Jacks sollevò i loro polsi legati, coprendo il viso di Evangeline. «Suppongo fossimo attesi. Ho scritto all'inizio di questa settimana per prenotare una stanza per me e la mia novella sposa.»

Sposa.

Quel termine suscitò in Evangeline una ridda di emozioni, il cuore le sfarfallò, le girò la testa. Le era piaciuto sentire Jack pronunciare la parola *sposa* più di quanto sarebbe stato opportuno, ma aveva anche detto di aver scritto a inizio settimana.

Lo aveva pianificato... *e i piani di Jacks non finivano mai bene.*

Evangeline non sapeva perché avesse quel presentimento. Cercò di rammentare episodi in cui lui aveva programmato qualcosa, ma ricordava solo le sue pulsazioni accelerate prima di entrare nella locanda e il fatto che le aveva detto di non fissarla. E adesso aveva quell'improvvisa e terribile sensazione.

«Pronta, amore mio? O preferisci che ti porti in braccio?» le chiese lui.

Alla parola *amore* rimase impietrita. Si disse che Jacks stava solo recitando, ricoprendo un ruolo contemplato nel suo piano, ma le mancò il fiato quando lui recise la corda che li legava e la sollevò senza sforzo.

Il cuore le batteva forte mentre salivano le scale. Amava stare tra le sue braccia, ma non riusciva a liberarsi dalla sensazione che qualcos'altro di decisamente meno piacevole stesse per accadere.

«Jacks, che cos'hai in mente?» bisbigliò. «Perché mi hai portata qui? Perché fingiamo di essere sposati?»

«Fai un sacco di domande, sai?»

«Solo perché tu fai un sacco di cose discutibili.»

Lui la ignorò e proseguì fino a raggiungere il pianerottolo del primo piano. A metà corridoio c'era una porta socchiusa da cui filtrava una luce tremula e granulosa. Quando Jacks varcò la soglia, si ritrovarono però in un ambiente tutt'altro che sinistro.

La camera era un sogno, tutta verde, rosa e oro.

Lanterne di vetro color smeraldo pendevano ai lati di un ampio letto con la testiera di legno intagliata a forma di albero in fiore. Il copriletto era di una tenue sfumatura di verde foresta, disseminato di petali rosa pallido sparpagliati anche sul pavimento di legno e sulla mensola del caminetto, dove alcuni ciocchi ardevano spandendo un caldo bagliore dorato.

Evangeline sentì muoversi il torace di Jacks quando lui trasse un profondo respiro. Il cuore gli batteva forte quanto il suo. Ma temeva che fosse per ragioni diverse.

Il tempo parve rallentare mentre Jacks la portava verso il letto. L'aria era riscaldata dal fuoco e addolcita dal profumo dei petali: tutto sembrava un sogno.

Tranne Jacks.

Non la guardava. I suoi occhi guizzavano ovunque, senza mai posarsi su di lei mentre la adagiava sul letto.

Poi si infilò una mano nella cinghia che gli legava il coltello alla gamba.

«Che cosa fai?» Si alzò in ginocchio sul materasso mentre Jack tirava fuori una fialetta di peltro che Evangeline non aveva ancora notato. «Che cos'è?» chiese nervosa.

Lui contrasse la mascella. «Ho mentito» rispose. «Avrei tanto voluto un finale diverso per noi.» Stappò la fialetta. «Addio, Evangeline.»

«Perché mi dici addio?» Fu presa dal panico quando Jacks cominciò a inclinare la piccola ampolla verso di lei.

Non aveva idea di cosa contenesse. Era ancora convinta che lui non le avrebbe fatto del male, ma non dubitava che l'avrebbe abbandonata.

Aveva intenzione di sedarla? C'era forse del sonnifero in quella fialetta?

Si slanciò dal letto e con uno schiaffo gli fece volare via l'ampolla dalla mano.

«No!» Jacks tentò di afferrarla al volo, ma per una volta non fu abbastanza svelto.

Una polvere d'oro si sparse per tutta la camera come un incantesimo. Evangeline sentì che le si depositava sulle guance, sulle ciglia, sulle labbra.

Si impose di non assaggiarla, ma qualunque cosa fosse doveva avere effetto al solo contatto. La stanza cominciò a vorticare finché il mondo non parve una spumeggiante tempesta di porporina. Tutto scintillava, e Jacks più di ogni altra cosa. Sembrava che fosse fatto per risplendere. I capelli, gli zigomi, le labbra imbronciate... erano tutti meravigliosamente dorati e luccicanti.

Era come se la polvere avesse effetto anche su di lui.

Evangeline lo osservò mentre tentava di scrollarsela di dosso, ma aveva ancora i capelli bagnati e la polvere gli rimase incollata. Allora smise di scuotere il capo e provò ad aggrottare la fronte, ma non gli riuscì come avrebbe voluto. I suoi tratti spigolosi all'improvviso parvero smussati, addolciti, quasi sconcertati.

«Sei un pericolo ambulante» bofonchiò lui, mentre il pulviscolo dorato gli turbinava intorno. «Avrebbe potuto essere veleno!»

«Mi avresti avvelenata?»

«Sono stato tentato in più di un'occasione...» I suoi occhi si rabbuiarono mentre si abbassavano sulle sue labbra.

Evangeline si sentì avvampare, pensando che lei e Jacks avevano un concetto molto diverso di *veleno*.

Qualcosa le si agitò in un angolino remoto della mente. *La bocca crudele di Jacks. Le proprie labbra. Morte e baci, e una coppia di stelle condannate.*

Sembravano frammenti sparsi di un ricordo. Cercò di afferrarli, di ricomporli. Se solo avesse recuperato la memoria, forse l'avrebbe convinto a restare. Ma la polvere d'oro le annebbiava la testa.

La camera era sempre più calda e, per un istante, Evangeline desiderò soltanto di poter chiudere gli occhi e distendersi sul letto finché tutto non avesse smesso di girarle intorno. Però temeva che, se avesse abbassato le palpebre anche solo per un momento, nel riaprirle non avrebbe più visto Jacks. *E stavolta per sempre.*

Le aveva appena detto addio. Le aveva detto che avrebbe voluto un finale diverso per loro, come se fossero già arrivati all'ultima pagina.

Ma lei ne voleva altre.

Quando Jacks distolse lo sguardo e fece per uscire dalla stanza, gli afferrò un polso con entrambe le mani. «Non ti lascio andare. Hai detto che sei il *mio* mostro. Se sei mio, perché mi hai portata qui per poi abbandonarmi? Non ha senso.»

Lui strinse i denti. «Il fatto che io sia tuo non ti rende mia.»

Jacks era ancora sotto l'influsso della polvere d'oro? Evangeline non ne aveva idea. I suoi tratti taglienti erano tornati; era immobile, con i capelli bagnati e gli occhi ardenti. Sembravano innaturalmente brillanti, quasi febbrili.

Non posso restare con te. Tu e io non siamo fatti per stare insieme.

Jacks tentò di liberare la mano...

Ma lei lo tenne stretto. Combatté contro la sonnolenza che minacciava di travolgerla e disse: «Non ti credo. Magari non mi ricordo di te, ma ti conosco. *So che ti conosco.* E non ti credo quando dici che non puoi fare nulla».

«Invece è così» ribatté lui bruscamente.

Da quella breve distanza, lei si accorse che aveva gli occhi orlati di rosso. Sembrava quasi... sangue?

Jacks chiuse le palpebre, come per impedirle di guardare, ma quel gesto lo fece sembrare ancora più smarrito. Vicino e distante al tempo stesso.

Evangeline udì una goccia cadere sul pavimento. Avrebbe potuto essere una lacrima, ma era soltanto la pioggia che gli gocciolava dal farsetto.

Il fuoco e la polvere dorata avevano dissipato il freddo, ma i loro indumenti erano ancora fradici.

Evangeline allungò timidamente una mano verso il primo bottone del suo farsetto.

Jacks aprì gli occhi di colpo. «Che stai facendo?»

«Hai i vestiti bagnati» sussurrò lei mentre glielo slacciava. Il rumore fu quasi impercettibile, eppure parve riecheggiare in tutta la stanza.

La pioggia scrosciava violenta contro il vetro della piccola finestra, ma lei sentiva solo lo scatto di ogni bottone mentre li apriva uno dopo l'altro.

«È una pessima idea» mormorò lui.

«Credevo che ti piacessero le pessime idee.»

«Solo quando sono mie.»

Jacks rimase immobile quando lei arrivò all'ultimo bottone e lo sfilò con cura dall'asola. Per un istante la pioggia scomparve, i respiri si arrestarono. Esistevano soltanto loro due.

Con delicatezza, Evangeline gli aprì il farsetto.

Jacks le afferrò il polso.

«Tocca a me» mormorò rauco. Avrebbe giurato di aver sentito la sua voce sulla pelle mentre le tirava i lacci del mantello.

Le sue mani erano bollenti per via della polvere dorata. Evangeline sentì i suoi polpastrelli roventi armeggiare con il nodo sotto la gola. Le sfiorò appena la pelle, ma all'improvviso le parve di andare a fuoco quando Jacks le spinse il mantello giù dalle spalle.

Sotto aveva il vestito, ma avrebbe potuto non avere niente addosso a giudicare dall'espressione torturata con cui lui la guardava. Evangeline non voleva respirare, non voleva muoversi, per paura che le sue mani si fermassero lì, che la lasciassero con l'abito bagnato, che non arrivassero ai nastri della scollatura.

Lui trasse un respiro tremante, poi le sue mani le cinsero la vita, guidandola delicatamente verso il letto per poi spingerla sulla trapunta. Evangeline si accorse appena dei petali che le si appiccicarono alla pelle nuda, mentre Jacks torreggiava su di lei, le ginocchia ai lati delle sue gambe.

Lui abbassò lo sguardo.

Il suo stomaco fece una capriola quando Jacks le prese le bretelline del vestito e le fece lentamente scivolare dalle spalle. Si ritrovò in preda alle vertigini quando la sua mano si mosse verso il corpetto di velluto, slacciandole con maestria i piccoli ganci nascosti, per poi sfilarglielo lungo i fianchi, lasciandola con indosso soltanto la sottoveste di seta. Senza corpetto avrebbe dovuto essere più facile respirare, ma si era dimenticata come si faceva.

Che cos'era il respiro? Che cos'erano le parole? L'unica cosa che Evangeline conosceva erano le mani di Jacks su di lei, calde e curiose, mentre risalivano dai fianchi alla vita. Le sfuggì un sospiro quando le sfiorarono il seno. Erano bollenti, ne percepiva il calore attraverso il tessuto impalpabile. Poi le sentì sulla pelle quando lui infilò una mano sotto la camiciola e gliela appoggiò sul cuore.

La stanza cominciò a vorticare sempre più veloce, e questa volta la polvere d'oro non c'entrava.

L'unica magia presente era quella delle carezze, dei battiti del cuore e di Jacks. E per un attimo fu tutto perfetto. Lui le sembrava suo, e lei si sentiva sua.

Evangeline non voleva muoversi, non voleva parlare nel timore di spezzare l'incanto del momento; però voleva anche toccarlo, sentirlo più vicino. Se quello era tutto il tempo che le veniva concesso per stare con lui, se al mattino Jacks le avesse detto di nuovo addio, allora voleva di più.

Allungò le braccia verso le sue spalle. «Adesso tocca di nuovo a me.»

Lo spinse sul letto per farlo sdraiare, per essere lei a prendere l'iniziativa, e cominciò a sfilargli il farsetto che lui non si era ancora tolto.

Quando mise una mano sotto la stoffa bagnata per spogliarlo, lo sentì. Le sue dita sfiorarono un pezzo di carta.

Jacks mormorò qualcosa che le parve un *no*.

O forse lo udì solo nella testa.

Lui aveva gli occhi chiusi, le palpebre spruzzate d'oro. Non si muoveva, se non per il lento alzarsi e abbassarsi del torace.

Alla fine aveva ceduto al sonno indotto dalla polvere magica.

Evangeline aveva ancora la mano infilata nel suo farsetto, le dita sul foglio di carta. Era per questo che prima aveva tentato di fermarla?

Provò una fitta di rimorso mentre tirava fuori il biglietto, ma non fu sufficiente a impedirle di estrarlo dalla tasca. Era miracolosamente asciutto, anche se aveva l'aspetto alquanto sciupato, come se lui l'avesse aperto e ripiegato per rileggerlo infinite volte. Riconobbe subito la grafia sbiadita.

Apparteneva a lei.

In caso ti dimenticassi cosa ha fatto il Principe di Cuori e fossi tentata di fidarti ancora di lui.

Ricontrollò le parole, sperando di rammentare quando le aveva scritte. Purtroppo non le sovvenne alcun ricordo. Aprì il biglietto, attenta a non strapparlo, dato che la carta era sottile e fragile.

Doveva essere stato importante se Jacks se l'era portato appresso e l'aveva letto e riletto.

La pagina era fitta della sua grafia, ma non era indirizzata a Jacks, bensì a *lei*. Era una lettera che aveva scritto a se stessa.

Perché ce l'aveva Jacks?

Come sul lato esterno del biglietto, anche all'interno la grafia era così sbiadita da leggersi appena.

Cara Evangeline,

alla fine lo incontrerai di nuovo e, quando accadrà, non lasciarti ingannare. Non farti incantare dalle sue fossette seducenti, dai suoi affascinanti occhi azzurri, o dalle capriole che farà il tuo stomaco quando ti chiamerà Piccola Volpe. Non è un vezzeggiativo affettuoso, solo un'altra forma di manipolazione.

Il cuore di Jacks potrà anche battere, ma non ha sentimenti. Se ti verrà ancora la tentazione di fidarti di lui, ricorda tutto quello che ha fatto.

Ricorda che è stato lui ad avvelenare Apollo per far ricadere la colpa su di te, affinché si realizzi un'antica profezia che fa di te la chiave in grado di aprire l'Arco del Valory. Perché è solo questo che vuole: aprire l'Arco del Valory. In futuro, probabilmente si dimostrerà gentile con te, ma solo per convincerti a dissigillare l'Arco. Non farlo.

Ricorda quanto ti disse quel giorno nella carrozza: che lui è un Fato e ti considera soltanto uno strumento. Non dimenticare cosa è Jacks e non permetterti di provare ancora compassione nei suoi confronti.

Se hai bisogno di fidarti di qualcuno, fidati di Apollo, quando si sveglierà. E vedrai che si sveglierà di certo. Troverai un modo per guarirlo e, al suo risveglio, voi due avrete il vostro lieto fine e Jacks avrà ciò che si merita.

Buona fortuna,
Evangeline

Forse fu la magia della lettera, della passata Evangeline che ripeteva a se stessa di *ricordare*, come se avesse saputo che un giorno avrebbe perso la memoria.

O forse fu un altro tipo di magia a sgorgarle da dentro, quando si chiese perché Jacks avesse addosso quel biglietto. Non era una lettera d'amore; anzi, quasi il contrario. Eppure lui l'aveva letta e riletta. L'aveva portata con sé, sul cuore. Le sue parole… o, meglio, le parole della ragazza che era stata. Evangeline voleva essere di nuovo quella ragazza. Voleva ricordare!

E alla fine… accadde.

Evangeline ricordò.

30

Evangeline

I ricordi iniziarono come le prime, lente gocce di una pioggia che andò infittendosi, oscurando tutto il resto. Per prima cosa Evangeline rammentò quando aveva scritto la lettera a se stessa. Era seduta nella suite reale, con gli occhi pieni di lacrime di rabbia, ma aveva anche il cuore spezzato. All'epoca non aveva riconosciuto quell'emozione, ma adesso sapeva di cosa si trattava.

Era lo stesso dolore che le aveva attanagliato il cuore da quando aveva perso la memoria. Aveva creduto che sarebbe scomparso, una volta recuperata, invece sembrava ingigantirsi a mano a mano che i ricordi si trasformavano da leggera pioggerella in violento acquazzone.

Rammentò di nuovo Jacks. Le tornò in mente la prima volta che l'aveva incontrato, quando era andata a fare visita alla sua chiesa, e di aver pensato che fosse una persona orribile. Dopo aver capito di chi si trattava realmente – il Fatidico Principe di Cuori – aveva continuato a ritenerlo orribile.

Ogni volta che lo incontrava, le pareva sempre un po' più detestabile. Mangiava mele di continuo e la provocava; persino quando l'aveva salvata si era comportato in maniera odiosa. Rammentò la notte in cui era stata avvelenata dalle lacrime di LaLa. Lui l'aveva tenuta stretta come un rancore. Il suo corpo era teso e rigido, sembrava quasi che la sua presenza lo infastidisse, eppure le sue braccia le cingevano forte la vita come se non avesse intenzione di lasciarla andare mai più.

A quei tempi era ancora convinta che lui fosse orribile, ma mentre riviveva quella notte, qualcosa dentro di lei cambiò. Accadde quando ripercorse la notte seguente con lui, nella cripta.

All'improvviso capì perché pensare a Jacks le faceva venire in mente i morsi.

Le sovvennero altri ricordi in cui mordeva: la smania di affondare i canini nella sua carne quando era stata infettata dal veleno dei vampiri, e anche quando gli aveva davvero addentato la spalla mentre soffriva le pene dell'inferno… la notte in cui aveva ucciso Petra.

La memoria le tornò travolgendola come un fiume in piena. Rammentò che lei e Petra erano state entrambe indicate da una profezia come le chiavi in grado di dissigillare l'Arco del Valory. Evangeline aveva cercato le quattro pietre dell'Arco per aprirlo, mentre Petra aveva provato a ucciderla per impedirglielo.

Aveva pugnalato Petra per autodifesa. Jacks l'aveva trovata poco dopo, coperta di sangue. In seguito l'aveva portata nella Conca, dove alla fine lei aveva ammesso a se stessa di essere perdutamente innamorata di lui.

Lo era da diverso tempo, ma non era sicura se quella parte

fosse un ricordo o una presa di coscienza che avveniva in quel momento, a posteriori.

Quei ricordi non le sembravano tanto un richiamo al suo passato, quanto piuttosto il modo in cui percepiva la loro storia. La storia di Evangeline e Jacks. Ed era bellissima, la sua nuova storia preferita. Odiava averla dimenticata. Odiava che fosse andata perduta e che Apollo avesse tentato di riscriverla, facendole credere che Jacks fosse il cattivo.

Anche se, a essere onesti, era così, dal punto di vista di Apollo: prima lo aveva stregato con un incantesimo d'amore e poi messo in uno stato di animazione sospesa. Non era stato Jacks il responsabile della fattura specchio, ma forse Apollo era all'oscuro di questo particolare.

Anche se i ricordi stavano tornando, c'erano parecchie cose che Evangeline ancora non sapeva. Per esempio, ignorava cosa custodisse il Valory.

Nessuno era stato in grado di dirglielo a causa della maledizione storica, ma aveva smesso di interessarsi al suo contenuto dopo aver scoperto che Jacks non aveva alcuna intenzione di aprirlo; voleva soltanto le pietre dell'Arco per tornare indietro nel tempo e ritrovare la ragazza che gli aveva fatto battere di nuovo il cuore. *Donatella.*

Ricordare quella parte fu come riviverla daccapo.

Le si spezzò il cuore nel rammentare le parole di Jacks: «*Voglio cancellare ogni momento che tu e io abbiamo passato insieme, ogni parola che mi hai detto, ogni volta che ti ho toccata, perché se non lo faccio, ti ucciderò, proprio come ho ucciso la Volpe*».

Lei aveva tentato di protestare. «*Io non sono quella Volpe!*»

Ma Jacks era stato irremovibile: per loro non esisteva un lieto fine. Le aveva confessato di essere l'Arciere.

Evangeline capì che era quello il motivo per cui si era intristita quando Madame Voss le aveva parlato della *Ballata dell'arciere e della volpe*. Non per il nome Arciere, ma perché era la storia di Jacks, ed Evangeline sapeva come andava a finire. Sapeva che Jacks aveva ucciso la Volpe, e che era persuaso che un giorno avrebbe ucciso anche lei.

Ci aveva creduto così tanto da aver progettato di riportare indietro il tempo, allo scopo di inseguire una fanciulla che non amava e assicurarsi che lui ed Evangeline non si incontrassero mai, cancellando di fatto i suoi ricordi e la loro storia.

Evangeline rammentò di essersi infuriata e di averci litigato dopo che aveva aperto l'Arco del Valory. Lo aveva implorato di andare con lei, ma Jacks aveva scelto di mandarla via. Le aveva detto: «*Voglio solo che te ne vai*».

E lei lo aveva fatto. Se n'era andata.

Ma era stato un allontanamento complicato. Nel profondo sapeva che Jacks teneva a lei. Era sicura che lui la volesse. Ma sapeva anche che aveva troppa paura di ucciderla per scegliere di stare con lei. Jacks credeva di aver già trovato il suo vero amore, e non era Evangeline.

Evangeline, però, non gli aveva mai rivelato di amarlo. Jacks aveva avuto paura, ma anche lei. Gli aveva solo detto che avrebbe voluto un finale diverso per la loro storia, quando invece avrebbe dovuto confessargli che lo amava. L'amore era la magia più potente del mondo.

Quella notte, però, l'amore l'aveva tradita. Non era stato sufficiente.

Era ancora innamorata di Jacks, eppure tanto l'Evangeline del passato quanto l'Evangeline del presente avevano la netta sensazione di averlo perduto.

L'Evangeline del presente trovava così ingenua quella del passato: era corsa in cerca di Jacks per dirgli che lo amava, convinta che bastasse quello a sistemare tutto.

Ovviamente non era andata così.

Eppure una parte dell'Evangeline del presente invidiava la vecchia versione di sé per la sua incrollabile fede nella speranza e nella magia dell'amore.

Era ancora capace di sperare, ma non come prima di quell'ultimo incontro. Si chiese se fosse perché quella notte aveva perduto Jacks, nonostante avesse creduto, sperato, inseguito.

Quando era tornata nella sala con l'Arco del Valory per confessare il suo amore a Jacks, non lo aveva trovato.

Non pensava che fosse tornato indietro nel tempo, perché riusciva ancora a ricordarlo. E le quattro gemme magiche dell'Arco del Valory erano ancora al loro posto.

Ma Jacks non c'era più, rimaneva solo il suo sangue che macchiava le ali degli angeli di pietra a guardia dell'Arco.

E all'improvviso era arrivato Apollo. Aveva creduto che l'avrebbe lasciata andare. Il principe aveva sofferto a causa sua. Sarebbe stato meglio senza di lei, invece l'aveva trattenuta.

Evangeline non era mai stata tipo da credere nel destino, ma per un istante le parve difficile credere persino nell'amore, quando finalmente rammentò che era stato Apollo a cancellarle la memoria.

Le aveva accarezzato i capelli, strappandole via un ricordo dopo l'altro. Lei aveva tentato di fermarlo. Si era divincolata, lo aveva implorato, aveva gridato e pianto.

Ma lui si era limitato a ripetere con calma: «*Presto andrà meglio*».

«*Bastardo schifoso!*» Evangeline avrebbe voluto picchiarlo, ferirlo, ma non fece altro che prendere a pugni il materasso quando si ridestò dallo stato trasognato in cui i ricordi l'avevano precipitata.

Si ritrovò nel presente. Nel letto verde foresta in cui Jacks l'aveva adagiata la sera prima.

Solo che Jacks non c'era più.

Evangeline avvertì la sua assenza così com'era abituata ad avvertirne la presenza prima dell'amnesia. Era una specie di formicolio gelido che la lasciava intirizzita e spaventata.

Si intimò di non farsi prendere dal panico.

Ma era ancora stordita dalla fusione del passato e del presente. Non solo rammentava che Apollo le aveva rubato i ricordi, ma lo percepiva. Ora capiva perché il cuore le aveva ripetuto *pericolo, pericolo, pericolo*, quella prima notte con Apollo sul tetto. Ma lei non aveva dato ascolto al suo cuore e lo aveva baciato.

Era per questo che Jacks l'aveva lasciata? Credeva che fosse innamorata di Apollo?

L'idea le suscitò un tale attacco di nausea che faticò a scendere dal letto. Ma doveva trovare Jacks. Aveva bisogno di spiegargli che le era tornata la memoria. E doveva dirgli che lo amava.

A ben riflettere, la maggior parte delle azioni di Jacks indicava che anche lui amava lei. Tornava sempre da Evangeline, la proteggeva. Ma continuava anche a lasciarla.

In preda all'ansia, allungò una mano per afferrare il vestito che lui le aveva tolto. E fu allora che notò il braccialetto.

Era un largo cerchio di vetro, freddo e trasparente, che le cingeva il polso destro. Quando provò a tirarlo, il bracciale resistette.

Non vide nessun tipo di chiusura, ed era anche troppo stretto perché riuscisse a sfilarselo dalla mano. In qualche modo era stato saldato.

Che cosa ha fatto Jacks?

Perché sapeva che era stato lui. Doveva essere stato lui. Aveva pianificato tutto per portarla lì e addormentarla con la polvere d'oro. Probabilmente per metterle quel braccialetto. Ma perché?

Evangeline studiò il misterioso oggetto di vetro. A prima vista le era parso semplice, liscio, ma osservandolo più attentamente notò delle incisioni: raffiguravano dei fiori di ciliegio che giravano tutt'intorno, come se si estendessero da un albero.

Si lambiccò il cervello per ricordare una storia che parlasse di un gioiello simile, ma non le venne in mente niente. E, bracciale o non bracciale, doveva andarsene. Doveva trovare Jacks prima che Apollo trovasse lei.

Ormai il principe aveva senza dubbio saputo della sua scomparsa e probabilmente aveva inviato mezzo esercito a cercarla.

Evangeline indossò in fretta il vestito, poi afferrò il mantello, se lo gettò sulle spalle e si coprì la testa con il cappuccio, avviandosi verso l'uscita. Non aveva prestato molta attenzione alla porta quando era arrivata, concentrata com'era sul fatto di essere tra le braccia di Jacks.

In quel momento, però, notò che era un uscio alquanto grazioso. Invece di un semplice rettangolo, la porta era a cuspide, di un verde leggermente sbiadito, coperto da una patina dorata. Anche il pomolo avrebbe potuto essere altrettanto raffinato, ma Evangeline non riuscì a vederlo sotto gli schizzi di sangue. Sangue rosso scuro scintillante di pagliuzze dorate.

Tornò di colpo con la mente alla notte in cui aveva aperto l'Arco del Valory, quando aveva trovato chiazze di sangue di Jacks sulle pietre.

«No, no, no… non può succedere di nuovo.»

Era quasi peggio, adesso che aveva recuperato la memoria e ogni dettaglio del passato. Adesso che sapeva che era già accaduto. Che Jacks aveva scelto di respingerla, e poi era scomparso, e lei non era mai riuscita a dirgli che lo amava, e l'amore aveva perso invece di vincere.

Con le mani tremanti, girò il pomolo insanguinato, e trasalì quando si accorse che c'era altro sangue sul pavimento del corridoio.

«Jacks!» gridò disperata. «Jacks…»

S'interruppe nel rammentare che Jacks era un ricercato. Doveva trovarlo il prima possibile, ma non voleva mettere in allarme chiunque fosse nei paraggi.

Senza dire un'altra parola, si precipitò giù per le scale. Ora che aveva smesso di urlare, udiva la pioggia che scrosciava all'esterno, ma il resto della locanda era immerso nel silenzio. Un silenzio sinistro. Troppo profondo.

L'ultimo passo sull'assito di legno risuonò con il fragore di un tuono. Capì che era successo qualcosa di terribile ancora prima di scoprire i cadaveri.

Erano tre. Tre sagome immobili, esanimi, che riuscì appena a scorgere prima che la vista le si annebbiasse, riempiendosi di puntini luminosi.

Le gambe minacciarono di cederle e si aggrappò alla balaustra per non cadere. Qualcosa di incomprensibile le sfuggì dalla gola. Un grido... un'imprecazione. Non sapeva quali parole avesse pronunciato o per quanto tempo fosse rimasta lì impietrita.

Alla fine, ancora stordita, si fece forza e andò a controllare se qualcuno fosse ancora vivo. La locandiera, a cui si avvicinò per prima, giaceva accanto alla porta, come se avesse tentato di fuggire prima che le squarciassero la gola. Gli altri due corpi erano riversi davanti al caminetto. Dovevano essere stati colti di sorpresa.

Sembrava che fossero stati assaliti da una bestia feroce, ma lei conosceva la verità, ora che le era tornata la memoria.

Era stato un vampiro a compiere la strage.

Lei doveva essere stata risparmiata per via di Jacks... ma lui dov'era? Perché la stanza era sporca del suo sangue? Il corpo di Jacks non era tra gli altri, ma nella mente di Evangeline turbinavano mille interrogativi mentre usciva dalla taverna, incespicando. Era ferito? Morto? Era stato morso?

Giurò che sarebbe tornata per coprire quelle povere vittime con qualche lenzuolo, ma prima doveva assolutamente trovare Jacks.

Fuori, la pioggia cadeva incessante in fitte cortine grigiastre. Evangeline non riusciva a vedere a più di un paio di passi davanti a sé, ma le parve di udire qualcuno che si avvicinava.

Risuonò un gracchio familiare, e lei si impietrì.

Un secondo dopo, scorse una figura che le andava incontro nella pioggia. Una figura che non era decisamente Jacks.

Garrick della Gilda degli Eroi era infagottato in mantello e cappuccio, ma lei lo riconobbe per l'odioso corvo che teneva appollaiato su una spalla.

Evangeline cominciò a indietreggiare verso la locanda, ma il sentiero era viscido. Le scivolò un piede.

«Va tutto bene, principessa. Non sono qui per farvi del male.» Garrick la prese per un braccio come a volerla sostenere. «Sono venuto a salvarvi.»

«Non ho bisogno di essere salvata.» Evangeline tentò di liberarsi, ma l'altro la stringeva in una morsa, come se non gli importasse di procurarle dei lividi. «Lasciami, per favore.»

«Siete fradicia» borbottò lui. «Dovete tornare dentro.»

Evangeline fece un passo, poi le venne in mente che lei non era soltanto Evangeline Volpe: era la principessa Evangeline Volpe. «Ti ho detto di lasciarmi andare» ripeté a denti stretti. «È un ordine.»

L'eroe imprecò sottovoce e aggiunse qualcosa del tipo: *Altezza dei miei stivali.* «Vi chiedo scusa, *principessa*, ma adesso dovete venire con me e i miei uomini.»

Garrick schioccò le dita due volte e altre figure emersero dalla pioggia battente. Erano almeno sei, intabarrati come il loro capo, ma ciononostante Evangeline capì che erano tutti molto più robusti di lei.

Non poteva andarsene lottando. Forse, però, poteva farli ragionare.

«Non capisci» disse, piantando i tacchi nel terreno fangoso. «Quella locanda non è sicura. Va' a vedere tu stesso. Per favore, però, non portarmi con te. Non posso tornare lì dentro.»

«Non temete» disse Garrick. «Non esiste posto al mondo più sicuro che con noi.»

«Allora perché mi sembra di essere una prigioniera?» protestò.

Garrick sospirò sotto il cappuccio. «D'accordo, siete una prigioniera, ma questo non significa che non vi proteggerò.»

Evangeline tentò di ribattere, ma Garrick la spinse nella locanda senza tante cerimonie, seguito dalla sua banda di *eroi*.

L'aria era satura dell'odore metallico del sangue e del lezzo di morte.

La locandiera giaceva massacrata sul pavimento, nella stessa posizione in cui Evangeline l'aveva trovata.

Le dita di Garrick affondarono nel braccio di Evangeline leggermente più forte, unico indizio a suggerire che forse anche lui era rimasto colpito dai cadaveri.

Si tolse il cappuccio. Era la prima volta che lo vedeva senza la maschera. Aveva un volto dalla bellezza ruvida, privo di qualsiasi emozione.

Un attimo dopo cominciò a latrare ordini. «Leif, Raven,

Thomas… voi tre salite al piano di sopra e controllate le camere. Vedete se ci sono altri corpi.»

Gli uomini obbedirono e si slanciarono di corsa sulle scale, facendo tremare i gradini di legno. Garrick si rivolse a Evangeline. «Avete visto chi è stato, Altezza?»

«Se vuoi che risponda, lasciami il braccio.»

«Non abbiamo bisogno che ce lo dica lei. Dev'essere stato Lord Jacks» disse uno degli uomini rimasti.

«No» esclamò lei, fulminandolo con un'occhiata. «Non è stato Jacks.»

«È evidente che mia moglie è ancora molto scossa» disse una voce che le fece accapponare la pelle.

Era Apollo. Lo udì avvicinarsi alle sue spalle, poi sentì la mano del principe posarsi sulla parte bassa della sua schiena.

Evangeline si voltò di scatto e gli mollò una sberla. Il rumore dello schiaffo echeggiò in tutta la locanda, sonoro, secco e molto appagante.

Brutto verme schifoso, arrogante di un principe, pensò mentre sulla guancia di Apollo prendeva forma l'impronta rossa della sua mano.

Non gli disse che sapeva tutto quello che aveva fatto. Non gli disse che sapeva chi era e che non sarebbe mai stata sua. Avrebbe voluto, ma non era così stupida. Non quando Apollo era circondato da guardie ed eroi che l'avrebbero neutralizzata senza problemi se avesse osato aggredire il principe.

«Oh, Apollo!» esclamò invece. «Mi hai spaventata.»

Il principe si massaggiò la guancia. «Non avevo idea che sapessi dare ceffoni del genere, mia cara.» Il tono era scherzoso, ma lei avrebbe giurato di vederlo aggrottare la fronte. Però, si disse, non poteva sapere che lei aveva recuperato la memoria.

E all'improvviso capì che avrebbe potuto non scoprirlo mai.

Doveva continuare a fingere, e non solo perché erano presenti le guardie e i mercenari. Se Apollo avesse saputo che aveva ritrovato i ricordi, glieli avrebbe semplicemente strappati via un'altra volta. Adesso capiva perché l'aveva fatta visitare dai medici ogni giorno. Per assicurarsi di intervenire in tempo se qualche frammento del suo passato fosse tornato a galla.

Era un uomo orribile. Evangeline lo sapeva già, ma la portata dei suoi inganni era colossale. Avrebbe voluto schiaffeggiarlo di nuovo, gridare, infuriarsi, ma doveva stare più attenta.

A iniziare da subito.

Cercò di farsi piccola piccola. Garrick l'aveva già lasciata andare quando era comparso Apollo. Si strinse il corpo con le braccia e abbassò la testa, come se fosse sconvolta e impaurita… cosa che avrebbe dovuto essere, se non fosse stato per la rabbia che sovrastava ogni altra emozione.

Fu ancora più difficile parlare con una vocina tremante. «Nemmeno io sapevo di poter colpire così forte. È solo che sono molto turbata. I cadaveri, il sangue. E sapevi che Lord Campanula ha accoltellato Hale e ha tentato di uccidere anche me?»

«Sì, me l'hanno riferito.»

Apollo la prese fra le braccia, ma la stretta era troppo forte. Quasi soffocante. «Va tutto bene. Ci sono io adesso.»

Continua a fingere, si disse Evangeline. Doveva solo continuare a fingere. Ricambiare l'abbraccio e apparire sollevata, ma non era sicura di farcela. Già era abbastanza difficile respirare normalmente con il principe che la stringeva così.

Alla fine Apollo si sciolse dall'abbraccio, ma continuò a toccarla. Le cinse le spalle con un braccio muscoloso per tenerla accanto a sé. Evangeline si chiese se riuscisse a percepire la sua voglia di fuggire. Cercò di rilassarsi, ma le successive parole del principe glielo impedirono.

«Porto mia moglie fuori di qui» disse Apollo a Garrick. «Tu trova Jacks prima che uccida di nuovo.»

«Non è stato Jacks» protestò Evangeline.

Apollo si irrigidì non appena udì quel nome. Evangeline lo sentì contrarre i muscoli del braccio intorno alle sue spalle.

Ma lei non si sarebbe rimangiata quanto detto. Poteva fingere di aver perso la memoria, poteva sopportare un abbraccio, ma non avrebbe permesso che Apollo accusasse Jacks di una strage per cui non aveva alcuna colpa. Non di nuovo. E non quando c'era un altro assassino a piede libero. «Questa è opera di un vampiro.»

Apollo le scoccò un'occhiata inquietante che sembrava dire: *E tu cosa ne sai dei vampiri?* Poi si mise a ridere. Una risatina sommessa, beffarda, che le fece avvampare le guance quando aggiunse: «Mia moglie è un po' confusa per tutto quello che ha passato».

«Sono perfettamente lucida, invece» ribatté lei con calma. «Ho visto un vampiro nella Foresta Maledetta.»

Era la verità. Lì per lì non se n'era resa conto, ma adesso che aveva recuperato la memoria, sempre più tasselli del mosaico tornavano a posto. Il Bel Forestiero incontrato nella Foresta

Maledetta era Caos. Era stato lui stesso a dirglielo, ma Evangeline non era riuscita a ricollegare, a ricordarsi quel vampiro che fino a poco tempo prima aveva indossato un elmo che gli impediva di nutrirsi.

Ora capiva perché Jacks non ci avesse pensato due volte a neutralizzarlo. Voleva proteggerla. Come sempre.

E adesso lei doveva proteggere lui.

«So che può sembrare assurdo» disse, «ma sono sicura di quello che ho visto. Era un vampiro e non assomigliava affatto a Lord Jacks.»

Aggiunse quell'ultima parte solo per il gusto di vedere Apollo trasalire. Ma stavolta rimase delusa. Le labbra del principe si curvarono in un sorriso fasullo. Evangeline ebbe l'impressione che avesse indossato una maschera. «Va bene, mia cara, ti credo.»

«Davvero?»

«Naturalmente. Sono solo rimasto sorpreso. Non capita spesso che qualcuno parli di vampiri, perciò perdona il mio iniziale scetticismo.»

Apollo le diede una strizzatina alla spalla, voltandosi verso Garrick. «Lord Jacks resta la tua priorità. Ma di' ai tuoi uomini di cercare anche Lucien, l'erede impostore. Avvertili che si tratta di un vampiro e che è in preda a una furia omicida.»

Evangeline si sforzò di non reagire. Doveva mantenere un'espressione neutra, innocente, sembrare una fanciulla smarrita senza ricordi, e non una ragazza che aveva appena udito quel bugiardo del marito accusare il suo primo innamorato di una strage.

«Questo erede» mormorò, sperando di apparire soltanto curiosa, «che aspetto ha? Ho sentito dire che è giovane e molto attraente.»

Apollo si accigliò alla parola *attraente*, ma Evangeline proseguì come se non se ne fosse accorta. «Le mie cameriere parlavano sempre della sua incredibile bellezza. Ma il vampiro responsabile di tutto questo, quello che ho visto nella foresta...» Rabbrividì. «Era vecchio e mostruoso.» Si rammaricò di essere stata costretta a mentire, ma sapeva che se avesse descritto Caos, Apollo avrebbe comunque fatto ricadere la colpa su Luc, dato che entrambi i vampiri erano giovani, attraenti e con i capelli scuri.

«Evangeline, tesoro» disse lui. «I vampiri hanno un aspetto diverso quando si nutrono. Pensi che sia stato un vecchio mostro a uccidere, lo so, ma so anche che i vampiri sono creature piuttosto rare. Se hai davvero visto uno di loro, dev'essere stato per forza l'erede impostore. A meno che tu non ti sia confusa...»

Bastardo. Assassino. Mostro.

Ti odio, avrebbe voluto dire Evangeline, ma rivelare ad Apollo i veri sentimenti che provava per lui non avrebbe aiutato né Luc né Jacks. Allora disse l'unica cosa che le rimaneva da dire: «Sono sicura che fosse un vampiro». E sperò con tutto il cuore che Luc fosse lontano e al sicuro.

31

Evangeline

Evangeline doveva soltanto sopravvivere al viaggio in carrozza.

Era un viaggio in carrozza, nulla di più.

L'ultimo viaggio in carrozza.

Una volta arrivata al Palazzo del Lupo, sarebbe fuggita usando i passaggi segreti di cui le aveva parlato Apollo prima che si sposassero, e che adesso ricordava bene grazie alla memoria ritrovata. Doveva soltanto aspettare il buio, quando tutti gli abitanti del castello fossero andati a dormire. A quel punto sarebbe uscita per tentare di trovare Jacks.

No, si corresse, non tentare. Lo *avrebbe* trovato. Anche se non aveva idea di dove si fosse cacciato, del perché l'avesse abbandonata o del motivo per cui le avesse messo il braccialetto di vetro al polso.

Avrebbe voluto studiare ancora quel monile. Jacks si era dato molto da fare per infilarglielo, perciò doveva essere importante.

Molto probabilmente magico. Anche se, fino a quel momento, il cerchietto di vetro non aveva fatto niente di spettacolare… anzi, non aveva fatto niente di niente.

Lo tenne nascosto sotto il mantello mentre la carrozza procedeva a sobbalzi verso il Palazzo del Lupo. A parte il fatto che sembrava avere imboccato la direzione sbagliata.

Evangeline non conosceva bene la geografia del Nord, ma sapeva che il Palazzo del Lupo si trovava nella parte più meridionale del Paese e, a giudicare dalla posizione del sole che brillava sulla vegetazione nordica, si rese conto che la carrozza era diretta a ovest, verso una regione a lei ignota.

Non vide altro che campi verdi e alberi carichi di nuove foglie.

Si aggrappò ai cuscini di velluto rosso sotto di sé, in attesa della svolta che li avrebbe portati a sud, ma la strada continuava a essere dritta come un fuso.

Fino a quel momento aveva fissato fuori dal finestrino per evitare Apollo. Dubitava di riuscire a guardarlo a lungo senza tradire i suoi veri sentimenti per lui. Anzi, non voleva fissarlo nemmeno per un secondo. Era già abbastanza doloroso trovarsi così vicina all'uomo che le aveva cancellato la memoria e riscritto la sua storia. Non voleva vedere la sua faccia. Ma alla fine si voltò.

Lui le era seduto di fronte. Teneva le mani giunte sotto il mento e la fissava con lo stesso impegno che lei aveva profuso nel non guardarlo.

Un brivido le percorse la schiena quando si chiese da quanto tempo la stesse osservando in quel modo. Come se sapesse che custodiva un segreto.

«Va tutto bene, mia cara? Mi sembri un po' preoccupata.»

«Mi stavo solo chiedendo dove siamo diretti. Credevo che il Palazzo del Lupo fosse a sud.»

«Infatti. Soggiorneremo da un'altra parte per qualche tempo.»

Se invece di *qualche tempo* avesse detto un'*eternità*, le sue parole non avrebbero esercitato un effetto maggiore. Evangeline sapeva come evadere dal Palazzo del Lupo, ma sarebbe stato molto più difficile fuggire da un luogo sconosciuto.

«*Da un'altra parte* dove?» chiese.

«Laggiù.» Apollo indicò con un gesto regale il finestrino della carrozza, mentre passavano davanti a un cartello, incorniciato da un nastro verde squillante, che annunciava con enfasi:

BENVENUTI NEL VILLAGGIO BOSCOLIETO
DOVE TUTTI SONO I BENVENUTI

Non appena Evangeline lo vide, le sue reminiscenze si scontrarono con la realtà. Aveva già attraversato quel villaggio e il bosco circostante insieme a Jacks, e li ricordava desolati, squallidi, smorti, incolori. Adesso invece brulicavano di vita.

La piazza principale era gremita di vetrai e fabbri, uomini armati di asce e donne con i martelli, tutti indaffarati a lavorare sotto le bandierine colorate, le lanterne e gli stendardi appesi tra i negozi che venivano ricostruiti.

Nonostante fosse all'interno della carrozza con i finestrini chiusi, Evangeline udì il cinguettio degli uccelli, le risate dei bambini, il vocio degli operai.

«Ora che la Caccia si è conclusa» disse Apollo, «i Vale stanno organizzando una festa per incoraggiare la gente ad aiutarli a ricostruire Villa Boscolieto e il villaggio. È l'evento di cui parlavano a cena l'altra sera. Hanno promesso terre, case e lavoro a chiunque sia disposto a collaborare. Per antica tradizione, le altre Grandi Casate li sostengono fornendo banchetti e patrocinando cene e balli ogni sera.»

Intanto la carrozza si era allontanata dalla piazza per raggiungere uno slargo in cui erano piantate le tende reali color borgogna. L'atmosfera non era allegra come nel villaggio. C'erano molti meno festoni e molti più soldati.

Nel vederli, Evangeline si irrigidì. Erano talmente tanti da non riuscire a contarli, sembravano formiche che banchettavano su un picnic. Come aveva temuto, sarebbe stato molto più difficile svignarsela senza farsi notare. Ma avrebbe trovato un modo per riuscirvi.

Gli uomini si divisero in due ali per far passare la carrozza. La vettura era diretta al centro dell'accampamento, dove le guardie si allenavano e la carne sfrigolava sui falò.

«Sembra che i tuoi soldati si stiano preparando per una battaglia e non per una festa» commentò Evangeline.

«È quello che fanno i soldati» replicò lui freddamente.

La carrozza si fermò davanti a un padiglione che nel suo genere era l'equivalente di un castello. Profilato d'oro, era fiancheggiato da due torri di legno e tessuto da cui sventolavano i vessilli con lo stemma reale di Apollo.

Tutti si inchinarono quando il principe scese dalla vettura, seguito da Evangeline. Subito Apollo le prese la mano; lei ebbe l'impressione che la stretta fosse un po' più forte del solito.

Evangeline fece un breve respiro, rammentando a se stessa che doveva solo recitare una parte, fingere che nulla fosse cambiato. Finché Apollo non avesse sospettato che aveva recuperato la memoria, avrebbe avuto ancora una possibilità di fuga.

«Evangeline!» esclamò una voce musicale e, qualche istante dopo, comparve Aurora Vale, avanzando con grazia tra le due ali di guardie. Sui capelli violetti portava una coroncina di fiori: roselline selvatiche, ranuncoli e candide mirastelle che lasciavano una scia di petali sui suoi passi.

Evangeline ebbe l'impressione che fossero comparsi altri uccelli al suo arrivo, come se volessero dedicarle i loro trilli melodiosi.

«Sono felicissima di vederti sana e salva! Sono stata così in pensiero per te negli ultimi due giorni» disse Aurora soave. «Ma sapevo che il tuo principe ti avrebbe riportata tra noi, e così ho intrecciato questa in occasione del tuo ritorno.»

Le porse una coroncina di fiori identica a quella che portava in testa.

«Ti ringrazio» rispose Evangeline, sebbene ancora non si fidasse di lei.

Scandagliò i ricordi recuperati di recente, cercando di capire se lei e Aurora si conoscessero già, ma trovò soltanto un rimando alla Conca. La sua prima mattina nella locanda, accanto all'orologio gastronomico, aveva visto due nomi incisi sul legno.

AURORA + JACKS

Era questo il motivo per cui diffidava di lei, perché aveva lo stesso nome di una fanciulla defunta da tempo che una volta aveva nutrito sentimenti romantici per Jacks?

«I festeggiamenti inizieranno domani» continuò a chiacchierare Aurora, spensierata. «Sarà uno spasso averti qui. Ci saranno bancarelle che vendono di tutto, dolciumi, ninnoli, cose carine insomma. Parteciperai alla festa, vero? I miei fratelli vogliono prendere parte alla ricostruzione, ma io sono una frana in questo genere di lavori.»

«Io invece penso che mi divertirei» disse Evangeline.

Apollo scoppiò a ridere.

Quel suono le fece accapponare la pelle. Si disse che non era il caso di mettersi a litigare con lui, che non doveva fare niente che destasse sospetti, ma non poté fare a meno di voltarsi verso il marito e dire: «Non credi che potrei rendermi utile con la ricostruzione?».

«Credo solo che saresti sprecata, mia cara.»

«E cosa dovrebbe fare?» intervenne Aurora. «Penso che ricostruire sia terribilmente faticoso, ma non siamo tutti qui per questo? Temete che vostra moglie sia troppo fragile per usare un martello? Che rischierebbe di farsi male?»

Apollo serrò i denti. «Non ho detto che mia moglie è fragile.»

«Allora forse non dovreste trattarla come se lo fosse, o ridere dei suoi desideri» ribatté Aurora.

Un'ombra scura incupì gli occhi del principe.

Intorno a loro, i soldati si impietrirono. Persino gli uccellini smisero di cantare.

Evangeline aprì la bocca per dire qualcosa, qualsiasi cosa.

Aurora non aveva idea di quanto sapesse essere malvagio Apollo, e dopo che la ragazza era intervenuta per difenderla, lei voleva proteggerla. Ma, con sua grande sorpresa, l'ombra fosca si dissolse dallo sguardo di Apollo, che inchinò il capo. «Giusto, signorina Vale. Non avrei dovuto ridere di mia moglie.»

«Già, sono cose che non si fanno» lo rimproverò Aurora.

Evangeline rimase di stucco. Appena qualche istante prima era in pensiero per lei, ma adesso percepiva un cambiamento nell'equilibrio dei poteri.

Apollo sembrava aver paura di Aurora.

Probabilmente lo avrebbe preso per uno scherzo della sua immaginazione, ma quando Aurora si voltò per andarsene, dopo aver dichiarato che l'indomani avrebbe partecipato alla ricostruzione insieme a lei, Evangeline la vide passare ad Apollo un bigliettino.

Accadde quando lui le baciò la mano per salutarla. Evangeline scorse il rotolino di carta appena per un istante. Dopodiché Apollo doveva esserselo infilato nella manica, perché quando guardò di nuovo, il bigliettino era scomparso.

32

Apollo

Quando aveva incontrato Aurora Vale la prima volta, Apollo aveva pensato che fosse un angelo. Era bellissima, e lui si era sentito più uno spettro che un principe.

Fino a qualche ora prima, quella stessa notte, era rinchiuso in una gabbia sospesa su un letto, nel covo sotterraneo di un vampiro. Era stata Evangeline a imprigionarlo, dopo che lui l'aveva baciata e poi aveva perso il controllo, rischiando di ucciderla.

Quando lei se n'era andata, Apollo aveva pensato che i vampiri lo avrebbero ucciso, e quasi desiderava di morire. Era maledetto, realmente maledetto… e non solo sfortunato, come intendeva la gente di solito quando utilizzava quel termine. Una sola maledizione forse non gli sarebbe nemmeno dispiaciuta. Un principe maledetto una sola volta avrebbe potuto diventare una leggenda, ma Apollo ne aveva ricevute tre, e in ciascuna occasione per poco non era rimasto ucciso... E uno di quei tentativi era arrivato addirittura per mano di suo fratello.

Era pronto a farsi dissanguare dai vampiri, a patto che si sbrigassero. Poi, però, nella stanza era entrata una donna. Non sapeva chi fosse, non all'epoca almeno. Aveva chiuso gli occhi in attesa che lei lo mordesse. Ma quella donna non era un vampiro. Era Honora Valor, che in qualche modo lo aveva guarito dalla maledizione dell'Arciere e dalla fattura specchio. Purtroppo si era rivelata una di quelle situazioni in cui il rimedio era quasi peggiore della malattia.

Le cure lo avevano lasciato senza legami. Il suo vincolo con Evangeline era stato reciso e lui lo rivoleva. Non voleva di nuovo la maledizione, ma voleva lei. Il desiderio che provava per Evangeline non era finito insieme all'incantesimo.

Anzi, la desiderava più che mai. Adesso che non si sentiva più obbligato a darle la caccia, a ferirla, finalmente poteva farla sua.

Tuttavia sapeva che non sarebbe stata un'impresa facile. Tutt'altro.

Per quasi tutta la sua vita, Apollo aveva sempre ottenuto ciò che desiderava. In quanto principe, non era abituato a combattere per quello che voleva. Se lo prendeva e basta. Ora invece, per la prima volta, temeva di non riuscire ad averlo.

Aveva tentato di uccidere Evangeline. L'aveva colpita con una freccia e l'aveva strangolata. Probabilmente aveva ancora i lividi sul collo dove le sue mani l'avevano stretta.

Sperava che lei lo perdonasse. In fin dei conti era sotto l'influsso di una maledizione, incapace di resistere. Evangeline avrebbe capito. E se invece non avesse mai dimenticato ciò che le aveva fatto?

E se, ogni volta che avesse tentato di baciarla, le fosse balenata in mente la scena in cui tentava di ucciderla?

Inoltre c'era la questione di Lord Jacks. Il suo ex amico.

Apollo non era mai stato in competizione con un altro uomo. Chi si sarebbe mai messo contro un principe destinato a diventare re? Ma quando lui aveva provato a uccidere Evangeline, aveva notato come lei aveva guardato Jacks nel momento in cui era piombato nella stanza per soccorrerla. Come se Jacks fosse il suo salvatore, il suo eroe.

Qualcosa era cambiato tra loro.

E Apollo non sapeva come rimediare.

Prima di uscire, Honora aveva sollevato le sbarre della gabbia. Apollo era libero di andarsene. Invece era rimasto impietrito, incapace di muoversi, troppo inquieto e spaventato per lasciare la stanza.

D'un tratto Aurora era comparsa sulla soglia come un angelo.

Non era soltanto bella, era eterea, con una voce dolcissima che pronunciò tutte le parole che lui voleva sentire. «Una persona attraente come te non dovrebbe avere quell'aria triste» gli aveva detto. Ed era anche a conoscenza di tanti dettagli: non solo che era un principe (cosa che sapevano tutti), ma anche che era stato stregato dalla maledizione dell'Arciere che lo aveva costretto a dare la caccia a sua moglie.

«Potrei aiutarti a rimediare» aveva proseguito, per poi offrirgli un elisir. «Bevi questo, e per un po' sarai in grado di cancellarle la memoria. Potrai ricominciare daccapo. Fare tabula rasa di tutti i ricordi che ti creano problemi e riscrivere una nuova storia.»

Apollo avrebbe dovuto farle altre domande.

Ma non voleva conoscere le risposte. Aveva bevuto l'elisir e subito dopo se n'era pentito.

Come aveva potuto anche solo pensare di cancellare i ricordi di Evangeline? Non l'avrebbe fatto. Avrebbe lasciato che il potere temporaneo si esaurisse senza usarlo. Nonostante la confusione in cui versava, sapeva che sarebbe stata una violazione imperdonabile.

Poi, però, era uscito dalla stanza e aveva trovato Evangeline. Lei lo aveva guardato come se stesse per lasciarlo. Gli aveva detto che desiderava che Jacks non avesse un ascendente così forte su di lei e che le dispiaceva.

Stava scegliendo Jacks.

Stava prendendo la decisione sbagliata.

Era stata ingannata proprio come lui, quando aveva creduto che Jacks fosse suo amico.

Apollo doveva fermarla. Doveva salvarla.

Non voleva farle del male. Aveva cercato di rendere l'esperienza il meno dolorosa possibile. L'aveva tenuta stretta mentre lei gridava e, in silenzio, le aveva promesso che insieme avrebbero creato nuovi ricordi. Ricordi meravigliosi, straordinari. E che non l'avrebbe mai più ferita.

Non avrebbe mai pensato di rivedere l'angelo, o che l'angelo si sarebbe rivelato essere Aurora Valor.

Come ogni altro abitante del Nord, anche Apollo aveva creduto che i Valor fossero tutti morti. Quando Honora Valor lo aveva guarito, lui non conosceva la sua vera identità.

Soltanto in seguito, dopo aver cancellato i ricordi di Evangeline ed essere fuggito nel Valory, aveva visto l'intera famiglia e cominciato a capire la vera portata di quanto era accaduto.

I Valor non erano stati decapitati, come le storie avevano sempre narrato. La famiglia era viva, dopo essere rimasta in uno stato di animazione sospesa per centinaia di anni. Erano loro il vero tesoro custodito dall'altra parte dell'Arco del Valory.

Wolfric e Honora gli avevano garantito di non essere tornati per sottrargli il regno o la corona, ma in quel momento Apollo riusciva a sentire solo il sangue che gli scorreva impetuoso nelle orecchie. Perché aveva visto la loro figlia, Aurora.

Lei aveva ammiccato come se fosse tutto un grande gioco, e Apollo era rimasto lì impalato, come un bambino.

«*Desideriamo solo un posto in cui vivere tranquilli*» aveva detto Wolfric. «*Non occorre che gli altri sappiano che siamo tornati.*»

Se Apollo fosse stato più lucido, avrebbe dovuto dire qualcosa tipo: *Sono perfettamente d'accordo*, e poi spedirli nelle più remote regioni nordiche dove nessuno li avrebbe più rivisti.

Ma quelli erano i Valor, lui era frastornato, e la loro figlia conosceva il suo segreto più terribile.

Lei lo aveva fissato con i suoi splendidi occhi mentre diceva: «*E se diventassimo una delle Grandi Casate? Potremmo assumere un altro nome, per esempio Vale*».

Apollo si era aspettato che Wolfric obiettasse – le Grandi

Casate erano tutt'altro che tranquille –, ma a quanto pareva il vecchio re non aspirava veramente a un'esistenza appartata.

«*Credo che potrebbe funzionare. Cosa ne dici, amor mio?*» aveva chiesto Wolfric alla moglie. Lei aveva risposto con un cenno di assenso.

«*Purché la nostra identità resti un segreto*» aveva detto Honora. «*Non ho voglia di ripetere il passato.*»

Accanto alla madre, Aurora aveva sorriso come se fosse già tutto stabilito. Anche il resto dei formidabili figli dei Valor avevano annuito compiaciuti.

Come avrebbe fatto Apollo a rifiutare?

E così, suo malgrado, aveva risposto: «*Eccellente. Vi darò delle terre. Una villa, una foresta e un villaggio. Hanno bisogno di essere ricostruiti, ma una volta che vi avrò nominati Grande Casata, la gente accorrerà ad aiutarvi. Mi serve solo un po' di tempo*».

«*Non metterci troppo*» aveva detto Aurora con la sua voce flautata.

E quando aveva ammiccato di nuovo, Apollo aveva capito di aver stretto un patto con un diavolo, non con un angelo.

Adesso il cuore gli batteva forte mentre sentiva sulla pelle il biglietto che Aurora gli aveva passato. Se l'era infilato rapidamente nella manica, ma il solo pensiero gli dava la nausea.

La richiesta più recente di Aurora era stata di presentarla a Evangeline. «*Non fare quella faccia preoccupata,* Altezza» lo aveva schernito lei. «*Voglio solo diventare sua amica. Sono stata rinchiusa per secoli, e tutte le mie vecchie conoscenze sono morte.*»

Apollo non aveva creduto nemmeno per un secondo al suo

innocente desiderio di stringere amicizia, ma non aveva osato protestare. Proprio come sapeva che non avrebbe obiettato a qualunque richiesta fosse contenuta nel biglietto ricevuto quel giorno. Però, almeno, avrebbe potuto ignorare il messaggio per un po'.

Aveva bisogno di passare del tempo da solo con sua moglie.

La osservò con attenzione mentre entravano nella tenda. Sul terreno erano stati distesi tappeti rosso borgogna intessuti d'oro, candele di cera d'api risplendevano accanto ai cuscini e alle pellicce che avrebbero usato come letto. C'era anche un tavolino basso imbandito con frutta, formaggi e calici di vino.

Evangeline, però, si fermò sulla soglia. Non si avvicinò al cibo, non si gettò esausta sui cuscini, non fece nemmeno il gesto di togliersi il mantello fradicio.

«Tu dove alloggerai?» gli chiese.

«Starò qui con te» mormorò Apollo, spostandosi alle sue spalle. «Così potrò proteggerti.» Le cinse la vita.

Evangeline si irrigidì.

Durò appena un secondo, poi parve sciogliersi tra le sue braccia.

Lui le scostò i capelli da un lato e le baciò la nuca.

Si accorse che era di nuovo tesa, ma stavolta lei non si rilassò.

Doveva lasciarla andare. Evangeline aveva ancora paura. Apollo aveva percepito qualcosa nella locanda, quando l'aveva trovata, ma non ne era stato sicuro fino a quel momento. Le sue labbra indugiarono a un soffio dalla sua pelle, abbastanza vicine da sentirle le pulsazioni accelerate. Poi la udì trattenere il fiato.

Ancora una volta si disse che doveva lasciarla andare, ma

non ci riuscì. I battiti del suo cuore gli suscitavano una smania febbrile, un insopprimibile desiderio di tenerla stretta. Finché non avesse smesso di voler fuggire.

«Credevo che avessimo superato questa fase ridicola in cui ti rifiuti di comportarti da moglie.» La strinse ancora di più e...

Venne trafitto da un dolore così improvviso e lancinante che fu costretto a lasciarla. Si piegò in due, la vista annebbiata da una miriade di puntini neri.

Era come se gli avessero conficcato e rigirato una lama rovente nel costato. Ma con la stessa rapidità con cui si era manifestata, la fitta sparì.

Quando gli si schiarì la vista, si accorse che Evangeline lo stava fissando con gli occhi colmi di un nuovo tipo di orrore.

«Ti senti bene? Cos'è successo?» gli chiese lei, portandosi le mani al petto.

Fu allora che Apollo vide il braccialetto che aveva al polso. Era di vetro trasparente, ecco perché fino a quel momento non lo aveva notato. Gli sarebbe sfuggito ancora se il monile non fosse stato attraversato da un tenue scintillio, illuminando una serie di parole in una lingua sconosciuta, anche se temeva di conoscerne il significato. Di sapere che cos'era in realtà quel braccialetto.

Avrebbe voluto chiedere a Evangeline dove l'aveva trovato, come ne era entrata in possesso, perché lo indossava, se sapeva che cos'era in grado di fare. Ma con ogni probabilità lei era ignara del suo potere e Apollo non voleva insospettirla. Inoltre, sperava con tutto il cuore di sbagliarsi.

Perché se aveva ragione, se quello era il bracciale protettivo scomparso di Rancore Boscostrage, allora significava che era sul punto di fare del male a Evangeline.

Doveva riprendere il controllo di sé.

«Sto bene» bofonchiò, indietreggiando. «Mi è solo venuta in mente una questione urgente di cui devo occuparmi.»

«Di cosa si tratta?» chiese Evangeline.

«Niente di interessante, noiosi affari di Stato. Non ti preoccupare, tornerò presto.» Fu tentato di salutarla con un bacio, ma non si fidava di se stesso. E aveva davvero una questione urgente di cui occuparsi.

Non appena uscito dalla tenda, tirò fuori il biglietto di Aurora Valor dalla manica.

> Incontriamoci ai confini di Boscolieto, all'incrocio con la strada che porta alla Foresta Maledetta.
> Al tramonto.
> Vieni solo, e ti suggerisco di non dirlo a nessuno.

Invece del nome, si era firmata con l'effigie di un lupo con una corona di fiori.

Apollo gettò il biglietto nel primo falò che trovò.

Arrivò all'incrocio in anticipo. Voleva sbrigare quella faccenda con Aurora il più in fretta possibile.

Era andato a cavallo, sorpreso di quanto già fosse cambiata la Foresta di Boscolieto. I sassi erano coperti di muschio, gli alberi erano carichi di foglie nuove. Apollo udì persino i suoni della vita silvestre: cervi, uccelli, grilli.

La foresta era rinata da quando i Valor erano tornati. Non gli dava più l'impressione del luogo spettrale che tanto lo spaventava da bambino... eppure non aveva mai visto il suo cavallo così nervoso. Dopo che il padrone lo ebbe legato a un albero ai confini di Boscolieto, dove iniziava il sentiero umido per la Foresta Maledetta, l'animale cominciò a scalpitare e a nitrire. Quando lui provò a dargli una mela, il cavallo gliela fece cadere di mano con un colpo di muso.

Apollo si chiese se la creatura fosse turbata dalla vicinanza alla strada stregata che portava alla Foresta Maledetta o dall'arrivo di Aurora Valor.

Come sempre, la fanciulla aveva un aspetto angelico mentre avanzava in groppa a un destriero che riluceva argenteo al chiaro di luna.

«Non avere quell'aria accigliata. Ti imbruttisce» lo rimproverò prima di smontare di sella. «E credimi o no, caro principe, sono qui per aiutarti.»

«Come l'ultima volta?»

«Evangeline è tua, non è così?»

«Per il momento» ribatté lui aspro. «Comincio a temere che le sia tornato qualche ricordo.»

Aurora legò la sua cavalcatura a un albero. Al contrario di quello di Apollo, l'animale sembrava assolutamente tranquillo. «Cosa te lo fa pensare?»

«Si comporta in modo strano. Hai ancora quell'elisir di dimenticanza?» si informò ansioso, odiandosi per averlo chiesto.

Aurora si avvicinò imbronciata, la lunga sottana argentata che fluttuava sfiorando il suolo della foresta. «Credi che sia facile reperire quella pozione?»

«Sei una Valor.»

«Certo. Ma la nostra magia non è illimitata. Pensi che mi porti sempre appresso qualche fiala?»

«Quel giorno ce l'avevi.»

Aurora serrò le labbra per un istante. «Hai intenzione di continuare a farmi domande stupide, principe? O preferisci diventare il tipo di uomo che una moglie non oserebbe mai pensare di lasciare?»

33

Evangeline

Dopo che Apollo l'ebbe lasciata sola nella tenda, Evangeline studiò il cerchietto di vetro che le cingeva il polso. Era magico, poco ma sicuro. Non lo aveva capito finché suo marito non si era piegato in due dal dolore davanti ai suoi occhi.

Avvicinò il monile alla luce di una candela. Lo aveva visto illuminarsi di strane parole quando lui l'aveva stretta tra le braccia. Adesso, però, non riusciva a far ricomparire le lettere; scorgeva solo i fiori di ciliegio incisi nel vetro.

Si domandò se l'incantesimo fosse stato studiato appositamente contro Apollo, se fosse questo il motivo per cui le parole misteriose erano comparse qualche minuto prima, quando lui l'aveva toccata mentre lei non voleva. Le sembrava proprio il genere di incantesimo che Jacks avrebbe evocato su un oggetto.

Solo che non ne capiva il *perché*. Se Jacks non voleva che lei stesse con Apollo, allora per quale motivo l'aveva lasciata con lui? *Perché non mi ha portata con sé?*, si chiese. Purtroppo conosceva già la risposta.

Tu e io non siamo fatti per stare insieme.

Scusa se ti rovino la bella fiaba, Piccola Volpe, ma le ballate non hanno un lieto fine, e nemmeno noi due.

Ogni ragazza che ho baciato è morta, tranne una. E non sei tu.

Voglio cancellare ogni momento che tu e io abbiamo passato insieme... perché se non lo faccio, ti ucciderò, proprio come ho ucciso la Volpe.

Jacks le aveva già rivelato tutti i motivi per lasciarla.

Anche se l'ultima che ricordava le diede da pensare. Jacks aveva voluto che lei trovasse tutte le pietre dell'Arco del Valory, non per aprirlo, ma per usarle allo scopo di tornare indietro nel tempo e stare con Donatella, l'unica ragazza che avesse mai baciato senza ucciderla. Evidentemente, però, Jacks non aveva dato seguito al suo proposito, altrimenti lei non lo avrebbe mai conosciuto, e in quel momento lui si sarebbe trovato con Donatella a Valenda.

Che *cosa* era successo, dunque? Esistevano quattro gemme dell'Arco. Ciascuna custodiva un diverso potere magico, ma quando venivano riunite tutte insieme avevano il dono di riportare indietro il tempo. Tuttavia si potevano usare soltanto una volta a tal fine.

Jacks aveva forse cambiato idea sul viaggio nel passato? Stava ancora aspettando di usare le pietre? Oppure l'aveva già fatto?

Prima che lei recuperasse la memoria, Caos le aveva detto: «*Io sono qui perché un amico ha bisogno di aiuto... del tuo aiuto.*

Sta per prendere una decisione terribile e tu devi fargli cambiare idea prima che sia troppo tardi per salvarlo».

Stava parlando ovviamente di Jacks. Ma qual era quella decisione terribile?

Le si era spezzato il cuore e si era sentita invasa dal terrore quando aveva saputo che Jacks voleva tornare indietro nel tempo e cambiare il passato affinché non si incontrassero mai. Ma le parole di Caos non sembravano riferirsi a una cosa del genere... se possibile, pareva che alludessero a qualcosa di molto peggio.

Doveva uscire dalla tenda per trovarlo.

Per qualche istante prese in considerazione l'idea di dare fuoco al padiglione e poi fuggire nel trambusto. Ma capitava spesso che le fiamme si rivelassero impossibili da domare, e non voleva fare del male a nessuno.

Tranne che ad Apollo. A lui sì che voleva fare del male.

«Spero che apprezzerai i rischi che ho corso per infilarmi qua dentro» disse una voce meravigliosamente familiare, mentre il lembo d'ingresso si richiudeva.

Evangeline non lo aveva sentito sollevarsi, ma evidentemente le era sfuggito. Al centro della tenda c'era una ragazza vestita da guardia reale che studiava l'ambiente lussuoso con le mani sui fianchi e una smorfia sulle labbra lucide di rossetto scintillante.

«LaLa!» esclamò Evangeline, un po' troppo forte. Ma non era riuscita a contenere la gioia alla vista della sua amica. «Che cosa ci fai vestita da guardia?»

«Non sai quante volte sono venuta a farti visita, ma non mi facevano mai entrare. Accampavano stupide scuse, dicendo che eri troppo esausta per vedere *amici*. Perciò mi sono inventata un travestimento.»

LaLa fece una piroetta e la tunica a tre quarti di semplice stoffa borgogna si sollevò quel tanto da lasciare intravedere una sottoveste di paillettes che scintillavano di bagliori fiammeggianti. Alla giubba color bronzo aveva aggiunto delle piccole maniche a sbuffo, e una cintura in tinta annodata sulla schiena con un bel fiocco.

LaLa era tante cose. Ma Evangeline la considerava prima di tutto un'amica, perciò a volte si dimenticava troppo facilmente che era anche un Fato immortale, come Jacks.

Era la Sposa Nubile.

Una volta LaLa le aveva confessato che i Fati combattevano sempre con il bisogno di essere ciò a cui erano destinati. Il suo bisogno più profondo era trovare l'amore. Lo desiderava più di ogni altra cosa, pur sapendo che non sarebbe mai durato, dal momento che tutte le volte veniva inevitabilmente piantata sull'altare a versare lacrime avvelenate. Capitava perché, a prescindere da quanti uomini volessero sposarla, lei cercava sempre il suo primo amore, un mutaforma capace di trasformarsi in un drago che era stato rinchiuso nel Valory.

Per combattere quel bisogno di trovare l'amore, LaLa cuciva. Cuciva tanto. Ed era anche molto brava.

«So che non è l'uniforme precisa» disse con un altro svolazzo della tunica, «ma ho pensato di migliorarla un po'.»

«La adoro» disse Evangeline. «E adoro ancora di più rivederti.»

Con la memoria recuperata da meno di un giorno, non aveva

avuto il tempo di sentire la mancanza dell'amica; tuttavia, adesso che LaLa era lì, Evangeline capì di averla sempre avvertita, come parte del vuoto che sentiva dentro e che soltanto da poco aveva cominciato a riempirsi. La strinse in un abbraccio così forte che avrebbe temuto di fratturarle le costole, se LaLa non fosse stata un Fato.

«Dov'è il tuo drago?» le chiese. D'un tratto si rese conto che, pur ricordando di aver aperto l'Arco del Valory, ancora non aveva idea di cosa contenesse, a parte il mutaforma di LaLa. E non sapeva nemmeno se l'amica si fosse ricongiunta con il suo amato.

«Oh, in giro da qualche parte» rispose vaga LaLa, sciogliendosi dall'abbraccio. «Sono sicura che lo incontrerai presto» aggiunse, ma con una certa esitazione che non era da lei.

Anche se LaLa era un Fato, e quindi le sue emozioni non erano del tutto umane, Evangeline sapeva che aveva amato il suo mutaforma; lo aveva amato al punto che era stata lei a evocare la maledizione dell'Arciere su Apollo, nell'erronea convinzione che avrebbe spinto Evangeline ad aprire l'Arco del Valory.

All'epoca Evangeline ci era rimasta molto male, ma anche lei, come l'amica, aveva preso decisioni terribilmente sbagliate per amore.

«Va tutto bene?» le chiese, prendendole la mano. «Hai bisogno di parlare?»

«No, tutto bene, sul serio. È solo che...» LaLa fece una pausa e sospirò. «Il mondo è cambiato *parecchio* da quando Dane venne rinchiuso, e a quanto pare anch'io. Ma va bene. Davvero.

Com'è quel vecchio detto sull'amore? Sai, quello che parla di zucchero, fuoco e del prezzo del desiderio?»

Evangeline scosse il capo. «Non credo di averlo mai sentito.»

«Be', può darsi che non sia un vero detto. Comunque non mi fraintendere, amica mia. Sono contenta che tu me lo chieda, però sono anche un po' perplessa. Credevo che avessi perso tutti i tuoi ricordi.»

«È così» mormorò Evangeline. «Ma li ho appena recuperati.»

E cominciò ad aggiornare l'amica, raccontandole di come Apollo le avesse cancellato la memoria per poi cercare di convincerla che fosse Jacks il cattivo. E ci sarebbe riuscito, se Jacks non avesse continuato a comparire per salvarla. Le parlò di tutte le volte in cui lui era andato a trovarla, le raccontò che il suo cuore si ricordava di lui, anche se la mente no. E le disse infine di aver scoperto la lettera che aveva scritto a se stessa e che Jacks si portava dietro, conservata sul cuore.

«Un gesto sorprendentemente dolce» commentò LaLa.

«L'ho pensato anch'io. Non appena l'ho letta, finalmente ho trovato la forza di volontà per ricordare. È stato la notte scorsa… o forse stamattina presto. Ho ancora le idee un po' confuse sulla tempistica.»

Abbozzò un sorriso. Era così sollevata di vedere la sua amica. Avrebbe voluto solo sprofondare nei cuscini e chiacchierare con lei del più e del meno. Ma non aveva tempo.

Non se voleva trovare Jacks e tentare di impedirgli ciò da cui Caos l'aveva messa in guardia, di qualsiasi cosa si trattasse.

«Non avevo intenzione di tornare qui con Apollo, ma quando mi sono svegliata Jacks era sparito. Invece c'era Apollo con i suoi eroi, i suoi soldati e le sue bugie.»

«Che bastardo» borbottò LaLa. «So che i principi sono i peggiori, ma speravo che l'esperienza di essere maledetto gli avrebbe fatto bene.»

«Mi domando se, a modo suo, lui non sia convinto di essere nel giusto.»

«Però tu lo detesti, non è vero?»

«Certo… lo odio. Non sopporto nemmeno la sua vista o il suono della sua voce, e voglio andarmene da qui prima che torni, così non dovrò vederlo mai più.»

«Allora sbrighiamoci. Anche se devo ammettere che mi piacerebbe aspettarlo, per potergli infilzare il cuore e arrostirlo allo spiedo. Immagino che potrò sempre farlo, un giorno o l'altro» rifletté LaLa. «Dunque, qual è il nostro piano di fuga?» I suoi occhi scintillarono, mentre batteva le mani. «È da un po' che non partecipo a un combattimento con le spade.»

«Purtroppo, io non so brandire una spada» ammise Evangeline.

«E quelle lezioni di autodifesa di cui mi hai parlato? Jacks ti ha insegnato qualcosa o era solo una scusa per metterti le mani addosso?» LaLa inarcò un sopracciglio.

Le guance di Evangeline si imporporarono. «Mi ha insegnato un paio di mosse… ma, per lo più, in effetti mi teneva le mani addosso.»

«Come pensavo.» LaLa sorrise, ma Evangeline ebbe l'impressione che fosse uno di quei sorrisi forzati per rassicurare un'amica.

Solo che, essendo un Fato, il suo aveva un che di pericoloso. Sembrava dire: *Se osa farti del male, fammelo sapere e sarò lieta di ripagarlo con gli interessi.*

A quel punto Evangeline ripensò all'ultima conversazione avuta con LaLa. Prima di perdere la memoria, l'amica l'aveva messa in guardia da Jacks. «*Finché resterai con Jacks, non sarai mai al sicuro*» aveva detto.

«Credi ancora che mi farà del male?» le chiese.

Il sorriso forzato della fanciulla si spense. «Jacks ferisce chiunque. Non è stato più lo stesso dal giorno in cui morirono mio fratello e Castor, e nel Nord tutto andò a scatafascio.»

Per una frazione di secondo, LaLa smise di essere un Fato. Non sembrava più una creatura crudele o potente, capace di uccidere qualcuno solo perché aveva fatto piangere una sua amica. Aveva l'aria di una ragazza a cui serviva un'amica sincera almeno quanto Evangeline.

Oltre a essere un Fato, LaLa era anche uno dei primi membri della famiglia Boscolieto. Suo fratello era stato Lyric Boscolieto, uno dei migliori amici di Jacks insieme al principe Castor Valor. I due erano morti lo stesso giorno, e anche se non era stata colpa di Jacks, Evangeline sapeva che lui si riteneva responsabile per non essere riuscito a salvare Castor.

«Se qualcosa fosse in grado di accendere una minima scintilla di cambiamento in Jacks, credo che potrebbero essere i suoi sentimenti per te» disse LaLa alla fine. «Ma tu devi essere comunque prudente. Perché i suoi sentimenti sono pericolosi.»

«Lo so.»

«Davvero?» LaLa la guardò seria, gli occhi luminosi ridotti a due fessure colme di apprensione.

Fin da bambina, a Evangeline erano state insegnate tre regole a proposito dei Fati. La più importante era: mai innamorarsi di un Fato.

Evangeline conosceva quella regola, ma era da un po' che non ci pensava, e dubitava di averla compresa a fondo in precedenza.

Adesso, però, cominciava a intravederne il senso. Quando aveva recuperato la memoria, ma perso di nuovo Jacks, aveva iniziato a temere che lui potesse avere ragione. Forse non erano fatti l'uno per l'altra.

Se fossero stati davvero destinati a stare insieme, le cose non avrebbero dovuto essere più facili? Non avrebbero dovuto esserci meno spargimenti di sangue, cuori infranti e persone che tentavano di separarli? L'amore avrebbe dovuto già trionfare, no?

Chissà, magari il monito a non innamorarsi di un Fato nasceva non perché la relazione con una di quelle creature non avrebbe mai funzionato, ma perché era molto più difficile. Quasi impossibile.

LaLa desiderava solo l'amore, eppure in definitiva era lei a piantare ogni volta il promesso sposo all'altare. Persino adesso, dopo aver finalmente ritrovato il suo drago mutaforma, non sembrava certa di volerlo ancora.

Una volta Evangeline aveva sentito dire che i Fati non erano in grado di amare come gli esseri umani. Lei aveva pensato che fossero incapaci di provare emozioni. Forse, però, c'era un'altra interpretazione: i Fati non credevano nell'amore allo stesso modo. Magari si convincevano che amare un umano portasse a un destino infausto, e poi i loro comportamenti rendevano il disastro inevitabile.

«Io non mi arrendo con Jacks» dichiarò.

LaLa storse la bocca. «Una cosa molto umana da dire.»

«Non capisco se sia un complimento o un insulto.»

«Un po' entrambi.» LaLa le rivolse un altro sorriso dubbioso. «So che ti piace fare la cosa giusta, ma la cosa giusta non sempre funziona con quelli come noi. Credo che sia una delle ragioni che hanno spinto Jacks a diventare un Fato. Aveva sempre cercato di fare la cosa giusta, da umano, ma per quanto si impegnasse le persone a lui più care continuavano a morire.»

LaLa fece una pausa, aggrottando la fronte. «Vorrei darti il mio sostegno. Adoro le cause perse e le idee terribili. Ma se tenterai di salvare Jacks, temo che morirai anche tu. So che hai recuperato la memoria, ma nel caso ti servisse una rispolverata, ricorda che Jacks è un essere sovrannaturale che ti ucciderebbe se ti baciasse.»

«Oppure» ribatté Evangeline «potrei baciarlo io e dimostrargli che *non* accadrebbe.»

«No, no, no!» protestò LaLa con foga. «È l'idea peggiore del mondo.»

«E se non lo fosse? So che secondo le storie il bacio di Jacks è fatale per qualunque ragazza tranne una, il suo vero amore, e so che ha già baciato quella ragazza. Però so anche che qui le storie mentono e distorcono la verità, perciò potrebbe essere una bugia. Sono *io* il vero amore di Jacks. Ci credo con la stessa convinzione con cui credo che gli oceani siano fatti di acqua e che il giorno venga dopo la notte. Ci credo con tutto il cuore e con tutta l'anima. Dev'esserci una qualche magia in questo.»

«Non penso che la magia funzioni così.» LaLa la guardò rattristata. «Credere in qualcosa non lo rende vero.»

«E se ci credessi proprio perché è la verità? Le leggende sostengono altrimenti, ma il mio cuore continua a dirmi che la storia di Jacks non è finita.»

LaLa continuò a corrugare la fronte, mentre giocherellava con un bottone della giubba. «Può darsi che la sua storia non sia ancora finita, ma questo non vuol dire che abbia un lieto fine. Conosco Jacks da sempre. È bravissimo a ottenere ciò che vuole, ma non credo che voglia un "vissero per sempre felici e contenti". Se davvero lo desiderasse, potrebbe averlo. Ma c'è un motivo per cui non vuole.»

«Be', allora meno male che ha me.»

LaLa aprì la bocca con l'intenzione di obiettare, ma Evangeline la anticipò.

«So di sembrarti un'ingenua» disse, «e che la mia fede nell'amore può apparirti sciocca. So anche che potrebbe non essere sufficiente. Ma non lo faccio perché credo di vincere. Anzi, temo di perdere. Non penso più che l'amore sia garanzia di successo o di un lieto fine, però penso che combattere per queste cose abbia un senso. Sono consapevole che il mio tentativo di salvare Jacks potrebbe concludersi con un'esplosione catastrofica, ma preferisco gettarmi tra le fiamme con lui piuttosto che guardarlo bruciare da solo.»

A quelle parole, finalmente LaLa le rivolse un sorriso sincero. «È la peggiore dichiarazione d'amore che abbia mai sentito, ma credo che la tua passione meriti un brindisi.» Prese due calici di vino dal tavolino e ne porse uno a Evangeline. «Ai cuori sciocchi e alle fiamme! Che tu e Jacks possiate bruciare solo di passione e desiderio!»

34

Evangeline

Dopo aver brindato, Evangeline e LaLa continuarono a bere un po' più di quanto avrebbero dovuto.

Evangeline non era abituata al vino, ma nonostante il fiero discorso di poco prima, aveva il terrore di dire a Jacks che lo amava per poi vederlo andare via per l'ennesima volta.

Era stata trasformata in statua di pietra, avvelenata, trafitta dalle frecce, frustata di riflesso per colpa della fattura specchio, e quasi uccisa una mezza dozzina di volte. Ma tutte quelle terribili esperienze non erano spaventose quanto la prospettiva che Jacks decidesse di non ricambiare il suo amore.

Sapeva che l'amica aveva ragione, che Jacks era bravissimo a ottenere ciò che voleva. Quando si metteva in testa qualcosa, non c'era verso di fargli cambiare idea. L'unica cosa che poteva far restare Jacks era Jacks medesimo.

«Ci hai ripensato?» le chiese LaLa.

«No» rispose. «Anzi, ho un piano per la fuga.»

Poco prima, mentre LaLa giocherellava con i bottoni della giubba, a Evangeline era venuta un'idea che non prevedeva spade, incendi o combattimenti.

«Potrebbe funzionare.» LaLa si tamburellò il mento con un dito, meditando sulla proposta di Evangeline. «Tu dovresti andartene prima del cambio della guardia, quando i soldati saranno più stanchi. Io potrei scappare subito dopo l'arrivo dei sostituti, i quali non sapranno che sono entrata di nascosto. Saranno troppo abbagliati dalla mia bellezza per farmi domande.»

Evangeline si sentiva girare la testa. Sì, aveva decisamente bevuto troppo. Con la mente un po' annebbiata, indossò gli abiti di LaLa, mentre l'amica frugò nei suoi bauli finché non trovò uno scintillante vestito con le spalle scoperte davvero mozzafiato.

Dopo essersi cambiate, LaLa si diede un gran da fare per infilare i capelli di Evangeline sotto un berretto, scurendone le punte con un po' di vino rosso, giusto per alternarne appena l'aspetto, almeno a un'occhiata di sfuggita.

«Se le guardie ti osserveranno troppo a lungo, ti riconosceranno» l'ammonì LaLa. «Perciò fa' alla svelta… ma non così alla svelta da destare sospetti.»

«Non credo che al momento riuscirei ad andarmene così alla svelta da destare sospetti neanche se volessi» disse Evangeline. Ma non poteva nemmeno attardarsi troppo. Mancava pochissimo al cambio della guardia. Se voleva fuggire, quella era la sua unica opportunità.

«Ti seguirò a ruota» disse LaLa. «E non dimenticare questa.» Le porse una mappa della Foresta di Boscolieto che aveva disegnato di suo pugno, per lo più un gruppetto di triangoli che rappresentavano gli alberi, con una linea che lo attraversava fino a un circoletto con la scritta *Fonte luccicante*. Il piano prevedeva che si incontrassero lì, per poi andare insieme in cerca di Jacks.

«Grazie del tuo aiuto» disse Evangeline.

«A cosa servono gli amici se non per sostenerti nelle pessime decisioni?» LaLa la strinse in un ultimo abbraccio proprio mentre suonava la campana. «Devi andare adesso.»

Evangeline sfrecciò fuori dalla tenda giusto in tempo per il cambio della guardia. Un soldato le lanciò un'occhiata incuriosita, ma l'oscurità della notte favorì il suo travestimento. Le fiaccole accese riempivano il cielo notturno di fumo, creando un'atmosfera eterea. Evangeline aveva quasi la sensazione di sfiorare le pagine bruciate di un libro di racconti. Ma quello era un racconto che non vedeva l'ora di abbandonare.

Era ora di cena quando attraversò l'accampamento reale. Il clima era festoso, le persone un po' brille, qualcuno amoreggiava. Alla fine, parte della gaiezza della festa per la ricostruzione di Boscolieto si era infiltrata anche tra i padiglioni reali.

A quanto pareva, un certo numero di uomini e donne degli altri accampamenti si era mescolato ai soldati, il che per Evangeline era un vantaggio. Eppure non poté fare a meno di trattenere il fiato finché non raggiunse il perimetro esterno.

Era accaldata per il vino, ma un brivido gelido le percorse la schiena quando sgusciò dietro una catasta di travi accanto al sentiero per evitare le sentinelle che sorvegliavano l'ingresso.

Fu attenta a non fare rumore, anche se la notte riecheggiava di canti, risate e scoppiettii di falò. I suoni si spensero quando entrò nella Foresta di Boscolieto, e ben presto non udì altro che lo scricchiolio delle foglie sotto le suole, il gracidio delle rane e qualche sporadico ululato di lupo che innescava un coro di altri ululati in lontananza.

Evangeline avvicinò la lanterna alla mappa per controllare il percorso disegnato da LaLa fino alla fonte luccicante.

Aveva pensato che il sentiero fosse una strada vera e propria, ma non ne vide traccia fra gli alberi. O le era sfuggita, oppure la linea di LaLa indicava soltanto il cammino da seguire, non una strada.

Mentre cercava di memorizzare il percorso, nella foresta calò il silenzio... un silenzio inquietante. Non udiva più i fruscii prodotti dagli scoiattoli, e nemmeno i richiami dei cervi o i versi dei minidraghi. D'un tratto, però, sentì lo schiocco secco di un rametto.

Trasalì.

E Jacks le comparve davanti.

Era vivo.

Non era ferito.

Evangeline non vide nemmeno un graffio su quel viso bellissimo. Le parve di riuscire a respirare di nuovo. Fino a quel momento non si era resa conto di quanto fosse stata in ansia.

«Ti ho spaventata, cucciola?»

«No... voglio dire, sì... un poco» balbettò lei, turbata, anche se non avrebbe saputo dire perché. Era fuggita per cercarlo e adesso lui era lì. Con il suo tipico atteggiamento sprezzante.

Jacks cominciò a lanciare in aria una mela bianca e a riprenderla al volo mentre si muoveva nella foresta come un'ombra al tramonto. Lento e veloce al tempo stesso. Qualche istante prima era distante alcuni metri, mentre adesso era di fronte a lei e la fissava con gli occhi azzurro ghiaccio che brillavano nel buio.

«Ricordo» sussurrò lei con un filo di voce.

«Davvero?» Lui sorrise e, come tutto il resto, anche il sorriso di Jacks era inconfondibile: un sogghigno a mezza bocca che gli dava un'aria crudele e scherzosa al contempo. Evangeline ripensò al loro primo incontro, quando le era parso una via di mezzo tra un giovane aristocratico annoiato e un semidio perverso.

«Raccontami, cucciola, quanto ti ricordi?» Le punte delle sue dita gelide le sfiorarono la base del collo.

Le pulsazioni di Evangeline accelerarono. Non troppo, ma abbastanza da dissipare parte del calore che le ardeva dentro, quando Jacks fece scivolare le dita dall'incavo della gola fino alla linea della mascella.

Anche questo gesto era proprio da Jacks.

Eppure... il cuore di Evangeline batteva *sbagliato, sbagliato, sbagliato*, e le sovvenne all'improvviso che l'aveva chiamata *cucciola* due volte. Non Piccola Volpe, non Evangeline.

Ma il problema del desiderare qualcosa che non puoi o non dovresti avere è che, nell'istante in cui sembra possibile, ogni logica va a farsi benedire. La logica e il desiderio vanno d'accordo solo quando la prima incoraggia una persona a ottenere ciò che desidera. Ogni pensiero razionale contrario diventa il nemico. Una parte remota di Evangeline le disse che il comportamento di Jacks era strano, e che non le piaceva essere chiamata *cucciola*. Ma la parte di lei che desiderava l'amore di Jacks cercò di ignorare quell'istinto.

«Ricordo tutto» rispose. «Ogni dettaglio, da quando ci siamo incontrati nella tua chiesa alla notte davanti all'Arco del Valory. Mi dispiace di averci messo tanto.»

«Non importa» disse lui con noncuranza, sempre con quel suo sorriso obliquo, lasciando cadere la mela che atterrò con un tonfo sonoro.

«Evangeline. Allontanati» disse una voce fumosa dal folto degli alberi. Le sembrò vagamente familiare, ma non capì di chi fosse finché Caos non emerse dalle ombre. «Non sei al sicuro con lui in questo momento.»

«Non si è mai al sicuro con me» ribatté Jacks. Poi, con un ghigno sprezzante rivolto al suo vecchio amico, aggiunse: «Recitare la parte dell'eroe non ti si addice, Castor».

«Almeno io non mi arrendo perché fallisco.»

«Io non ho intenzione di arrendermi» replicò Jacks con la sua voce indolente. «Le sto dando quello che vuole.» Le sue dita si spostarono sul mento di Evangeline. Per un attimo il tempo parve fermarsi mentre Jacks le sollevava il viso in un modo che per lei significava soltanto una cosa: *bacio*.

Evangeline tornò in sé di colpo.

«Non è quello che vuoi?» le sussurrò Jacks.

Sì, avrebbe voluto dire lei. Ma ancora una volta, quella remota vocina razionale le disse che era tutto sbagliato. Jacks avrebbe dovuto stuzzicarla, prenderla in giro, toccarla, ma mai tentare di baciarla. Lui non credeva che potessero baciarsi. Credeva nell'amore maledetto e nei finali infelici.

Ed Evangeline voleva ancora dimostrargli che si sbagliava.

Forse provò un brivido di terrore quando lui si protese su di lei. Ma non riuscì a indietreggiare mentre le labbra di Jacks si avvicinavano...

All'improvviso lui si piegò in due dal dolore e lanciò una sfilza di imprecazioni che Evangeline non aveva mai sentito. Il suo volto attraente si era trasformato in una maschera di agonia, pallido come un osso sbiancato; Jacks si strinse il costato e cadde su un ginocchio con un gemito straziato.

«Che succede?»

Evangeline si chinò per aiutarlo e, in quel momento, si accorse che le parole incise sul braccialetto di vetro avevano ricominciato a brillare.

«Mi dispiace.» Le braccia bollenti di Caos le cinsero la vita, rischiando quasi di ustionarla mentre la sollevava da terra. «Dobbiamo andarcene prima che Jacks provi ancora a ucciderti.»

35

Apollo

Mentre camminava, Aurora lasciava cadere petali di fiori sul sentiero. Li gettava come una magica divinità dei boschi. E il sentiero verso la Foresta Maledetta la trattava come tale.

Pioveva sempre sulle strade che conducevano alla Foresta Maledetta, tranne quando erano percorse da Aurora Valor. Non appena aveva sparso i suoi petali e mosso il primo passo, aveva smesso di piovere. Apollo avvertiva soltanto una leggera brezza mentre camminava al suo fianco su una strada lastricata di scarpe e fiancheggiata da carrozze rovesciate, tra cui alcune con le ruote che ancora giravano.

«Non mi hai detto quanto mi costerà» disse, «o dove stiamo andando.»

«Ti sto portando all'Albero delle Anime.»

«Tuo padre…»

«È molto testardo» lo bloccò lei. «Sa tante cose, ma non sa tutto.»

Apollo si sentì rimescolare lo stomaco: o quella sera aveva mangiato del montone avariato oppure era il presentimento che andare con Aurora fosse una pessima idea. Sapeva che non doveva fidarsi di lei. Quella ragazza non era dolce nemmeno la metà di quanto appariva mentre continuava a estrarre petali dal mantello argentato per gettarli sul sentiero.

D'altro canto, come poteva tirarsi indietro di fronte alla possibilità di diventare un immortale?

«C'è solo una cosuccia che ti chiedo in cambio» mormorò Aurora con una voce talmente bassa che Apollo la udì a malapena.

Il principe si irrigidì. «E cioè?»

Lei si girò lentamente verso di lui e, per una volta, non c'era nulla di dolce nella sua espressione. Aveva quasi un'aria da lupo, con i denti bianchi che scintillavano al chiaro di luna. «Voglio che la smetti con quest'assurdità di voler uccidere Jacks» rispose. «Dopo stanotte, lo scagionerai da ogni accusa e lui non sarà più ricercato o perseguitato.»

«Non posso farlo.»

«Allora non ti mostrerò l'Albero delle Anime.» Aurora si fermò alla fine del sentiero, dove la nebbia aleggiava nel territorio intermedio che portava alla Foresta Maledetta. «Scegli: o avere l'immortalità o dare la caccia a Jacks, che dubito fortemente riuscirai mai a uccidere… non finché sarai un umano. Gli hai sguinzagliato dietro un intero regno, e cosa hai ottenuto? Forse una volta che sarai immortale, potresti avere l'occasione di combatterlo ad armi pari. Ma io non voglio che la sfrutti. Motivo per cui adesso giurerai con il sangue, sulla tua vita, che non gli farai mai del male.»

Le spalle di Apollo fremevano di tensione. «Perché vuoi salvare Jacks?»

«Non sono affari tuoi.»

«Lo sono, invece, se mi stai chiedendo di non ucciderlo» ribatté lui, schiumando di collera. «Ha incantato anche te?»

Aurora si indispettì. «Nessuno mi incanta. Sono una Valor.» E lo incenerì con un'occhiata che traboccava di alterigia principesca.

Ecco perché Apollo aveva sempre detestato le principesse. Come Aurora, spesso sembravano perfette all'esterno, ma molte di loro dentro erano marce.

«Se pensi che Jacks possa riconquistare Evangeline o te la porti via, non temere» aggiunse Aurora. «Ci ho già pensato io.»

«In che modo?»

«Non ti preoccupare. So mantenere i miei segreti, così come ho mantenuto segreti i nostri accordi. Allora, che cosa vuoi fare, principe?»

Apollo era consapevole di non potersi tirare indietro. Suo padre gli aveva sempre detto di aspirare a qualcosa di più, e non c'era niente di *più* che diventare immortale. Probabilmente avrebbe dovuto continuare a discutere con Aurora, cercando di farle cambiare idea riguardo a Jacks, ma dubitava di riuscire a spuntarla. Malgrado il suo diniego, evidentemente Jacks aveva incantato anche lei, così come aveva fatto con Evangeline. «Dopo che mi avrai accompagnato all'Albero, giurerò con il sangue. Ma non prima.»

Aurora lo scrutò diffidente.

«Hai la mia parola» insistette lui. «Se mento, potrai rivelare a tutto il regno che ho cancellato i ricordi di mia moglie.»

«D'accordo» disse Aurora, e ricominciò a spargere petali, inoltrandosi nel territorio intermedio.

«Perché continui a farlo? Qui non piove.»

«Lo faccio perché alla foresta piace» rispose lei. Lanciò altri petali, e il terreno sotto di loro cominciò a risplendere, dissipando le ombre.

«È lì che stiamo andando? Nella Foresta Maledetta?»

«No, se possiamo evitarlo. L'Albero delle Anime si raggiunge passandoci in mezzo, ma da queste parti dovrebbe esserci un vecchio arco che ci porterà lì più in fretta.» Aurora corrugò la fronte mentre scrutava la striscia di terra immersa nella nebbia, e alla fine esclamò: «Trovato!».

Apollo non vide niente se non una porzione di nebbia che sembrava più scura del resto.

Aurora lanciò altri petali, stavolta però verso l'alto, e quando questi colpirono la nebbia, vi rimasero appiccicati. Per qualche istante i petali formarono la sagoma di un arco, poi si sciolsero e si allargarono finché l'arco non divenne una solida struttura di lucido marmo bianco.

Apollo conosceva sin da piccolo le storie che parlavano degli archi nascosti del Nord, ma era la prima volta che ne vedeva uno.

Fu sul punto di chiedere ad Aurora come facesse a sapere che era lì, ma poi rammentò che in origine erano stati proprio i Valor a costruirli.

In quanto sovrano del Nord, Apollo possedeva un paio di archi speciali. Uno lo aveva usato per stupire gli ospiti della Nocte Perenne, l'altro proteggeva un albero-fenice molto vecchio. Il secondo era molto simile a quello che aveva davanti in quel momento, entrambi coperti da una serie di bizzarri simboli magici.

Aurora si mordicchiò il labbro mentre osservava i simboli. All'improvviso si conficcò un'unghia nel palmo e cosparse il sangue affiorato su un lato dell'arco.

«Buon arco, apriti, per favore, e consentici di arrivare all'Albero delle Anime» mormorò.

Un istante dopo comparve una porta, dello stesso bianco lucido dell'arco. L'uscio si spalancò su quello che sembrava l'ingresso di una galleria, anche se era troppo buio per distinguerla.

Aurora estrasse un fiammifero dal mantello e lo sfregò sulla parete di roccia prima di lasciarlo cadere. Non appena toccò terra, una linea di fuoco si propagò lungo la parete in una scia fiammeggiante. Ripeté lo stesso procedimento per l'altro lato, finché la galleria non si illuminò a giorno.

Aurora entrò per prima, muovendosi con grazia e canticchiando sottovoce mentre avanzava tra le fiamme. L'aria era calda e diventava sempre più rovente a mano a mano che procedevano. In fondo, la galleria si allargava per poi sbucare in un'enorme caverna fatta di granito bianco scintillante, orlata dallo stesso fuoco della galleria.

Apollo non riusciva a vedere il cielo, ma la grotta doveva avere il soffitto aperto, perché davanti a loro un perfetto raggio di luna rischiarava l'albero più colossale che avesse mai visto.

Anche se *albero* non gli sembrava la parola giusta. Agli alberi non batteva il cuore.

Invece il tronco rosso cremisi palpitava. Batteva. Apollo avrebbe giurato di riuscire a sentirlo mentre si avvicinava. *Tump... Tump... Tump...*

Ed erano volti umani quelli scolpiti nel legno?

Gli parve di scorgere occhi terrorizzati e bocche contorte, come se delle persone fossero intrappolate nell'albero, ma non poteva esserne certo; magari era solo una macabra illusione dovuta alle fiamme tremolanti.

L'Albero delle Anime era carico di foglie seghettate color rame brunito che spuntavano dai rami dello stesso rosso sangue del tronco. Alcuni svettavano verso il cielo, altri si allargavano ai lati, altri ancora puntavano verso il terreno.

Quando Apollo aveva letto dell'albero sulla pergamena di Lord Boscostrage, aveva immaginato qualcosa di simile all'albero-fenice, qualcosa di magico, incantato. Uno scenario perfetto per mettersi in posa per un ritratto... non che lui perdesse ancora tempo con quelle sciocchezze.

«È orribile» bofonchiò.

Aurora gli scoccò un'occhiataccia. «Attento a come parli.»

«È solo un albero» ribatté Apollo, ma poi udì di nuovo quelle pulsazioni. *Tump. Tump. Tump.*

Batteva più veloce adesso, più smanioso, più affamato, e Apollo ripensò all'avvertimento di Wolfric: «*Sono stato anche uno sciocco a piantarlo. L'Albero delle Anime è il male*».

E ad Apollo non sembrava di certo benevolo.

«Non dirmi che hai paura, adesso» lo canzonò Aurora.

Ma lui notò che, sebbene si fosse avvicinata all'albero, non osava toccarlo.

«Hai intenzione di bere anche tu?» le chiese.

Secondo la pergamena di Lord Boscostrage, Apollo non doveva fare altro che praticare un'incisione in un ramo da cui sarebbe sgorgato del sangue. Poi avrebbe dovuto bere direttamente dall'albero, e l'immortalità sarebbe stata sua.

Non si sarebbe più ammalato, né sarebbe invecchiato; sarebbe rimasto giovane, forte e sano per sempre. Avrebbe comunque potuto morire se qualcuno avesse tentato di ucciderlo, ma non sarebbe mai deceduto per cause naturali e, sempre a quanto diceva la pergamena, la stessa magia che lo avrebbe mantenuto giovane, lo avrebbe reso anche più resistente agli attentati.

A un giudizio superficiale poteva sembrare troppo facile, ma la pergamena spiegava a chiare lettere che coltivare uno di quegli alberi non era affatto semplice. Dopo aver ricevuto e piantato il rarissimo seme, Wolfric Valor aveva coltivato e nutrito l'albero con il proprio sangue, ogni mattina e ogni sera, per un intero anno. Un solo pasto saltato e la pianta sarebbe avvizzita e morta.

«Aspetterò un altro paio d'anni» rispose Aurora. «È dura essere donna e per di più giovane. Non mi va di restare una ragazza per sempre.»

«Almeno hai un briciolo di buonsenso, anche se non sufficiente a farmi venire voglia di chiamarti *figlia* in questo momento» tuonò una voce dalla galleria alle loro spalle.

Qualche istante dopo, Wolfric Valor marciò nella caverna, fiancheggiato da quelli che dovevano essere due dei suoi figli. Come tutti i Valor, avevano un aspetto vagamente sovrumano.

Aurora non si scompose al loro arrivo. «Brontoli sempre, padre.»

Wolfric la fulminò con un'occhiataccia, prima di rivolgersi ai figli. «Riportatela all'accampamento. Più tardi farà i conti con me e con sua madre.»

I tre non si erano ancora inoltrati nella galleria, quando Wolfric avanzò a grandi passi verso Apollo.

Il principe mise mano alla spada.

«Non serve» disse il vecchio re. «Non sono qui per ucciderti, ragazzo. Sei stato magnanimo con la mia famiglia, perciò ti concedo un ultimo avvertimento su quest'albero. L'unica ragione per cui è ancora qui è che non posso abbatterlo. Se muore, muoio anch'io. E prima che ti faccia venire strane idee, io sono l'unico che può tagliarlo.»

«Non farei mai una...»

«Non mentire» lo interruppe Wolfric. «Il fatto che tu sia qui mi dice che saresti pronto a questo e altro. Ti rendi conto di quello che stai facendo? O ti limiti a seguire quella svampita di mia figlia?»

Apollo pensò di dirgli che la figlia in realtà era un genio del male che lo stava ricattando, ma dubitava che avrebbe migliorato la situazione.

«Vuoi sapere perché ti ho detto di no quando mi hai chiesto dell'albero?» proseguì Wolfric. «Vuoi sapere quanto costa bere dall'Albero delle Anime? C'è sempre un prezzo da pagare per la magia, e per ottenere la vita eterna bisogna sacrificare un'altra vita. In questo caso, perderesti la persona che ti è più cara. Ecco perché mi venne dato il seme.»

Wolfric piegò indietro la testa per contemplare l'albero con un'espressione amara. «Da giovane ero piuttosto sciocco e avventato, come te. Una volta, mentre ero in visita in un regno confinante, salvai la vita della loro principessa. Si chiamava Serenity. Lei era graziosa, e io mi mostrai un po' più amichevole di quanto avrei dovuto. Prima di partire, Serenity mi diede quel seme speciale da piantare. Mi disse che era un ringraziamento per averle salvato la vita e io le credetti. Ero convinto di meritare l'immortalità e non pensai di consultarmi con i miei fidati consiglieri per capire cosa fosse davvero l'albero prima di nutrirlo con il mio sangue ogni giorno.» Il vecchio re scosse il capo. «Solo quando l'albero raggiunse la piena maturità, poco prima che bevessi il suo sangue, scoprii che la principessa Serenity mi aveva dato il seme nella speranza che lo piantassi e che mia moglie morisse non appena avessi bevuto dai suoi rami. Dopo che le avevo salvato la vita, Serenity si era invaghita di me, ma sapeva che non sarei mai stato suo finché Honora fosse stata viva. Giuro che preferirei morire io stesso piuttosto che far soffrire mia moglie.»

«Anch'io» disse Apollo. Tutto quello che aveva fatto era stato per proteggere Evangeline.

«Mi auguro che tu sia sincero» disse Wolfric in tono solenne. «Non avvicinarti mai più a quest'albero, altrimenti sarà l'ultima cosa che farai.»

36

Evangeline

«Cosa… no… come? No!» balbettò Evangeline, incapace di formulare una frase coerente. Voleva dire che Jacks non poteva aver tentato di ucciderla e che non le avrebbe mai fatto del male. Ma temeva che non fosse la verità e che pronunciare quelle parole ad alta voce le avrebbe rese ancora meno autentiche.

Se era davvero convinta che Jacks non l'avrebbe mai ferita, allora sarebbe stata una cosa superflua da dire.

Evangeline si premette le mani sugli occhi nella speranza di arginare le lacrime che minacciavano di traboccare.

Caos emise uno strano verso a metà tra un grugnito e un colpetto di tosse. Lei si chiese se stesse pensando a una maniera per consolarla o a una scusa per piantarla in asso, visto che ormai l'aveva allontanata da Jacks.

Quando riabbassò le mani, Caos sembrava assolutamente a disagio. Vestito con un mantello nero e un paio di calzoni grigio fumo, il vampiro era seduto rigido, con la schiena appoggiata a un albero dall'altro lato della fonte luccicante.

Evangeline non ricordava di avergli detto di portarla in quel luogo, ma evidentemente doveva averlo fatto. Si trattava di una piccola radura isolata con una pozza d'acqua luminosa che faceva risplendere gli alberi circostanti di intense sfumature di verde e blu, mentre i sassi intorno alla fonte scintillavano nell'incantevole chiarore.

Tutto sembrava toccato da una magia celestiale, tranne Caos. La sua era una magia diversa.

La fonte emanava sufficiente luminosità da consentirle di vedere che i suoi canini stavano crescendo, le punte aguzze ancora più brillanti dell'acqua sotto il chiaro di luna.

«Hai intenzione di mordermi?» gli chiese.

«Ti ho appena salvato la vita» replicò lui, anche se la voce risuonò alterata da un ringhio di fondo. «Non ti farò del male.»

«Ho la sensazione che le persone lo dicano sempre, un attimo prima di aggredirti.»

«Allora sei fortunata, perché tecnicamente non sono una persona.» Gli angoli della sua bocca si sollevarono.

Probabilmente era un tentativo di sorriso, ma sembrava più famelico che rassicurante.

«Cos'è successo a Jacks?» chiese lei.

«Credo che tu già lo sappia.» Caos indicò con un cenno del mento il braccialetto di vetro che le cingeva il polso.

Anche se in quel momento non scintillava, si era illuminato appena qualche minuto prima, quando Jacks aveva provato a baciarla, proprio come si era acceso quando Apollo l'aveva stretta con violenza.

D'un tratto si accorse di un ronzio nella testa, o forse c'era già da prima; forse serviva a impedirle di pensare troppo a ciò che era appena successo con Jacks, alla possibilità che avesse davvero tentato di ucciderla.

«Quel braccialetto racchiude una magia molto antica» le spiegò Caos. «Avrebbe dovuto essere un regalo di nozze di Rancore Boscostrage alla mia sorella gemella.»

«Non sapevo avessi una gemella.»

«È così. E credo che voi due siate diventate amiche, anche se dubito che lo resterete a lungo dopo che avrò finito di raccontarti la storia. Tu la conosci come Aurora Vale, ma in origine era Aurora Valor.»

All'improvviso, il terreno coperto di muschio intorno alla fonte le parve cedere sotto i piedi. «Hai detto Valor?»

Caos annuì mentre Evangeline provava a raccapezzarsi. Le ultime ore erano state un susseguirsi di talmente tanti ricordi ed eventi che era difficile sistemare al loro posto tutti i tasselli. Però conosceva i Valor. Li aveva studiati mentre cercava le pietre dell'Arco del Valory. Solo non aveva mai realizzato che Caos fosse uno di loro.

Si diede della stupida. Appena qualche minuto prima, Jacks lo aveva chiamato Castor, e Castor Valor era stato un amico intimo di Jacks. Doveva essere morto, come il resto della sua famiglia, ma evidentemente non era così.

E se Aurora era la sorella di Castor, allora i suoi genitori dovevano essere Wolfric e Honora Valor. Il primo re e la prima regina del Nord, tornati dal mondo dei morti dopo centinaia di anni. Anche se non sapeva bene come, Evangeline aveva la sensazione che avrebbe dovuto intuirlo. Non si era mai fidata sino in fondo di Aurora, ma aveva pensato a un semplice caso di quasi omonimia con Aurora Valor; non avrebbe mai immaginato che quelle due fossero in realtà la stessa persona.

«Ho l'impressione che tu abbia parecchie domande» osservò Caos.

«Ne ho fin troppe» replicò lei. «La tua famiglia è tornata dall'aldilà? O hanno soltanto finto di essere morti? Dove sono stati in tutti questi anni? Perché sono tornati adesso?»

«So che per te sarà dura, ma ti suggerisco di trattenerti e di aspettare che io finisca la storia, nel caso Jacks tornasse.» Caos non le diede il tempo di obiettare: «Jacks ti avrà già detto che mia sorella era fidanzata con Rancore Boscostrage».

Evangeline annuì, e Caos riprese a parlare.

«Rancore pensava che Aurora non fosse altro che una bella principessa incapace di badare a se stessa. Così commissionò un braccialetto per proteggerla: avrebbe neutralizzato chiunque avesse tentato di farle del male. C'era solo un problema: una volta indossato, non si poteva togliere. Quando lo venne a sapere, mia sorella si rifiutò di metterselo. Non aveva bisogno di un amuleto del genere, o almeno così credeva, però decise di conservarlo. Non so cosa avesse in mente di farci, ma mentre era rinchiusa nel Valory, il bracciale divenne una leggenda.»

«Un momento» lo interruppe Evangeline. «Tua sorella era nel Valory?»

«Tutta la mia famiglia era intrappolata nel Valory, in uno

stato di animazione sospesa. Secondo te per quale motivo ero disposto a tutto pur di aprirlo?»

«Pensavo fosse per il tuo elmo» rispose Evangeline. Prima che lei dissigillasse il Valory, il vampiro indossava un elmo stregato che gli impediva di nutrirsi; ma ora che ci rifletteva meglio aveva perfettamente senso che a spingere Caos fossero motivazioni più profonde. Lui era il mostro che alcuni ritenevano segregato nel Valory, quando in realtà era la sua famiglia a essere stata rinchiusa.

«Dopo la notte in cui hai aperto l'Arco del Valory, Jacks è impazzito. Continuava a farneticare della tua presunta morte. Di come doveva salvarti. Lì per lì non l'ho preso sul serio.» Caos fece una pausa, poi aggiunse bofonchiando: «Lo avevo morso per sbaglio e pensavo fosse la perdita di sangue a farlo delirare». Si passò una mano tra i capelli. «Un paio di giorni dopo, ho scoperto che aveva stretto un accordo con mia sorella per avere il braccialetto. Lo voleva per te, per impedire che qualcuno ti facesse del male.»

«È diventata una fissazione» mormorò Evangeline. Jacks era sempre stato protettivo nei suoi riguardi, ma ultimamente era ossessionato dalla sua sicurezza. O lo era stato. Era accaduto qualcosa dall'ultima volta che lo aveva visto alla locanda, ne era certa. Caos aveva detto che il bracciale reagiva alle intenzioni di una persona, e aveva fermato Jacks mentre stava per baciarla.

«Che cosa ha dato in cambio del braccialetto?» chiese.

«Ho tentato di fermarlo» rispose Caos. «Gli ho detto di non farlo, ma non mi ha dato retta.»

«Che cosa ha dato in cambio?» insistette Evangeline, alzando la voce.

Caos la guardò ma senza incontrare il suo sguardo.

Evangeline rammentò che non bisognava mai fissare negli occhi un vampiro, perché lo ritenevano un invito a mordere; Caos però non sembrava affamato, ma triste.

«Jacks ha barattato il bracciale con il suo cuore.»

«Il suo cuore?» ripeté Evangeline. «In che senso? Si tratta di una specie di oggetto magico? Un ciondolo? Non è possibile che sia il suo vero cuore.»

«Abbiamo tutti due cuori» rispose Caos. «C'è il cuore che pulsa e ti mantiene in vita. E c'è un secondo cuore, quello che si spezza invece di battere, quello che ama e che dà uno scopo alla vita. Era quel cuore che voleva mia sorella.»

«Perché Aurora dovrebbe volerlo?» chiese Evangeline, anche se temeva di conoscere già la risposta. Aveva a che fare con due nomi che una volta aveva visto incisi sulla parete della Conca.

AURORA + JACKS

Erano stati intagliati nel legno secoli prima, ma per Aurora dovevano essere passati pochi anni, se non mesi, avendo trascorso tutto quel tempo nel Valory in uno stato di animazione sospesa.

«È innamorata di Jacks, non è vero?» mormorò.

«L'ho sempre sospettato» replicò Caos. «Aurora non l'ha mai confessato, ma solo perché Jacks non ha mai mostrato interesse per lei. Era Lyric Boscolieto ad amarla, ma ho sempre pensato che mia sorella stesse con lui come pretesto per poter stare vicino a Jacks, che dal canto suo non la degnava di un'occhiata. Se Aurora avesse davvero voluto annullare il fidanzamento con Rancore per sposare Lyric, nostro padre si sarebbe risentito, ma alla fine glielo avrebbe concesso. Non è un tiranno. Ma ad Aurora piaceva essere l'oggetto del desiderio. Le piaceva godere delle attenzioni sia di Lyric sia di Rancore, probabilmente nella segreta speranza di ingelosire Jacks.» Caos sospirò. «Come saprai, andò tutto storto. Non credo che Aurora si sarebbe mai immaginata che, dopo essere stato lasciato da lei, Rancore avrebbe dato la caccia a Lyric e messo a ferro e fuoco le terre dei Boscolieto. È sempre stato questo il problema di mia sorella: non riflette sulle conseguenze delle sue azioni. E temo che non lo stia facendo nemmeno adesso.»

«Sai che cosa intende fare con il cuore di Jacks? Vuole stregarlo o qualcosa del genere?» rifletté Evangeline ad alta voce, pur sapendo per esperienza che non occorreva il cuore di una persona per evocare un incantesimo d'amore. E poi gli incantesimi si potevano spezzare.

«Ho il presentimento che abbia in mente una soluzione più permanente» rispose Caos in tono cupo.

«Tipo cosa? Dargli un cuore nuovo?»

«Non lo so. Ma quando avrà finito, immagino che Jacks sarà finalmente suo.»

Evangeline avrebbe voluto vomitare e camminare avanti e indietro, o magari camminare avanti e indietro e poi vomitare. L'idea di Jacks e Aurora insieme le dava la nausea, e non riusciva a immaginare che a Jacks potesse andare bene.

Cosa gli era saltato in mente? Come aveva potuto dare via il suo cuore e abbandonarla così? Anche se dubitava fortemente che lui la vedesse allo stesso modo. Probabilmente Jacks si era detto che stava facendo la cosa giusta, un gesto nobile, nel sacrificare il suo cuore per lei.

Purtroppo, le cose non stavano proprio così. Jacks poteva pure essersi raccontato di aver rinunciato al suo cuore per salvarla, ma Evangeline temeva che lo avesse fatto anche perché così gli sarebbe stato più facile lasciarla andare.

Doveva esserci un modo per sistemare le cose. Per riparare il danno. Per impedire ad Aurora di cambiare per sempre il cuore di Jacks o di dargliene uno del tutto nuovo. Chi sarebbe diventato se fosse successo?

«Come faremo a riprendere il suo cuore?» chiese.

«Non *faremo*. *Farai*. Temo di non poterti essere utile.»

«Perché no?»

«Ti aiuterei, ma ho l'impressione che mia sorella abbia nascosto il cuore nell'unico posto dove non posso andare. Da qualche parte nella Conca.»

«Evangeline!» La voce trillante di LaLa riecheggiò tra gli alberi. «Spero che tu non abbia aspettato tro...» L'amica s'interruppe di colpo quando emerse dalla vegetazione e scorse Caos dall'altra parte della fonte luccicante.

«E tu che ci fai qui?» chiese con una smorfia di disappunto.

«Ho appena salvato la vita della tua amica» ribatté lui tagliente.

Era solo frutto della sua immaginazione, o Evangeline lo aveva visto gonfiare il petto? Fino a quel momento, aveva pensato a lui come a Caos, ma adesso che si era alzato, con il mantello gettato sopra una spalla in maniera sbarazzina, lo vide come Castor Valor, lo spavaldo principe del Magnifico Nord.

«Be', adesso ci sono io, perciò...» LaLa sventolò una mano verso la foresta.

«Mi stai liquidando?» chiese Castor.

«Ci ho provato» ribatté LaLa. Era la più piccola di statura tra loro, eppure c'era qualcosa nella sua espressione sprezzante per cui sembrava che stesse guardando Castor dall'alto in basso. «Non devi andare a succhiare sangue di vergine o cose simili?»

«Sangue di vergine?» Castor le rivolse uno di quei devastanti sorrisi da vampiro mentre si passava le dita tra i capelli con noncuranza. «Che razza di storie hai letto su di me?»

«Non leggo storie su di te» sbuffò LaLa, ma Evangeline avrebbe giurato di vederla arrossire.

«Quindi è solo per coincidenza che ne stai citando una?»

«So che bevi sangue» ribatté lei.

Lo sguardo del vampiro si infiammò. *Mi piacerebbe bere il tuo*, sembrava dire.

E all'improvviso l'atmosfera parve surriscaldarsi. LaLa non mostrava simpatia per Castor, mentre era piuttosto chiaro che lui provasse qualcosa per lei.

«Stiamo divagando» intervenne Evangeline, prima che il vampiro azzannasse l'amica. «Jacks è nei guai.»

LaLa distolse subito lo sguardo da Castor.

Evangeline si affrettò a metterla al corrente di quanto il vampiro le aveva detto a proposito di Aurora e del cuore di Jacks.

«E pensare che ho sempre creduto che fosse Jacks quello sveglio» commentò LaLa, voltandosi di scatto verso Castor. «Perché non lo hai fermato?»

«Ci ho provato.»

«*Bah*» sbuffò la ragazza. «A quanto pare non ci hai provato abbastanza.»

«Non è colpa sua» disse Evangeline, ma nessuno dei due le prestava ascolto.

«Sei mai riuscita a fermare Jacks?» ribatté il vampiro.

LaLa sollevò il mento con aria di sfida. «Una volta l'ho colpito con un coltellino da burro.»

«Ricordo il fiasco del coltellino da burro» disse Evangeline. «Fu un disastro. E a proposito di disastri... che vogliamo fare con il cuore di Jacks?»

«Io dico di rapire Aurora e torturarla finché non ci rivela dove l'ha nascosto» rispose LaLa.

«Non ti permetterò di torturare mia sorella» disse Castor.

«Tua sorella è un mostro!»

Le narici del vampiro fremettero. «Siamo tutti mostri.» E, con un ringhio, si spinse via dal tronco a cui era appoggiato.

Per un attimo Evangeline temette che avrebbe spiccato un balzo oltre la fonte per affondare i canini nella giugulare di LaLa. Aveva le spalle tese e la mascella contratta. Poi, lentamente, il vampiro fece un passo indietro.

«Non ti chiedo di perdonarla per la sventura che si è abbattuta sulla tua famiglia» mormorò Castor. «Ma non c'è bisogno di farle del male. È stata rinchiusa nel Valory per centinaia di anni: è un castigo più che sufficiente per i suoi crimini. Se vuoi punirla, trova il cuore di Jacks e riportaglielo. Questa sarà la vera tortura per lei.»

Si voltò e iniziò ad allontanarsi.

«Dove vai?» gli gridò dietro LaLa.

«Il sole sorgerà presto. Devo andarmene, ma ho già rivelato a Evangeline il luogo dove recarsi.»

A quel punto, Caos svanì nella notte.

37

Apollo

La tenda era vuota.

Evangeline era scomparsa.

A prima vista sembrava che ci fosse stata una lotta. Era tutto sottosopra: bauli di indumenti rovesciati, cuscini squarciati, il tavolino ribaltato. Cibo e vino erano sparsi ovunque, i frutti di bosco spiaccicati accanto alla carne ora sporca di terra.

«Guardie!» gridò Apollo, chiamando le due sentinelle all'ingresso.

Dalle loro espressioni sbalordite quando entrarono nel padiglione, fu subito chiaro che non avevano udito alcun trambusto.

Non c'era stata lotta, nessun rapimento… proprio come Apollo aveva temuto.

Evangeline se n'era andata di sua spontanea volontà, e aveva creato quella scena ad arte per sviare i sospetti.

Il che poteva significare soltanto una cosa.

Ha ricordato.

«Voglio che troviate mia moglie» ordinò. «Riportatela da me, a qualunque costo.»

38

Evangeline

«A ogni modo, preferirei torturare personalmente Aurora» disse LaLa, mentre camminava accanto a Evangeline sul sentiero che le avrebbe portate alla Conca. Il sole stava sorgendo, proiettando i primi tiepidi raggi sulle gocce di rugiada che imperlavano gli steli d'erba.

«Credo che vorrei torturarla anch'io» replicò Evangeline. Ma aveva parlato solo perché dire qualcosa – qualsiasi cosa – l'aiutava a non pensare al fatto che Jacks era senza un cuore e, quand'anche lo avesse riavuto, avrebbe potuto non essere più lo stesso.

LaLa rappresentava una gradita distrazione mentre suggeriva di dare fuoco ai capelli di Aurora, di strapparle le unghie, di infliggerle una serie di supplizi che Evangeline non riusciva nemmeno a concepire.

«Vorrei solo baciarlo» mormorò. «E... non voglio morire.»

Fino a qualche ora prima, non aveva mai creduto davvero

che Jacks l'avrebbe uccisa. Quando avevano trascorso insieme quella notte nella cripta, aveva avuto paura che lui la mordesse e la trasformasse in un vampiro, ma non aveva mai temuto di morire per colpa delle sue labbra.

Adesso invece sì.

LaLa si girò e le rivolse un sorriso sincero. «Spero che un giorno lo bacerai davanti ad Aurora. Quella sarebbe la più sublime delle torture.»

«Se non sbaglio eri convinta che il bacio di Jacks mi ucciderebbe.»

LaLa si strinse nelle spalle. «Che vuoi che ti dica? La vendetta mi infonde speranza.»

Dopo ancora qualche passo, raggiunsero il cartello che diceva: *Benvenuti nella Conca!*

Sopra vi sonnecchiava un minidrago che russava sbuffando minuscole scintille.

Con una fitta di rimpianto, Evangeline ripensò alla notte che lei e Jacks avevano trascorso nella locanda.

Poi le sovvenne che la Foresta Maledetta aveva riportato Jacks nella Conca.

Possibile che il giorno più bello della sua vita fosse stato quello passato lì con lei? Era consapevole di sperare troppo, ma bastò quell'idea a riaccenderle una tenue fiammella. Forse era vero che Jacks non desiderava un lieto fine, ma Evangeline si rifiutava di credere che non desiderasse lei. Ma chi poteva dire cosa avrebbe voluto una volta che Aurora gli avesse cambiato il cuore?

«Ci siamo quasi» disse LaLa. «Se ricordo bene, Aurora aveva

un nascondiglio segreto alla base di un albero. La sua famiglia passava spesso le vacanze nella Conca. I primi anni giocavamo insieme, ma lei preferiva sempre rincorrere i ragazzi.»

LaLa condusse Evangeline lontano dal sentiero, attraverso un bosco fitto di alberi, e di funghi alti fino al ginocchio o addirittura alle cosce. Sulle cappelle vellutate erano appisolati altri minidraghi che russavano spandendo nell'aria nuvolette di fumo dorato. A un tratto la vegetazione si interruppe: niente funghi, niente erba, nemmeno un rametto spezzato. Si ritrovarono in un ampio spiazzo rotondo di terra brulla. Al centro c'era un albero sulla cui corteccia era inciso un lupo coronato di fiori.

«Quanto vorrei essermi portata un'accetta» disse LaLa, fermandosi davanti all'albero.

«Credo che basterà il mio sangue per aprirlo.»

«Certo, ma sarebbe stato molto più divertente sfregiare il suo simbolo.»

«Possiamo sempre tornare dopo aver trovato il cuore di Jacks.»

Evangeline estrasse il pugnale che le aveva dato lui, e per un attimo avvertì una fitta di qualcosa molto simile al rimorso. Sapeva che non era colpa sua se aveva perso la memoria, ma avrebbe voluto recuperarla prima. La addolorava non essersi ricordata di lui quando le aveva lanciato l'arma ingioiellata.

Con il senno di poi, il fatto che lei non si ricordasse di lui lo aveva chiaramente ferito. Se le fosse tornata prima la memoria, forse avrebbe potuto fermare quella sciagura.

Si punse un dito con la lama e premette il polpastrello insanguinato sul tronco, infondendovi tutta la propria forza di volontà. Dopo qualche istante che sembrò un'eternità, comparve una porta che si affacciava su una serie di gradini bianchi, coperti di fiori intagliati. Dovevano essere magici, perché come Evangeline vi mise un piede sopra cominciarono a risplendere.

«Dove attinge Aurora la magia per tutto questo?» chiese.

«Non ne ho idea» rispose LaLa. «Si è sempre ritenuto che tutti i figli dei Valor avessero dei poteri, ma nessuno ha mai saputo quale fosse la magia di Aurora.»

Evangeline contò venti gradini prima di arrivare in fondo alla scala insieme all'amica. Anche il pavimento della sala riluceva, illuminando le pareti tappezzate di mensole. Da una parte c'erano soprattutto libri in delicati colori pastello – lilla, rosa, oro e crema –, ciascuno legato da un nastro con il fiocco.

Li degnò appena di un'occhiata e si dedicò agli altri scaffali, gremiti di barattoli e flaconi. Alcuni erano panciuti, altri affusolati, sigillati con cera sciolta o tappi di vetro sfaccettato. Evangeline scorse al loro interno fiori secchi, ragni, dita – *bleah!* –, pozioni dai colori squillanti e una fiala che scintillava come una notte di stelle. Ma non c'era niente che assomigliasse a un cuore, pulsante o meno.

Passò in rassegna la schiera di contenitori finché il suo sguardo non si soffermò su un flacone pieno di liquido rosso vino che scintillava. Lo prese. Legata al tappo di vetro con un nastro, c'era un'etichetta scritta a mano che diceva: *Sangue di drago*.

Evangeline storse la bocca. Già non le piaceva l'idea del sangue imbottigliato, ma le pareva particolarmente crudele cavare sangue dai piccoli draghi.

Rimise a posto il flacone e prese un grazioso barattolo pieno di frammenti lucenti. Le schegge sussultarono e si ritrassero non appena toccò il vetro, e alla fine si depositarono sul fondo in un mucchietto di cenere. Sul vasetto non c'era etichetta, ma Evangeline dubitava che contenesse il secondo cuore di Jacks.

Lo avrebbe riconosciuto, *sapeva* com'era fatto. Era ferito come il suo, ma forte, e non avrebbe tremato né si sarebbe sottratto alle sue dita. I battiti sarebbero stati più veloci, più intensi, in sincronia con i suoi.

Chiuse gli occhi e allungò una mano verso le mensole, facendo scorrere le dita sui contenitori di vetro.

Ti prego, batti. Ti prego, batti, ripeté in silenzio, toccando un barattolo dopo l'altro.

Niente. Niente. Niente. Soltanto vetro freddo, e altro vetro freddo, e…

La sua mano sfiorò qualcosa che non era vetro. Sotto il palmo sembrava pelle. Aprì gli occhi e vide un libro rilegato in pelle bianca con una stampigliatura dorata sulla costa.

«E se… Aurora avesse ritagliato il centro di uno di questi libri per nascondervi il cuore di Jacks?» si chiese.

«Tutto è possibile» disse LaLa, che cominciò subito a estrarre i volumi dai ripiani. Ne prendeva uno, scioglieva il fiocco, lo capovolgeva e lo scrollava per vedere se cadeva qualcosa. Evangeline udì il clangore di un paio di chiavi sul pavimento. A un tratto vide una parrucca di lunghi capelli castani piovere da un libro prima che l'amica lo gettasse via. «Non è proprio come abbattere una porta con l'accetta, ma mi fa sentire bene lo stesso» commentò LaLa, lanciandosi un altro tomo alle spalle.

Evangeline prese il libro di pelle bianca con grande cautela. Sulla copertina priva di titolo c'era soltanto l'immagine di un'altra testa di lupo coronata di fiori.

Non sapeva se il volume contenesse il cuore di Jacks, ma era sicura che ci fosse qualcosa al suo interno. Percepiva la sua diversità rispetto agli altri mentre tentava di aprirlo senza successo. *Magia.*

Evangeline si affrettò a pungersi un polpastrello e spalmò il sangue sul taglio davanti mormorando: «Per favore, apriti».

Il libro obbedì all'istante.

Sulla prima pagina c'era scritto, con una graziosa grafia: *Manuale degli incantesimi di Aurora.*

«Cos'hai trovato?» le chiese LaLa, prima di lanciare un altro libro sul pavimento.

«È il suo manuale degli incantesimi.» Evangeline girò la prima pagina sperando di trovare un indice, ma in realtà il volume era più un diario.

La prima voce era una data, seguita dalla frase: *Oggi ho provato il mio primo incantesimo.*

«Non credo che lì dentro troverai il cuore di Jacks» disse LaLa.

«Lo so, però magari trovo la formula che Aurora ha in mente di usare per sostituirgli il cuore o dargliene uno nuovo.»

«O forse c'è un incantesimo che potremmo usare contro di lei» suggerì l'amica entusiasta.

Evangeline continuò a sfogliare il diario. La carta era vecchia e fragile sotto le dita mentre leggeva le annotazioni.

Aurora era una ragazza determinata, bisognava ammetterlo.

La maggior parte dei suoi primi incantesimi era stata un fallimento, ma lei non si era arresa. Aveva insistito finché non aveva cominciato ad avere successo.

Oggi mi sono cambiata colore di capelli! Adesso sono di un bel violetto acceso. Anche se Jacks non l'ha notato.

«Ovvio che non l'ha fatto» brontolò LaLa, sbirciando da sopra la spalla dell'amica.

Evangeline avvertì un breve sfarfallio di felicità nel petto, che però svanì qualche frase dopo.

Finalmente mia sorella Vesper ha avuto una visione del futuro di Jacks. «Si innamorerà di una Volpe» ha detto.
«In che senso una Volpe?» le ho chiesto.
Ovviamente Vesper non lo sapeva. Non padroneggia ancora del tutto le sue visioni. Io però credo di aver brillantemente risolto il quesito.
Di recente, mio fratello Castor ha creato una rete di spie per garantire la sicurezza del Nord, come se nostro padre ne avesse bisogno! Per mia fortuna, le spie di Castor sono piuttosto alla mano. Uno di loro si è invaghito della sottoscritta, ovvio. L'altro giorno, mentre tentava senza dubbio di fare colpo su di me, mi

ha raccontato di aver conosciuto una contadina capace di trasformarsi in una volpe. Aveva intenzione di dirlo a mio fratello, convinto che quella ragazza avesse tutti i numeri per diventare un'ottima spia.

Io l'ho persuaso a non farne parola.

Questa ragazza dev'essere la "volpe" di cui Jacks si innamorerà.

Non permetterò che accada.

Anzi, potrei aver già fatto qualcosa che non avrei dovuto, per impedirlo. Ma ormai è troppo tardi per tornare indietro.

«Non troppo tardi per torturarla» commentò LaLa.

«Non mi sono mai fidata di lei» mormorò Evangeline, «ma ancora non riesco a credere che sia così cattiva.»

Aurora non aveva scritto cosa aveva fatto, ma Evangeline era sicura di saperlo.

Una volta Jacks le aveva raccontato la storia di com'era diventato l'Arciere della *Ballata dell'arciere e della volpe*. Era stato assunto per dare la caccia a una volpe, ma in seguito aveva scoperto che l'animale in realtà era una fanciulla di cui aveva cominciato a innamorarsi. Lo aveva riferito a coloro che lo avevano ingaggiato, sicuro che avessero commesso uno sbaglio a ordinargli di dare la caccia a una ragazza. Purtroppo, invece di sollevarlo dall'incarico, gli avevano scagliato addosso una maledizione che lo obbligava non solo a dare la caccia alla ragazza-volpe, ma anche a ucciderla. Jacks aveva combattuto contro la maledizione e non aveva colpito a morte la ragazza con le sue frecce… poi però l'aveva baciata e lei era morta.

«Significa dunque che Aurora ha evocato entrambe le maledizioni su Jacks? Quella dell'Arciere e quella che rende fatale il suo bacio?»

«Non mi stupirebbe» disse LaLa. «Aurora ha preso il cuore di Jacks. Credo che ricada nella categoria *Se non posso averlo, non lo avrà nessun'altra.*»

39

Evangeline

Una moltitudine di altri festoni era spuntata durante la notte. Sul Villaggio di Boscolieto sventolavano nella leggera brezza allegre bandierine triangolari di ogni tessuto e colore: pesca striata, verde menta, blu uovo di pettirosso maculato, rosa tramonto e viola a pois.

Il sole splendeva giallo nel cielo sgombro di nuvole, eppure nell'aria c'era un'umidità che lasciava presagire pioggia. Evangeline si figurò uno squarcio aprirsi nell'azzurro limpido come inciso da una lama.

Con discrezione si sistemò meglio la parrucca che aveva preso nel nascondiglio, quella castana caduta da un libro. Sperava che l'avrebbe aiutata a mescolarsi nella calca evitando le guardie, mentre lei e LaLa cercavano Aurora. Il piano era di trovare l'ex principessa e seguirla nella speranza che le conducesse ovunque avesse messo il cuore di Jacks.

Il giorno prima Aurora aveva accennato al suo entusiasmo

per le bancarelle che vendevano dolciumi, ninnoli e altre cose carine. Evangeline rammentò che sembrava raggiante, con la sua coroncina di fiori e il sorriso smagliante. Con il senno di poi, si chiese se quella gioia fosse dovuta al fatto che finalmente si era impossessata del cuore di Jacks.

Evangeline scrutò la folla in cerca di Aurora, allungando lo sguardo oltre i venditori di seghe e martelli, frutti di bosco e birra, e altra chincaglieria. I bambini ridevano e strillavano mentre scorrazzavano con in mano girandole di carta. La gioia turbinava nell'aria come polline, contagiando tutti tranne Evangeline. Lei avvertiva solo un'oppressione al petto, il presentimento che il tempo fosse agli sgoccioli.

Era passato un giorno da quando Aurora aveva preso il cuore di Jacks.

Forse era già troppo tardi. Forse non c'era traccia di Aurora perché aveva già cambiato il cuore di Jacks e si trovava con lui da qualche parte. Forse…

«Riesci a vedere la principessa cattiva?» le chiese LaLa.

Evangeline scosse il capo. Vedeva solo gente che comprava e vendeva, chiacchierava e lavorava per la ricostruzione. Di una ragazza con i capelli violetti nemmeno l'ombra.

«Mele arrostite dai draghi! Comprate le mele arrostite dai draghi!» strillava un ambulante che spingeva un carretto rosso, dipinto con estrema cura. Le parole *Mele Arrostite dai Draghi* erano scritte con elaborati caratteri ondulati ed erano circondate da delicate immagini di piccole mele e adorabili draghi in miniatura.

L'uomo rallentò sino a fermarsi di fronte a LaLa.

«Non siamo interessate, grazie» disse lei.

«Ma qualcuno ha già comprato qualcosa per la bella signorina.» L'ambulante, un giovanotto con un volto amichevole e schietto, sorrise. Tuttavia c'era qualcosa di strano in quel sorriso, sembrava un ghigno aggiunto da un bambino all'opera di un maestro della pittura.

Con dita tremanti, il venditore porse a Evangeline un rotolino di carta legato da un nastro bianco. «Mi è stato chiesto di consegnarvi questo, prima.»

Lei aprì il biglietto con una certa apprensione.

Nessuna firma, nessuna iniziale, ma Evangeline capì subito chi era il mittente. *Jacks.*

Si voltò verso il venditore di mele. Se Jacks le stava dicendo di non cercarlo, voleva dire che stava comunque pensando a lei. C'era ancora speranza.

«Chi te lo ha dato?» chiese.

Il giovanotto, però, non rispose. Non la guardava nemmeno.

Sembrava preda di una specie di trance, mentre rovesciava un sacchetto di zucchero sul suo prezioso carretto di mele per poi rivolgersi ai suoi tre minidraghi, uno marrone, uno verde e uno rosa pesca.

«È ora» mormorò.

I piccoli draghi guairono.

«Fate come vi ho detto» borbottò l'ambulante, continuando a ignorare Evangeline.

Con un sussulto, lei capì che il giovane era sotto l'influenza di Jacks. Lo aveva già visto controllare persone in passato, ma era sempre stato per proteggerla.

Invece, in quel momento, ebbe l'orribile presentimento che non fosse quello il motivo, quando vide il venditore asciugarsi una lacrima, mentre i minidraghi soffiavano scintille di fuoco per incendiare lo zucchero. Nel giro di pochi secondi, il carretto fu avvolto da fiamme bianche e arancioni. L'ambulante se ne stava immobile lì accanto, come inchiodato sul posto.

«Bisogna prendere dell'acqua!» gridò Evangeline a LaLa, voltandosi verso il pozzo al centro della piazza.

«No!» L'amica l'afferrò per un braccio. «Dobbiamo filarcela!» La trascinò lontano dal venditore e dalla festa, proprio mentre sopraggiungeva un drappello di guardie reali richiamate dal rogo del carretto e dalla gente che accorreva con i secchi d'acqua.

Il giovane ambulante piangeva. I minidraghi piangevano.

L'incendio era già stato domato, ma il carretto era distrutto, ridotto a un cumulo di ceneri fumanti.

«Non posso credere che sia stato Jacks» mormorò Evangeline, mentre LaLa la incitava ad allontanarsi dalla folla. «Mi sembra così inutilmente crudele.»

«Jacks è inutilmente crudele» ribatté LaLa. «Ha sempre fatto cose del genere. Tu non conosci questo Jacks perché con te si comporta in maniera diversa» aggiunse in tono più dolce. Non lo disse a voce alta, ma Evangeline lo intuì lo stesso: LaLa pensava che quella versione di Jacks non ci fosse più.

«Secondo te, Aurora gli ha già cambiato il cuore o dato uno nuovo?»

LaLa si mordicchiò il labbro, ma non rispose, ed Evangeline lo prese per un sì.

Il sole picchiava quando le due giunsero ai margini del villaggio.

Era quell'ora del giorno senza ombre, e tutto spiccava nitido e brillante. Una ragazza come Aurora avrebbe dovuto essere facile da individuare nella marea di semplici abiti cuciti in casa e capelli dai colori normali.

«Non la vedo» disse Evangeline. Una parte di lei temeva che fosse troppo tardi, che Aurora avesse già cambiato il cuore di Jacks o gliene avesse dato un altro; ma la parte più speranzosa non poteva arrendersi. Sapeva che il *suo Jacks*, se fosse stata lei a perdere il cuore, non l'avrebbe mai abbandonata.

«Credo di averla trovata.» LaLa indicò una scia di petali rosa che si allontanava dal villaggio per inoltrarsi nella Foresta di Boscolieto. Poi alzò gli occhi al cielo. «Quando era più giovane, Aurora voleva sempre che la gente la ritenesse capace di lasciarsi dietro una scia di fiori quando camminava, così spesso si portava dietro un cestino di petali che sparpagliava ovunque andasse. Scommetto che se seguiamo quella scia, troveremo anche il cuore di Jacks.»

La scia di petali rosa ricopriva ciottoli, erba e persino un paio di minidraghi addormentati, costringendo LaLa ed Evangeline a compiere un percorso tortuoso che le condusse tra le ombre della Foresta di Boscolieto. Seguire quella pista di fiori richiamò alla memoria di Evangeline una storia che, anche se non ne ricordava i dettagli, era piuttosto sicura che non finisse bene.

Evangeline voleva sperare che la sua fiaba sarebbe stata diversa. Credeva che ogni storia contenesse il potenziale per finali illimitati, e in quel momento cercava con tutte le sue forze di aggrapparsi a quella convinzione a ogni passo, a ogni respiro.

Finché la scia di petali non s'interruppe bruscamente.

Terminava ai piedi di un albero, dove c'era una volpe. Era fulva e bianca, con una splendida coda folta. Ma la coda non si muoveva, e nemmeno la volpe; la creatura giaceva immobile, con il cuore trafitto da una freccia dorata.

«Oh, no!» Evangeline si inginocchiò per controllare i battiti dell'animale. Ma trovò solo un biglietto attaccato alla freccia.

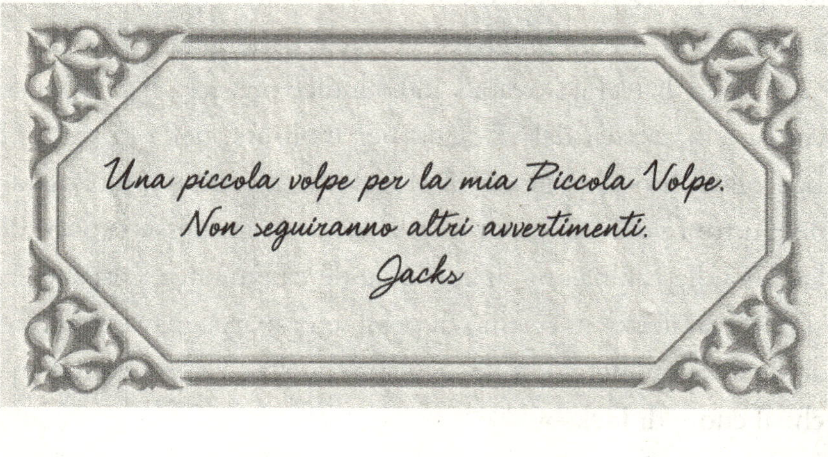

«In questo momento lo odio un po'» mormorò.

«Almeno non si tratta di una persona» disse LaLa.

«Ma accadrà presto. È sottinteso nel messaggio.»

Prima aveva distrutto il carretto. Poi aveva ucciso quella volpe. La volta seguente se la sarebbe presa con un essere umano.

«Significa che vuoi arrenderti?» le chiese l'amica.

«No. Voglio salvarlo.»

«Ormai è impossibile» cantilenò una voce dall'albero. Un istante dopo, la corteccia si spaccò e comparve una porta nascosta, da cui uscì a passi malfermi Aurora Valor.

Aveva i capelli violetti spettinati, il volto esangue, un grosso livido che si andava formando sulla tempia. «Se siete qui per il cuore di Jacks, non lo troverete. È troppo tardi.»

40

Evangeline

La gonna iridescente di Aurora Valor si gonfiò come una corolla quando lei si accasciò al suolo con perfetta eleganza. Ciocche di capelli violetti le spiovvero sulla fronte liscia, senza neppure una ruga di espressione. Sembrava quasi serena. A Evangeline ricordava una damigella in pericolo, in paziente attesa del cavaliere che venisse a salvarla.

Ma quando si avvicinò, si accorse che l'atteggiamento di Aurora era più una facciata che un riflesso di come si sentiva davvero.

I suoi occhi dolci si indurirono e nella sua voce musicale risuonò una nota velenosa quando alzò lo sguardo e le chiese: «Che cosa gli hai fatto? Perché Jacks è innamorato di *te*?».

«Be', tanto per cominciare non è una cagna rabbiosa come te» rispose LaLa.

Aurora trasalì, e un altro frammento della facciata si staccò quando strinse le labbra, corrucciata.

«Dov'è Jacks?» chiese Evangeline con foga. «E cosa ne hai fatto del suo cuore?»

Aurora scoppiò a ridere. «Pensi che l'abbia fatto per colpa mia?» Raccolse la coda della volpe morta e cominciò a giochererellarci distrattamente, mentre la povera creatura giaceva immobile con gli occhi vitrei. «Per quanto apprezzi il simbolismo, io non c'entro niente.»

«Non ti credo. So che lo hai maledetto» disse Evangeline. «Ho trovato il tuo vecchio diario degli incantesimi. Tu sei la ragione per cui ha ucciso la prima ragazza che ha amato, quella che si trasformava in una volpe.»

«Sì, ma non sono la ragione di *questo*.» Aurora lasciò cadere la coda della volpe. «Jacks ha fatto tutto da solo, per te.» La sua voce melodiosa si inacidì di gelosia, come se ora desiderasse la sofferenza di Jacks quanto prima aveva desiderato il suo amore.

«Sei tu che gli hai preso il cuore» ribatté Evangeline.

«Non è vero! Me l'ha dato spontaneamente. Ma non ce l'ho più.»

«Che vuol dire che non ce l'hai più?» chiese LaLa, scettica.

Aurora appoggiò la testa al tronco dell'albero in un'altra posa melodrammatica. «Poco fa, Jacks è venuto da me. Voleva che gli restituissi il cuore. Mi sono rifiutata, lui mi ha colpita e sono svenuta.» Si indicò il livido viola sulla tempia. «Quando ho ripreso conoscenza, era sparito. E anche il cuore.»

«Non ha senso» disse Evangeline. «Se Jacks se l'è ripreso, perché avrebbe fatto questo?» Indicò la volpe morta.

Aurora rise di nuovo. «Credi che Jacks si sia ripreso il cuore perché lo rivoleva?» sghignazzò feroce e divertita.

«Dovremmo andarcene da qui» bisbigliò LaLa.

«Già, dovreste.» Aurora continuò a ridere. «Quando Jacks avrà finito di distruggere il suo cuore, tornerà e stavolta non sarà una piccola volpe selvatica a essere uccisa.»

E ricominciò a sventolare la coda dell'animale, avanti e indietro, avanti e indietro, mentre il sangue scorreva bollente e impetuoso nelle vene di Evangeline.

Forse LaLa aveva detto qualcosa, ma lei udiva soltanto una frase risuonarle nella testa: *Quando Jacks avrà finito di distruggere il suo cuore.*

Voleva credere che Aurora fosse solo arrabbiata e invidiosa, che stesse cercando di tormentarla. Voleva dirle che Jacks non avrebbe mai distrutto il proprio cuore. Però non lo avrebbe mai creduto nemmeno capace di barattarlo. Una delle cose che più amava in lui era la sua determinazione, la sua grinta, la sua inarrestabile ricerca delle cose che desiderava di più. E adesso Jacks desiderava non sentire più nulla? Evangeline non poteva crederci. Non poteva credere che disprezzasse così tanto il proprio cuore. Che avrebbe rinunciato all'amore una volta per tutte.

Avrebbe voluto mettersi a urlare e a imprecare. E una piccola parte di lei voleva soltanto crollare in ginocchio e piangere.

Jacks era il Principe di Cuori, aveva cercato l'amore per quasi tutta la vita. E ora che lei era lì, si arrendeva?

«Dov'è andato?» chiese ad Aurora. «Come faccio a fermarlo?»

«Non puoi.» La ragazza sospirò e piegò la testa da un lato, come se fosse lei quella più turbata dalla vicenda. «Te l'ho detto. È troppo tardi.»

«Dimmi solo dov'è andato!»

Aurora sgranò gli occhi, esasperata. «Non è che mi ha raccontato i suoi piani prima di darmi una botta in testa.»

«Lo so io dov'è» mormorò LaLa. «Esiste un unico modo per distruggere il secondo cuore di una persona.»

«Come?» esclamò Evangeline.

LaLa deglutì a fatica e la guardò mortificata. «Mi dispiace.»

«Perché sei dispiaciuta?»

«Perché se non fosse stato per me, Jacks non avrebbe avuto nessun posto dove andare. Il cuore che una persona usa per provare sentimenti è uno strumento potente e si può distruggere soltanto con il fuoco. Ma non un fuoco normale.»

«Come fai a saperlo?»

LaLa aveva l'aria sempre più afflitta. «Perché dopo che Dane fu rinchiuso nel Valory, volevo distruggere il mio cuore.»

«Volevi distruggere il tuo cuore per *Dane*?» la canzonò Aurora.

LaLa la fulminò con un'occhiataccia. Per un secondo, parve quasi riconsiderare l'idea della tortura.

«Potrai farle tutto quello che vuoi dopo che mi avrai spiegato come Jacks pensa di distruggere il cuore» disse Evangeline.

«C'è un solo modo: con il fuoco di un albero-fenice.»

«Hai piantato un albero-fenice? Sei completamente idiota?» Aurora scattò in piedi. All'improvviso sembrava davvero spaventata, le guance arrossate per la rabbia. Probabilmente fino a quel momento non aveva creduto che Jacks potesse distruggere effettivamente il proprio cuore, stava soltanto stuzzicando Evangeline, si era divertita a tormentarla un po'.

«Dove lo hai piantato?» chiese.

«Già, figurati se te lo dico» replicò LaLa.

Aurora si rivolse a Evangeline. «Sai dov'è?»

Evangeline sospettava di saperlo, ma non glielo avrebbe detto. Aveva visto quell'albero la prima sera che era arrivata nel Magnifico Nord.

Era la vigilia della Nocte Perenne; Apollo era mollemente adagiato su un ramo dell'albero-fenice, in posa per un ritratto. Anche se lei aveva notato la pianta spettacolare prima del principe.

Sua madre le aveva raccontato il mito dell'albero-fenice, e la sua ex istitutrice, Madame Voss, gliel'aveva ripetuta. Le foglie impiegavano oltre mille anni per trasformarsi lentamente in oro – oro vero –, ma se una persona ne avesse staccata una prima che tutte le altre si fossero tramutate, l'intero albero sarebbe andato in fiamme.

Doveva essere quello il piano di Jacks. Staccare una foglia d'oro, incendiare l'albero e gettare il cuore nel rogo. Evangeline non dubitava che l'avrebbe fatto. A meno che lei non fosse riuscita a fermarlo.

«Non voglio che Jacks distrugga davvero il suo cuore» insistette Aurora. «Se mi dici dove hai piantato l'albero, indicherò a Evangeline il modo per raggiungerlo usando un arco.»

«Non voglio il tuo aiuto» replicò Evangeline. «E non mi fiderei.» E per fortuna sperava di non averne bisogno. Era abbastanza sicura di dove LaLa avesse piantato l'albero-fenice… doveva solo arrivarci prima di Jacks.

«LaLa, dov'è l'arco più vicino?» chiese.

Se l'amica le avesse detto dove si trovava, Evangeline era

certa di riuscire a persuadere l'arco a portarla nella radura con l'albero. Il suo sangue apriva qualsiasi porta, e gli archi in particolare le obbedivano sempre.

«Vengo con te» disse LaLa.

«Ti ringrazio» disse Evangeline, «ma stavolta credo di dover andare da sola. Se salverò Jacks, non sarà usando la forza.»

«E come farai allora?» chiese Aurora.

«Con l'amore.»

Aurora proruppe in un'altra risata. Il suono diventava più fastidioso ogni volta.

Evangeline si sentì avvampare, ma decise che non si sarebbe fatta umiliare. «Non c'è niente da ridere sull'amore.»

«Oggi sì. Perché, vedi, Evangeline, se anche riuscirai a salvare il cuore di Jacks, non basterà a salvare te. Se mai lo baciassi, moriresti. Non importa se il tuo è l'amore più vero al mondo.»

Evangeline rammentò a se stessa che Aurora era una bugiarda; fino a qualche minuto prima, aveva portato avanti la sua commedia. Ma in quel momento non sembrava che recitasse. La sua espressione di trionfo era sincera e inquietante.

«Quando ho capito che Jacks non avrebbe mai ucciso la ragazza-volpe, gli ho scagliato addosso un altro incantesimo» spiegò Aurora. «Ma la maledizione storica ne ha alterato l'essenza. Non è il vero amore di Jacks a essere immune al suo bacio e a fargli battere di nuovo il cuore. Soltanto una ragazza che *non* lo amerà mai può sopravvivere alle sue labbra. Forse il tuo amore salverà il suo cuore, ma se decidi di baciarlo, sarai l'ennesima volpe uccisa da Jacks.»

41

Evangeline

Trovare l'arco fu piuttosto facile.

Sembrò una questione di pochi minuti.

Evangeline sospettava che il viaggio effettivo dal punto in cui si trovava Aurora fino all'arco nascosto ai margini della Foresta Maledetta non potesse essere stato così veloce. Probabilmente lei e LaLa avevano impiegato quasi un'ora per raggiungerlo. Però aveva l'impressione che il tempo volasse, mentre il sangue le scorreva tumultuoso nelle vene. Persino stando ferma le mancava il fiato.

Tirò un breve sospiro di sollievo quando entrò nella radura: Jacks non era ancora arrivato.

C'erano soltanto lei, l'albero-fenice e il sole nella sua lenta discesa verso il tramonto.

La prima volta che aveva messo piede in quella radura, c'erano musicisti esuberanti che suonavano arpe e liuti, cortigiani agghindati nei loro abiti migliori, un tavolo imbandito con vassoi colmi di cibo, e nell'aria promesse di realizzare desideri. Quella sera, invece, sentiva solo il mormorio agitato delle fronde mentre si avvicinava all'albero sfavillante. Evangeline udiva il rumore delle foglie che frusciavano e si sfregavano l'una contro l'altra, come se in qualche modo percepissero che era giunta la loro ora.

Mentre nell'occasione precedente sfolgoravano rosse, arancioni e bronzo, i colori della muta, adesso mostravano diverse gradazioni di verde, dallo smeraldo all'erba bagnata di rugiada.

Evangeline vide le venature di una foglia tremante trasformarsi rapidamente da verde in oro. Sotto i suoi occhi, l'oro cominciò a propagarsi sull'intera superficie della lamina, come per battere sul tempo ciò che temeva sarebbe accaduto di lì a poco. Purtroppo, a meno che le altre foglie non si fossero sbrigate a loro volta a cambiare, quell'unica muta non sarebbe bastata a proteggere l'albero dalle intenzioni di Jacks.

Evangeline trasse un lungo respiro per calmarsi, sia per se stessa sia per l'albero impaurito.

Anche lei era preoccupata. In teoria non avrebbe dovuto. La sua fiducia nell'amore avrebbe dovuto essere intrepida.

Invece lei trepidava eccome.

Sussultava a ogni lieve sospiro di vento, trasaliva a ogni minimo movimento della vegetazione.

La notte in cui aveva dissigillato l'Arco del Valory aveva provato un profondo senso di ineluttabilità. Sapeva che aprire quell'arco era esattamente ciò per cui era nata. Era come se ogni evento della sua vita l'avesse condotta a quel momento.

Invece adesso stava vivendo i momenti dopo l'inevitabile,

e lo sapeva benissimo. Invece di essere scolpito nella pietra, quell'istante era come un delicato arazzo che avrebbe potuto disfarsi se solo qualcuno avesse strappato un filo… o una foglia.

La radura vibrava, in attesa; Evangeline se la sentiva sulla pelle, come le scintille di un fiammifero, e aveva l'impressione che potesse accadere di tutto. Aveva sempre amato quella sensazione prima, ma adesso era ansiosa come quella piccola foglia che da verde era appena diventata d'oro.

Anche Evangeline era cambiata dal primo ingresso in quella radura, durante la sua prima notte nel Magnifico Nord, quando aveva creduto che sposare un principe avrebbe realizzato tutti i suoi sogni. All'epoca le sembravano impossibili e si riteneva coraggiosa a crederci. Adesso, però, si rendeva conto che quei sogni non erano mai stati davvero suoi. Li aveva presi in prestito dalle fiabe, ci si era aggrappata perché doveva ancora elaborare sogni che le appartenessero realmente.

Quella prima notte nel Nord, non avrebbe mai sognato un futuro con Jacks. Magari ne era stata attratta, ma non era il tipo di persona che avrebbe dovuto desiderare.

Jacks non garantiva alcuna sicurezza. Non prometteva alcun *vissero per sempre felici e contenti.* Semmai il contrario. Non credeva che gli eroi ottenessero il lieto fine. Amare Jacks le era parso una condanna sin dall'inizio. Ma Evangeline aveva imparato che l'amore non era solo un sentimento. E non doveva per forza essere la scelta più sicura, perché l'amore era anche più potente della paura. Era l'estrema forma di speranza. Era più forte delle maledizioni.

Eppure…

Temeva che il suo amore non fosse sufficiente.

Le ultime parole di Aurora continuavano a tormentarla.

«*Non importa se il tuo è l'amore più vero al mondo. La maledizione storica ne ha alterato l'essenza. Non è il vero amore di Jacks a essere immune al suo bacio. Soltanto una ragazza che* non *lo amerà mai può sopravvivere alle sue labbra.*»

Non le piaceva pensare a Jacks con delle altre. Immaginare che le proteggesse o le baciasse o le uccidesse. Quando lo aveva conosciuto nella sua chiesa, aveva avuto l'impressione che non pensasse troppo alle ragazze. La sua versione sfrontata e irriverente non le era parsa capace di tenere a qualcuno.

Adesso, però, quando si figurava il Jacks di quel lontano giorno, non pensava alla loro prima orribile conversazione. Lo vedeva seduto in fondo alla navata, mentre si stracciava le vesti a capo chino come se stesse piangendo un lutto o svolgendo un qualche tipo di atto penitenziale.

Jacks aveva il cuore infranto. Non nel senso che si dà comunemente all'espressione, come se qualcuno gli avesse spezzato il cuore. Il cuore di Jacks era stato distrutto talmente tante volte che non era più capace di premura, speranza, amore.

Le storie su di lui le avevano sempre dato l'impressione che le ragazze baciate da Jacks non lo amassero davvero. Erano soltanto dei tentativi che aveva fatto, per poi scartarle come vestiti che non gli andavano bene.

Forse però, pensava adesso Evangeline, Jacks all'inizio non era così cinico. Forse aveva baciato qualche ragazza a cui teneva, e forse qualcuna lo aveva amato davvero. Magari c'era anche chi aveva creduto, come lei ora, che sarebbe bastato l'amore a salvarli, a spezzare la maledizione. Ma non era mai successo.

Non c'era da stupirsi se Jacks era convinto che i sentimenti di Evangeline non fossero sufficienti. E forse aveva ragione. Ma questo non significava che fosse impossibile salvarlo. Forse l'amore di Evangeline da solo non ci sarebbe riuscito. Forse serviva anche il *suo* amore.

Alzò gli occhi sulla nuova foglia d'oro e la vide ondeggiare sfiorandone una verde, come se volesse sollecitarla a trasformarsi. Perché, a meno che l'albero non fosse diventato tutto d'oro, sarebbe andato in fiamme. Proprio come lei e Jacks, se fosse stata l'unica a credere nel potere dell'amore.

L'aria crepitò con quella che a Evangeline parve una piccola esplosione di scintille. Subito dopo avvertì un prurito al polso, in corrispondenza della cicatrice a forma di cuore spezzato.

Jacks era arrivato.

Si voltò. E fu come la prima volta che lo aveva visto in quella radura.

Quella notte era stato così tagliente e così freddo che la nebbia gli restava attaccata agli stivali mentre camminava.

Evangeline rammentò che si era imposta di non voltarsi. Di non guardarlo. E quando lo aveva fatto, aveva tentato di lanciargli appena un'occhiata di sfuggita.

Ma non ci era riuscita. Jacks era stato la luna e lei la marea, controllata dalla sua forza irresistibile. Le cose non erano cambiate.

Cuore o non cuore, voleva ancora che Jacks fosse suo.

Ma quel Jacks non era suo.

Teneva qualcosa tra le mani pallide, un barattolo di vetro che lanciava in aria e riprendeva come faceva con le sue mele. Solo che non si trattava di una mela. Era il suo cuore.

Evangeline sentì il suo che si spezzava, vedendo che Jacks bistrattava il proprio come se non fosse qualcosa di straordinariamente bello e prezioso ma un frutto con cui giocherellare.

Il cuore aveva l'aspetto dei raggi del sole prima di fondersi con l'orizzonte. Il barattolo era pieno di colori, soprattutto oro, ma con sprazzi di luce iridescente grazie a cui l'oro sembrava palpitare.

Dal canto suo, Jacks era impassibile. «Non dovresti essere qui.»

«Nemmeno tu!» gridò Evangeline.

Non era stata sua intenzione. Il suo piano non prevedeva di alzare la voce, ma di dirgli finalmente che lo amava. Tuttavia, vederlo trattare il cuore con tanta disinvoltura e indifferenza la spinse a urlare: «Che cosa stai facendo?».

«Credo che tu conosca già la risposta, cucciola. Solo che non ti piace.» Jacks lanciò il barattolo ancora più in alto.

Evangeline reagì d'istinto. Scattò in avanti con le braccia tese per prenderlo, le sue dita sfiorarono il vetro, ma Jacks le fu addosso prima che riuscisse a impossessarsene.

Le portò una mano alla gola. La sua stretta era forte abbastanza da tenerla ferma, da impedirle di afferrare il barattolo con il cuore, ma non tanto da farle male. Le sue dita non le affondavano nella carne.

Forse era merito del braccialetto di protezione che Evangeline portava al polso. O forse... Jacks non voleva farle del male perché la vicinanza al proprio cuore gli suscitava dei sentimenti.

La luce all'interno del vetro pulsò più forte, come se stesse lottando per liberarsi. E Jacks non sembrava più impassibile. I suoi occhi azzurri brillavano così tanto da avere un che di animalesco, come se stesse cercando di scacciare i sentimenti che si ostinavano a riemergere.

«Dovresti andartene» le ringhiò.

«Perché? Perché brucerai il tuo cuore e, una volta che ci sarai riuscito, temi che mi farai del male? È già così, Jacks.»

Allungò una mano... non per toccare il barattolo, ma lui.

La sua mascella era dura e implacabile come la roccia sotto le sue dita. Lui la serrò ancora più forte e scrollò la testa per allontanarle la mano.

«Se cercassi di farti male, il bracciale me lo impedirebbe» disse in tono aspro.

«Non parlo in senso fisico.»

Mi stai facendo male al cuore.

Era vero. Evangeline non si era mai sentita tanto vicina e lontana da una persona allo stesso tempo. La mano fredda e dura di Jacks le stringeva ancora il collo, i suoi occhi la fissavano. Ma il suo sguardo diceva che quella era l'ultima volta in cui l'avrebbe toccata, quella definitiva.

Era tutto ciò che avrebbe potuto esistere per loro.

Non si stava arrendendo. Si era già arreso.

«Come faccio a ficcartelo in testa?» ruggì lui. «Tu e io insieme non finiamo bene. *Finiamo* e basta.»

«Come puoi dirlo se non ci hai nemmeno provato?»

«Provato?» Jacks scoppiò a ridere, un suono orribile. «Qui non ci sono prove, Evangeline.»

La risata gli morì sulle labbra e il fuoco nei suoi occhi si spense. Per un attimo non parve più un Fato, né un essere umano, ma soltanto uno spettro, un guscio svuotato e gettato tra le onde troppe volte. Evangeline pensò di nuovo che il cuore di Jacks era stato spezzato ancora e ancora, talmente tante volte che ormai non riusciva più a sperare, ma solo ad aver paura.

«Può andare bene oppure male, ma se ci si sbaglia, non c'è un altro tentativo. Non c'è niente.»

Il silenzio calò su di loro. Nemmeno le foglie dell'albero osavano frusciare.

Poi, con una voce così flebile che lei quasi non lo udì, Jacks mormorò: «Tu c'eri, hai visto che cosa mi ha fatto il bracciale quando ho provato a baciarti».

Qualcosa di simile alla vergogna gli balenò nello sguardo e, anche se a Evangeline sembrava impossibile, le apparve ancora più fragile di prima. Sembrava che bastasse meno di un tocco per spezzarlo, una parola sbagliata per ridurlo in mille pezzi.

«Questo è il massimo che possiamo ottenere» disse Jacks.

Le accarezzò il collo, e lei capì in un istante che stava per lasciarla. Avrebbe mollato la presa, staccato una foglia e gettato il cuore tra le fiamme.

Evangeline era pietrificata dal terrore, non riusciva a muoversi né a parlare, per il timore di fare o dire la cosa sbagliata. Le tremavano le mani, si sentiva un vuoto nel petto, un buco da cui stava fuoriuscendo ogni speranza, per scomparire nello stesso luogo che aveva inghiottito quella di Jacks.

Ma lei sapeva dov'era quel luogo e si rifiutava di andarci.

«Io ti amo, Jacks.»

Lui chiuse gli occhi quando Evangeline pronunciò quelle parole.

Lei sentì riaffiorare una scintilla di speranza. Avrebbe voluto chiedergli di guardarla, ma l'importante era che non l'avesse lasciata andare.

«Un tempo mi chiedevo se il destino fosse una cosa vera» proseguì con dolcezza. «Temevo significasse che non potevo realmente scegliere. Poi ho sperato in segreto che esistesse, e che tu e io fossimo destinati a stare insieme, che per qualche miracolo fossi io il tuo vero amore. Ma adesso non m'importa più di sapere se il destino esiste… perché non ho bisogno che decida per me. Non ho bisogno che faccia lui questa scelta. Ho preso la mia decisione, Jacks. Sei tu. Sarai sempre tu, fino alla fine dei tempi. E combatterò il destino o qualunque altra cosa tenti di separarci… compreso *te.* Tu sei la mia scelta. Tu sei il mio amore. Tu sei mio. E non sarai la mia fine, Jacks.»

«Credo di esserlo già.» Lui riaprì gli occhi da cui gocciolarono lacrime rosse. «Lasciami andare, Evangeline.»

«Dimmi che non darai fuoco al tuo cuore e ti lascerò andare.»

«Non chiedermi una cosa simile.»

«Allora tu non chiedermi di lasciarti!»

Gli occhi di Jacks piansero altre lacrime, ma la sua mano stringeva salda il barattolo di vetro. «Sono spezzato. Mi piace spezzare le cose. A volte vorrei spezzare te.»

«Allora spezzami, Jacks.»

Le sue dita si contrassero sulla sua gola. «Per una volta voglio fare la cosa giusta. Non posso fare ciò che mi chiedi. Non posso guardarti morire di nuovo.»

Le parole *di nuovo* la graffiarono come una spina. «Che significa *di nuovo*?»

«Sei morta, Evangeline.» Lui l'attirò a sé finché lei non avvertì il suo torace che si alzava e si abbassava ansimante mentre mormorava: «Ti ho tenuta tra le braccia mentre accadeva».

«Jacks... non capisco di cosa parli. Io non sono mai morta.»

«Invece sì. La notte in cui hai aperto il Valory. La prima volta che l'hai fatto, io non ero con te.» Tacque per un istante, poi lei lo udì pensare: *Non ce la facevo a dirti addio.*

«Eravate solo tu e Caos» riprese. «Non appena si è liberato dell'elmo, ti ha uccisa. Ho provato a fermarlo... ho provato a salvarti... ma...»

Jacks aprì e richiuse la bocca come se non riuscisse ad andare avanti. «Non ho potuto. Quando sono arrivato, lui ti aveva già morsa... ti aveva già succhiato troppo sangue. Sei morta non appena ti ho stretta tra le braccia. L'unica cosa che potevo fare era usare le pietre per riportare indietro il tempo. Mi era stato detto che mi sarebbe costato qualcosa, ma pensavo che sarebbe toccato a *me*. Non avrei mai immaginato che sarebbe toccato a *te*.»

Mi dispiace, pensò.

«Non devi scusarti, Jacks.»

«È stata colpa mia» replicò lui a denti stretti.

«Non è vero. Non ho perso la memoria perché tu hai riportato indietro il tempo. È stato Apollo a rubarmi i ricordi.»

Per un attimo, negli occhi di Jacks balenò uno scintillio omicida. Poi, con altrettanta rapidità, liquidò le sue parole. «Non importa. Importa solo che sei morta. E se muori di nuovo, non potrò riportarti indietro.»

«Quindi preferisci vivere senza di me?»

«Preferisco che tu viva.»

«Io sono viva, Jacks, e non ho intenzione di morire presto.» Evangeline chiuse gli occhi e lo baciò.

Fu un bacio simile a una preghiera, quasi implorante, fatto di labbra tremule e dita nervose. Fu come annaspare nel buio sperando di trovare una luce.

La bocca di Jacks era dolce e metallica, come mele e lacrime di sangue, quando le sussurrò sulle labbra: «Non avresti dovuto farlo, Piccola Volpe».

«È troppo tardi, ormai.» Lei gli cinse il collo con le braccia e lo attirò a sé, socchiudendo le labbra. Lentamente, la punta della lingua di Jacks si insinuò nella sua bocca.

Fu un bacio più delicato di quanto Evangeline avesse immaginato. Meno simile a un sogno febbrile e più a un segreto, qualcosa di pericoloso che avrebbe potuto sfuggirgli se non fosse stato attento. Con estrema cautela, Jacks spostò le mani sulla giubba di lei. Uno per uno, con un leggero scatto delle dita, le slacciò i bottoni.

Le gambe di Evangeline dimenticarono di funzionare e i suoi polmoni di respirare, mentre lui le sfilava la giacca, lasciandola cadere sul terreno.

Evangeline si era sbagliata. La sua vita non era stata piena di momenti che conducevano all'Arco del Valory; ogni istante l'aveva portata lì dov'era in quell'istante. Le ci erano volute tutte le pene d'amore, il quasi amore e l'amore sbagliato per capire che il vero amore era quello che aveva davanti.

Rumore di vetri infranti. Jacks aveva lasciato cadere il barattolo e, un attimo dopo, il bacio prese nuova vita. Fu come una collisione di stelle e la fine dei mondi. Tutto vorticava vertiginosamente. Lui la baciò con passione. Lei lo tenne stretto, le sue dita gli artigliarono la nuca prima di scivolargli tra i capelli morbidi.

Evangeline non avrebbe mai voluto tirarsi indietro, ma cominciava a sentirsi svenire. Aveva gli occhi chiusi, però vedeva le stelle.

«Piccola Volpe...» La voce di Jacks, incrinata dal panico, interruppe il bacio.

Sto bene, disse lei, o almeno ci provò. Non riusciva a tirare fuori le parole. Le girava troppo la testa. Anche le stelle turbinavano. Minuscole costellazioni dietro le palpebre chiuse.

Le cedettero le gambe.

«No!» esclamò Jacks.

Evangeline sentì le sue braccia sostenerla prima che cadesse. Cercò di rimettersi in piedi, di muoversi, ma la testa non smetteva di girarle.

«No!» gridò Jacks. «Non di nuovo!»

Si accasciò in ginocchio, con Evangeline in grembo. Lei gli sentiva vibrare il torace mentre la stringeva.

Jacks... Pensò il suo nome. Non riusciva ancora a parlare, ma fu in grado di aprire gli occhi. Le stelle erano scomparse, e il mondo stava lentamente tornando a fuoco. Prima il cielo, screziato di indaco e violetto. Poi l'albero, rilucente d'oro.

E infine Jacks.

Aveva l'aria angelica e angosciata. Il suo splendido viso era pallido. Rivoli di sangue gli scorrevano dagli occhi sulle guance.

«Non piangere, amore mio.» Evangeline gli asciugò con tenerezza le lacrime con le dita. «Sto bene.»

E gli rivolse un sorriso tremante.

Lui sgranò gli occhi, azzurri e limpidi come il cielo dopo un temporale.

«Com'è...» Jacks non riuscì a finire la frase.

Fu quasi commovente. La sua bocca imbronciata si schiuse appena, mentre sembrava che avesse dimenticato come si parlava.

«Te l'ho già detto. Tu sei l'amore della mia vita. Tu sei mio, Jacks della Conca. E non sarai la mia fine.»

«Ma stavi morendo.»

«No» replicò lei, un po' imbarazzata. «Avevo solo dimenticato di respirare.»

42

C'era una volta un bacio lungo e appassionato, e tutto era perfetto. E poi ci furono ancora altri baci.

43

Evangeline

Era valsa la pena di sopportare tutte le paure, le sofferenze e le angosce solo per gustarsi il modo in cui la guardò Jacks dopo il loro primo bacio.

Credeva di conoscere tutte le sue espressioni in ogni sfaccettatura – lo scherno, la sfida, la rabbia, il timore – ma non lo aveva mai visto con un tale stupore negli occhi azzurri. Brillavano, mentre il fruscio prodotto dalle foglie dell'albero-fenice assomigliava a un lento sospiro.

A un certo punto si erano spostati verso l'albero. Ora Jacks teneva la schiena premuta sul tronco e lei era appoggiata al suo petto. Il sole era tramontato da un pezzo, ma l'aria era soffusa di un inteso bagliore proveniente dalle foglie d'oro. Evangeline non ricordava di averle viste brillare prima, tuttavia c'era abbastanza luce per vedere una ciocca ondulata di capelli dorati ricadere sulla fronte di Jacks, che storse la bocca in un sorriso malizioso mentre la stringeva più forte in grembo.

«Ho l'impressione che tu stia pensando a qualcosa che non mi piacerà» disse.

Jacks le accarezzò delicatamente la linea della mascella. «Ti amo» le disse semplicemente, poi all'improvviso si fece serio. «Non ti perderò mai più di vista.»

«Lo dici come se fosse una minaccia.»

Lui continuò a guardarla con un'espressione solenne. «Questo non è solo adesso, è per sempre, Piccola Volpe.»

«Mi piace il suono di *per sempre*.» Lei gli sorrise sulle dita, poi sollevò una mano per toccargli la guancia, perché adesso anche lui stava sorridendo.

E l'amava.

Lui l'amava.

L'amava.

L'amava.

L'amava.

L'amava al punto da aver riscritto la storia. Aveva rinunciato a ciò che aveva creduto essere la sua unica possibilità di amare. E alla fine aveva spezzato l'incantesimo al quale non avrebbe mai pensato di poter sfuggire.

Evangeline avrebbe voluto mettersi a piroettare per la radura e a cantare a squarciagola perché tutto il mondo la udisse, ma non era pronta a lasciare le sue braccia. Non ancora. Forse mai.

Con un dito seguì la linea di una fossetta. «Sai» gli confessò, «ho sempre adorato le tue fossette.»

«Lo so» sogghignò lui. «È stato un colpo di fulmine, te lo si leggeva in faccia.»

«Non è stato un colpo di fulmine» ribatté lei, sbuffando. «Ho solo detto che all'inizio mi piacevano le tue fossette.» Lasciò cadere la mano. «Tu invece non mi piacevi neanche un po'. Ti trovavo tremendo.»

«Eppure...» Lui le prese di nuovo la mano e se la mise intorno al collo. «Continuavi a fissarmi.»

«Be'...» Lei gli appoggiò anche l'altra mano dietro la nuca e gli infilò le dita tra i capelli. Adorava anche quelli. «Magari non mi stavi simpatico, ma eri pur sempre straordinariamente affascinante.»

Lo attirò a sé finché lui non abbassò la testa e premette le labbra sulle sue.

Per un momento, tutto fu di nuovo perfetto.

Jacks aveva riavuto il suo cuore. Lei aveva Jacks. Erano innamorati. Era tutto ciò che desiderava. Era il loro "vissero per sempre felici e contenti".

Purtroppo, il problema con il "vissero per sempre felici e contenti" è che si tratta più di un'idea che di una realtà. È un sogno che prosegue dopo che la fiaba è finita. Ma le storie vere non finiscono mai. E, a quanto pareva, nemmeno la storia di Evangeline e Jacks si era conclusa.

Le foglie verdi e oro dell'albero-fenice ricominciarono a frusciare. Si muovevano all'impazzata, rumoreggiando più forte di quando Evangeline era entrata nella radura, come se l'intero albero stesse tremando. Scosso. Spaventato.

Poi risuonò un applauso.

Tre potenti battiti di mani, seguiti da una voce tagliente. «Che spettacolo emozionante!»

Evangeline si staccò dalle labbra di Jacks e vide Apollo a pochi passi di distanza, con le gambe larghe, la testa alta e un ampio sorriso quando finì di applaudire. «Avete messo su una bella scenetta. Romantica, e autodistruttiva. Manca solo il gran finale.» La sua espressione si tramutò in un sogghigno che avrebbe per sempre fatto temere a Evangeline i sorrisi dei principi. «Però in questo posso darvi un aiutino.»

Allungò una mano verso l'albero-fenice e staccò una foglia d'oro.

Riecheggiò un crepitio.

Balenò una scintilla.

«Evangeline, scappa!» Jacks la spinse via nel momento stesso in cui l'albero esplodeva in una vampa di fuoco. Le fiamme bianche e accecanti consumarono lo splendido albero in pochi secondi. Il tronco, i rami, le foglie… tutto stava bruciando.

Evangeline cominciò a correre a perdifiato.

Si disse di non voltarsi.

Ma Jacks dov'era? Perché non la stava seguendo?

Il fumo era sempre più fitto, il fuoco sempre più caldo. Evangeline si fermò per un istante. Si girò.

«Jacks!» C'era troppo fumo. «*Jacks!*» Fece per tornare indietro.

«Oh, no, non ci provare!» Le braccia di Apollo l'abbrancarono da dietro, veloci e sin troppo forti.

«No!» gridò lei. Tentò di divincolarsi, ma Apollo era molto più robusto di lei. «Jacks…»

«Smettila di resistere.» Apollo la sollevò da terra senza tante cerimonie e se la issò in spalla, bloccandole le gambe con un braccio muscoloso mentre testa e braccia penzolavano capovolte. «Sto cercando di salvarti, Evangeline!»

«No! È tutta colpa *tua*!» Sferrò pugni sulla schiena di Apollo e gli prese a calci il torace.

«Jacks!» urlò di nuovo.

Smise di lottare solo per un istante, così da alzare la testa e vedere se Jacks era riuscito a scampare alle fiamme, se stava accorrendo in suo aiuto.

Ma non vide altro che fuoco e fumo.

44

Apollo

Evangeline continuava a strillare e a tempestarlo di pugni abbastanza forti da lasciargli probabilmente qualche livido. Eppure Apollo quasi non se ne accorgeva.

Lei aveva scelto Jacks, di nuovo.

Una scelta sbagliata, di nuovo.

Aveva tentato di salvarla. Aveva cercato di proteggerla, ma non era bastato. Ormai era chiaro. Nessun essere umano avrebbe potuto spezzare l'incantesimo con cui Jacks aveva stregato Evangeline. Peccato che Apollo non potesse salvarla restando umano.

Non impiegò molto a tornare all'arco che l'aveva condotto alla radura dell'albero-fenice. Non aveva visto Jacks inseguirli attraverso le fiamme, ma Apollo non era ottimista al punto da sperare che fosse morto.

Ma non aveva alcuna importanza. Jacks non poteva usare l'arco da solo. Non gli avrebbe portato via Evangeline, non stavolta.

A quel pensiero fu colpito da una fitta lancinante.

Avrebbe voluto strapparle quel dannato braccialetto protettivo.

Ma stavolta il dolore non l'aveva colto di sorpresa. Ed era abituato a soffrire; il dolore era costante con la maledizione dell'Arciere. Solo che questo era molto peggio.

Barcollò e per poco non lasciò cadere Evangeline mentre attraversava l'arco.

«Lasciami!» strillò lei. «Ti prego! Ti prego, devo tornare indietro...» continuò a urlare. «Se ci tieni a me, lasciami andare!»

Alla fine Apollo la mise giù. Lei tentò di strisciare via, ma lui era più forte e più massiccio. L'afferrò per una caviglia e la strattonò, facendola cadere di faccia. Stavolta, la fitta che lo pervase fu atroce, ma ormai Evangeline era riversa a terra e a lui bastò usare il proprio peso per immobilizzarla mentre armeggiava con le manette che portava alla cintura.

«No!»

«Tranquilla, mia cara.» Per prima cosa, le bloccò i polsi dietro la schiena.

«Non farlo!» gridò lei, dibattendosi e scalciando come un'ossessa.

Riuscì a colpirlo una volta alla spalla, ma lui le agguantò le gambe e le assicurò i ceppi alle caviglie.

Una volta fatto, si allontanò barcollando. Il dolore era ormai insostenibile. Apollo si piegò in due e vomitò al lato della galleria in cui l'aveva portata.

Per un attimo pensò di lasciarla lì. Non sapeva quanto dolore sarebbe riuscito a sopportare ancora. E non era nemmeno sicuro di avere ancora bisogno di lei.

Però l'amava. La guardò, legata sul terreno, con i capelli rosa incollati alle guance inondate di lacrime. Evangeline lo aveva tradito, gli aveva spezzato il cuore, ma anche se le restavano pochi minuti di vita Apollo voleva passarli con lei.

«Non temere, mio tesoro, presto sarà tutto finito» le sussurrò. Poi la sollevò di nuovo tra le braccia.

45

Jacks

Jacks non vedeva altro che fumo. Denso e grigio, gli bruciava gli occhi e la gola. Ma doveva trovarla.

«Jacks! Aiutami! Jacks!» Udiva la sua voce. Stridula, terrorizzata. Non gli era mai parsa così flebile.

Non sembrava nemmeno più la sua, dopo le prime grida.

All'inizio la sua voce era stata come il fumo – l'aveva sentita dappertutto. Che urlava il suo nome, che lo chiamava. Ma ovunque andasse, Evangeline sembrava sempre più lontana.

«Jacks!»

«Arrivo, Piccola Volpe!»

Il sudore gli gocciolava lungo la nuca mentre correva attraverso la cappa nerastra.

«Jacks… da questa parte…» La voce si interruppe, squassata dalla tosse.

Però sembrava più vicina.

Jacks seguì i colpi di tosse, lontano dall'albero in fiamme, lontano dal fumo.

L'aria era grigia di fuliggine, ma adesso riusciva a scorgere delle sagome attraverso la cenere turbinante. Notò un albero che non aveva preso fuoco. Una normalissima quercia, con una ragazza dai capelli violetti appoggiata al tronco, una mano sul fianco del vestito iridescente e l'altra chiusa contro le labbra mentre fingeva un altro accesso di tosse.

Aurora.

Non Evangeline.

«Immagino di non essere la persona che ti aspettavi» gli disse con la sua voce flautata.

Jacks odiava quella voce. Non gli era mai piaciuta, e in quel momento avrebbe voluto prenderla e scagliarla nelle fiamme che bruciavano l'albero-fenice alle sue spalle.

«Lei dov'è?» ringhiò.

Aurora mise il broncio. «Perché dovrei saperlo?»

Jacks serrò e aprì i pugni lentamente. Si stava sforzando di mantenere la calma perché quella era la sorella gemella di Castor. Ma quante volte era già capitato? Quante volte l'aveva giustificata solo per chi era? Quante volte aveva negato a se stesso che era pericolosa, perché aveva qualcosa che lui voleva? Sapeva che non era stata lei a incendiare l'albero-fenice, ma in ogni caso lo aveva attirato lontano da Evangeline. E a prescindere dal fatto che sapesse o meno dov'era, Jacks aveva una gran voglia di farle del male… e tanto.

«Ti offro un'ultima possibilità» sibilò, afferrandola per la gola. «Dov'è Evangeline?»

Aurora serrò le labbra.

«Vuoi morire?» Jacks strinse la mano. «È questo che vuoi? Perché ci sono vicinissimo.»

«Tu non mi ucciderai» ansimò lei. «Da quel che ho sentito, strangolare non è nel tuo stile. Dovresti baciarmi, e non credo che la tua preziosa Evangeline la prenderebbe bene.»

«Potrei sempre fare un'eccezione.» Jacks aumentò la pressione delle dita. «Dimmi dov'è.»

Aurora tirò su con il naso. Aveva le lacrime agli occhi, ma Jacks avrebbe scommesso che erano fasulle come la sua tosse.

«Dimmi perché hai scelto lei» disse Aurora. «Mi sono sforzata di capire che cosa ti attrae in quella lì, ma giuro che non ci riesco. È più bella di me? È per questo?»

«Sei davvero così meschina?»

«Sì.»

«E ti chiedi perché non ti amo?»

A quelle parole, Aurora sussultò. Una lacrima le rigò una guancia, e stavolta sembrava vera. «Non riuscirai mai a salvarla, Jacks della Conca. Apollo l'ha portata all'Albero delle Anime.»

46

Evangeline

Evangeline lottava con tutte le forze contro il metallo usato da Apollo per bloccarle polsi e caviglie. Cercava di scorticarsi la pelle: le sarebbe bastata una sola goccia di sangue per riuscire ad aprire i ceppi. E tornare da Jacks.

Anche se temeva che Jacks non fosse il suo unico problema.

Apollo aveva attraversato un arco per trasportarla in un luogo dove non era mai stata prima. Un'enorme caverna, illuminata da lingue di fuoco rosso-arancio che correvano sul terreno. Sembrava il covo di un vampiro, traboccante di sangue, crudeltà e magia vendicativa.

Apollo l'aveva trasportata tra le braccia per qualche minuto, ma dato che lei aveva continuato a opporre resistenza, se l'era gettata di nuovo sulle spalle come un sacco di patate, impedendole una buona visuale dell'ambiente circostante.

Evangeline scorse però una specie di albero, il più grande che avesse mai visto. Era gigantesco, orribile, con rami contorti e facce deformi incise nel tronco e... era un battito cardiaco quello che udiva?

Tump. Tump. Tump.

Sì, decisamente. Evangeline lo avvertì riverberare nel terreno quando Apollo la depose come una vittima sacrificale davanti all'albero spaventoso.

«Apollo, ti prego, non farlo!» Strattonò con forza i ceppi metallici. «Per favore, lasciami andare!» lo implorò. «Mi...»

Fu sul punto di dire che le dispiaceva, consapevole che sarebbe stata la cosa più saggia da fare, ma non riusciva a chiedere scusa per aver baciato Jacks.

Allora digrignò i denti e gli scoccò un'occhiata furente. «Il tuo orgoglio è così ferito che hai deciso di uccidermi per un bacio?»

«Ti sbagli» rispose Apollo con la mascella contratta e la fronte imperlata di sudore. «Volevo che noi due stessimo insieme per sempre. Volevo che il mio lascito fosse anche il tuo. Avrei fatto di te la mia regina.»

«Ma adesso hai cambiato idea e stai per uccidermi?»

«Non è così... Io non vorrei ucciderti. Se ci fosse un altro modo, ti assicuro che non lo farei, ma non esiste. Non posso proteggerti come semplice umano, ma non posso nemmeno averti ed essere qualcosa di più.» Si abbassò su un ginocchio e le accarezzò una guancia. «È la scelta più difficile che abbia mai dovuto fare. Tu sei l'amore della mia vita, Evangeline, e mi mancherai moltissimo.»

Si chinò su di lei e le posò un bacio sulle labbra.

47

Jacks

Jacks credeva di non poter assistere a una scena peggiore di Evangeline che gli moriva tra le braccia. Ma quella che aveva davanti agli occhi ci andava molto vicino. Lei era riversa sul terreno, legata ai piedi di un albero, e il bastardo che le aveva rubato i ricordi era chino su di lei per baciarla. «Toglile le mani di dosso, brutto figlio di una cagna!»

Si avventò su Apollo e lo colpì in faccia con un pugno. E poi un altro, e un altro ancora, e continuò fino a non sentirsi più la mano, spezzando le ossa del principe. Dal naso rotto zampillò una fontana di sangue che gli schizzò su una guancia.

Sarebbe stato più facile limitarsi a pugnalare quel bastardo alla gola, ma prima voleva farlo soffrire.

«Ti ucciderò per questo!» ruggì, sferrando pugni senza sosta.

«Fermatelo!» tuonò una voce imperiosa. Un rimbombo di passi echeggiò nella caverna.

Poi qualcuno afferrò Jacks. Sentì delle possenti mani coperte da guanti che lo prendevano per le braccia. Cercò di scrollarsele di dosso, di usare i suoi poteri per farle smettere. Tuttavia, o aveva esaurito le energie o quei soldati non erano del tutto umani.

«Lasciatemi!» Jacks si dibatteva, ma le guardie lo tenevano stretto mentre lo trascinavano via.

Solo che non erano guardie. Jacks conosceva quegli uomini. Erano Dane e Lysander Valor, i fratelli maggiori di Castor. «Lasciatemi andare! La faccenda non vi riguarda!»

Dane, il più testardo dei fratelli di Castor, doveva aver borbottato qualcosa, ma Jacks udiva soltanto il sangue che gli rombava nelle orecchie e le grida di Evangeline, ancora ammanettata sul terreno.

«Perché non aiutate lei, invece di immobilizzare me?» urlò.

E fu allora che vide Wolfric.

Era la prima volta che lo incontrava da quella notte nel Valory. Era vestito da battaglia, con coltelli legati alle braccia, spade penzolanti ai fianchi e altre armi assicurate sulla schiena.

Stava parlando con Apollo. Jacks aspettò che il vecchio re trapassasse il farabutto con una delle sue lame per poi soccorrere Evangeline. Purtroppo sembrava che in quella caverna avessero tutti perso la ragione. Invece di ucciderlo, Wolfric diede una pacca sulle spalle del principe e gli passò un fazzoletto, poi avanzò a grandi passi verso Jacks e i suoi figli, senza degnare Evangeline di un'occhiata.

«Ma che ti prende?» sbraitò Jacks.

Wolfric lo guardò con aria cupa e si accarezzò la barba. «Mi dispiace, figliolo. Non posso lasciarti andare da lei.»

«Non puoi impedirmelo!» ribatté Jacks fuori di sé. Tentò ancora una volta di liberarsi dalla presa di Dane e Lysander, ma tutti i Valor erano molto più forti di quanto avrebbero dovuto essere.

«È sua moglie» replicò Wolfric, come se bastasse a giustificare tutto.

«Ma lui vuole sacrificarla a un albero!» gridò Jacks.

Apollo sembrava mezzo morto. Aveva il volto coperto di sangue e quasi irriconoscibile per i pugni sferrati da Jacks. Eppure era ancora in piedi, e brandiva una spada.

Wolfric continuava a restare impassibile. A Jacks non era mai piaciuto molto, ma lo aveva sempre rispettato. Sapeva che il vecchio re credeva nell'onore e nella giustizia e in tutte le altre cose di cui si riempiva la bocca durante i brindisi.

«È perché sono un ricercato?» gli urlò. «Quelle storie su di me sono menzogne. Non sono stato io a cancellarle la memoria... è stato Apollo!»

«Sinceramente non me ne importa niente» borbottò Wolfric. «Lo faccio perché è la cosa giusta da fare.»

«Non è vero e lo sai!»

Intanto Evangeline continuava a dibattersi e a piangere. Le sue guance erano rigate di lacrime quando alzò la testa per incontrare lo sguardo di Jacks. I suoi occhi risplendevano. Persino in quell'orribile frangente aveva un'aria dolcissima. Non parlò, ma nella mente Jacks la udì pensare: *Andrà tutto bene.*

Ma non andava bene.

Niente sarebbe più andato bene se Jacks l'avesse persa di nuovo.

48

Evangeline

Evangeline continuava a sfregare i polsi contro le manette che la imprigionavano. Non le serviva che una sola goccia di sangue per salvare se stessa e Jacks. Se non ci fosse riuscita, non osava neanche immaginare cosa gli sarebbe accaduto.

La loro storia non poteva finire così.

Jacks le aveva detto che gli eroi non ottenevano mai il lieto fine, ma questo non significava che dovessero concederlo ai cattivi.

Dopo il pestaggio, Apollo si reggeva a stento in piedi. Perdeva sangue dal naso rotto, aveva un occhio talmente gonfio da sembrare chiuso, eppure brandiva la spada alta sopra la testa.

L'arma scintillò al chiaro di luna.

Le vibrazioni del suolo aumentarono. I sassolini sussultavano sul terreno a ogni pulsazione, rimbalzando sulle guance di Evangeline, mentre l'inquietante battito cardiaco dell'albero accelerava. *Tump tump tump.*

Evangeline trattenne il fiato. Se Apollo l'avesse colpita senza ucciderla, avrebbe potuto usare il sangue per liberarsi dalle manette.

«Piccola Volpe!» Jacks si dimenava come un forsennato nella morsa implacabile dei due fratelli Valor, imprecando senza ritegno. «Piccola Volpe, mi dispiace tanto!» La sua voce incrinata dall'angoscia echeggiò verso il cielo.

Quel suono spezzato l'avrebbe fatta piangere se non fosse già stata in lacrime. Avrebbe voluto dirgli che non doveva rammaricarsi, che sarebbe andato tutto bene... ma nell'eventualità che quelli fossero i suoi ultimi istanti di vita preferì gridare soltanto: «Ti amo!».

«Sta' zitta» grugnì Apollo e mulinò la spada. La lama squarciò l'aria con un sibilo metallico.

Ma non si abbatté su di lei. Apollo tranciò uno dei rami cremisi dell'albero. Dal legno sgorgò un fiotto di sangue.

Evangeline non aveva mai visto nulla di così agghiacciante. Quasi si aspettava che l'albero gridasse di dolore; invece, parve prendere addirittura vigore mentre il sangue scorreva copioso. La corteccia diventò ancora più rossa, come pelle avvampata per l'eccitazione, e il tronco si dilatò, forse in preparazione di ciò che stava per accadere. «Addio, amor mio» disse Apollo, e accostò la bocca al ramo sanguinante.

Fu una scena orribile da guardare. Il sangue gli macchiava le labbra e il mento mentre beveva con avidità. A un tratto la linfa cremisi gli andò di traverso e tossì, ma riprese a succhiare e finì con un ghigno trionfante di denti rossi e labbra insanguinate.

A parte questo, era perfetto.

Avrebbe dovuto avere un aspetto ripugnante; invece era cambiato. Risplendeva come a volte capitava a Jacks. Non aveva più il naso rotto, gli occhi non erano più tumefatti. Il suo sguardo sprizzava scintille dorate come le stelle nel firmamento.

«Mi sento un dio» annunciò con una risata.

Il suolo palpitava sempre più forte. Il terriccio si appiccicò alle guance di Evangeline mentre le violente scosse la facevano rotolare lontano dall'albero.

Quando rialzò la testa, vide Apollo barcollare. Il principe recuperò subito l'equilibrio, poi inciampò di nuovo mentre tentava di allontanarsi dal tronco possente. La sua pelle splendente si ingrigì e il suo bel viso si deformò in una maschera di dolore quando provò a fare un altro passo.

«Che cosa succede?» gridò Apollo con una smorfia, fissando Wolfric con un'espressione accusatoria.

«Ti avevo avvertito» rispose il vecchio re. «Ti avevo detto che, se ci tenevi alla vita, avresti fatto meglio a dimenticare quest'albero.»

Apollo cadde in ginocchio e artigliò il terreno in cerca di un appiglio. «Mi hai detto che avrebbe preso la vita della persona che amo di più.»

«Infatti» replicò Wolfric. «Quella persona sei tu.»

Il suolo tremava sempre di più. Sassi e terriccio saltarono in aria mentre lunghe radici nodose emergevano in superficie serpeggiando verso il principe.

«No!» urlò Apollo. I rami dell'albero calarono dall'alto, circondandolo come le sbarre di una gabbia.

«Basta! È un errore… non dovreste prendere me.»

Evangeline lo guardò menare fendenti a destra e a manca.

Apollo aveva le guance rigate di lacrime. A un tratto la sua lama si incastrò nella scorza di un ramo. L'albero ne approfittò all'istante e scagliò via la spada. L'arma atterrò con un sonoro clangore a un soffio da Evangeline.

Le facce intrappolate nell'albero si contorsero, arricciando le labbra e sgranando gli occhi, mentre i rami e le radici si attorcigliavano intorno al corpo di Apollo, trascinandolo verso il tronco.

Il principe graffiò la corteccia, urlando: «Dovete prendere lei, non me!».

Evangeline non aveva mai assistito a una scena così raccapricciante. Il tronco si spalancò come una bocca per inghiottire il principe.

Apollo emise un verso terrificante, a metà tra il lamento di un bambino e il verso di un animale.

Evangeline chiuse gli occhi, ma non servì a bloccare le urla.

«No!» strillò Apollo. «Vi prego, non...»

Le sue ultime parole andarono perdute nel frastuono.

E poi silenzio.

Ovunque.

Una calma perfetta riempì la caverna, allo stesso modo in cui l'avevano riempita le grida di Apollo fino a qualche istante prima.

Nessun urlo.

Nessun lamento.

Nessuno scricchiolio di rami.

Nessun battito cardiaco.

Evangeline aprì lentamente gli occhi. L'Albero delle Anime era esattamente come prima. Solo che adesso c'era un'altra faccia stravolta dall'orrore intrappolata nel tronco.

49

Evangeline

La storia sarebbe potuta finire qui, con il cattivo sconfitto e la coppia felice che si avviava verso un incerto lieto fine.

Purtroppo, i problemi non erano terminati solo perché Apollo era ormai intrappolato in un albero per l'eternità. Jacks era ancora furibondo e, quando alla fine i figli di Wolfric Valor mollarono la presa, si scatenò una violenta rissa a suon di pugni e imprecazioni. Il chiaro di luna illuminava la scazzottata e la caverna echeggiava di parolacce e rumore di indumenti strappati.

Evangeline gridò: «Basta!» dopo il primo pugno, ma capì subito che nessuno l'ascoltava e che la colluttazione sarebbe degenerata se lei non avesse trovato il modo per fermarla.

La spada persa da Apollo non era lontana. Evangeline strisciò sul terreno roccioso e riuscì a tagliarsi un dito con la lama. Usò il sangue per liberarsi dai ceppi.

«Basta!» strillò di nuovo, lanciandosi verso la mischia.

I due giovani Valor e Jacks se le stavano dando di santa ragione in una baraonda di nasi sanguinanti, occhi pesti, vestiti a brandelli. Il padre, invece, si teneva fuori dalla zuffa. Sembrava che stesse ispezionando l'albero... o forse gli stava parlando. Evangeline gli lanciò un'occhiata di sfuggita prima di sgusciare fra i tre e urlare: «Piantatela con questa follia, subito!».

Jacks fu il primo a bloccarsi, imitato da uno dei due Valor. L'altro, il più robusto, sferrò un ultimo pugno allo stomaco di Jacks, come se non fosse riuscito a fermarsi. Ma Evangeline sospettava che fosse semplicemente il tipo di persona che doveva avere sempre l'ultimo pugno.

Jacks si piegò in due con un grugnito.

Evangeline gli corse accanto. «Stai bene?»

«Sì.» Lui le cinse le spalle con un braccio e si tirò su. «Li ucciderò un'altra volta.»

«Quando vuoi» ribatté il Valor più massiccio, quello che aveva sferrato il pugno finale. Si tolse la camicia grigio scuro per tamponarsi il naso.

«Lui è Dane» mugugnò Jacks.

Evangeline impiegò qualche secondo a ricordare dove avesse sentito quel nome. *Dane.* LaLa lo aveva nominato un paio di volte. Era il suo drago mutaforma. Evangeline non aveva mai tentato di figurarselo, ma di sicuro non si sarebbe mai immaginata quel bruto che si era tolto la soddisfazione dell'ultimo colpo.

Il fratello, che era più snello, biondo e con un pizzico di luminosità dorata, sembrava più gentile. «Niente di personale, amico. Abbiamo fatto solo quello che ci ha chiesto nostro padre.»

Jacks irrigidì il braccio che cingeva le spalle di Evangeline, scoccando un'occhiataccia a Wolfric, che nel frattempo si era avvicinato. «Non potevi trovare un modo più semplice per sbarazzarti del principe?» chiese. «Che so, magari infilzandolo con una spada o tagliandogli la testa?»

A quelle ultime parole, i tre Valor trasalirono.

Jacks sogghignò.

I Valor non erano mai stati decapitati davvero, ma ormai dovevano aver saputo della storia che circolava sul loro conto, e probabilmente avevano visto le statue senza testa che torreggiavano sul porto di Valorfell.

«Mi dispiace di averti messa in questa situazione» disse Wolfric a Evangeline. Aveva l'aria mortificata, ma qualcosa nelle sue parole, nel modo in cui aveva pronunciato *messa in questa situazione*, la indusse a credere che non fosse poi tanto dispiaciuto.

Wolfric sembrava convinto di aver fatto la cosa giusta e che le sue azioni fossero più importanti di qualunque sofferenza o orrore che lei avesse subìto. Il vecchio re spiegò poi la storia del terribile albero, di come lo avesse piantato ignaro di cosa fosse e di come Apollo avesse scoperto i suoi poteri e chiesto come usarlo. Wolfric disse a Evangeline e a Jacks di aver avvertito il principe per ben due volte. Evangeline gli credeva. Quello a cui non credeva era che Wolfric Valor fosse davvero rammaricato perché il principe non aveva ascoltato i suoi consigli.

«Hai intenzione di riprenderti il regno?» lo interrogò Jacks.

Il vecchio re scoppiò a ridere. «Non c'è niente da riprendere... il Nord è sempre stato mio.» E si avviò fischiettando verso l'uscita della caverna. «Andiamo, figlioli» disse girando appena la testa. «Dobbiamo trovare vostra sorella.»

I due giovani Valor si scambiarono un'occhiata che la diceva lunga sulla scarsa voglia che avevano di imbarcarsi in un'altra missione ordinata dal padre. Non che Evangeline potesse biasimarli: nemmeno lei sarebbe stata ansiosa di ritrovare Aurora.

«Cosa pensi che le faranno?» chiese a Jacks, quando i tre se ne furono andati.

«Non credo che la troveranno» rispose lui. «Quei ragazzi non vogliono fare del male alla sorella. Tempo due giorni e si daranno per vinti. E Wolfric è troppo orgoglioso perché qualcuno al di fuori della famiglia sappia che sua figlia è un mostro.»

Proprio come Castor, pensò Evangeline. Non voleva dirlo ad alta voce, però. Tutto sommato Castor le piaceva. E non voleva più parlare dei Valor, anche se era pronta a scommettere che quello non sarebbe stato il loro ultimo incontro. Con la scomparsa di Apollo, probabilmente il suo titolo di principessa non aveva più significato. Se Wolfric voleva il regno, se lo poteva tenere. A patto che lei potesse tenersi Jacks.

Di fianco a lei, Jacks ridacchiò, ed Evangeline ebbe l'impressione che avesse udito i suoi pensieri.

Si girò verso di lui. Sotto l'occhio sinistro gli stava sbocciando un grosso livido violaceo. Aveva un labbro spaccato e i vestiti laceri. Gli erano saltati i bottoni della camicia e una manica gli penzolava strappata.

Ed era sempre bellissimo.

Le ricordava la prima volta che lo aveva visto nella sua chiesa, mentre si stracciava le vesti in fondo alla navata. Solo che adesso stava sorridendo. Lo vide curvare le labbra all'insù in un sogghigno malizioso mentre uscivano dalla caverna.

«Dove andiamo?» gli chiese.

Una fossetta gli affiorò sulla guancia, appena sotto un graffio. «Ovunque desideri, Piccola Volpe.»

Epilogo

La famigerata maledizione storica del Magnifico Nord osservò gli sventurati innamorati, che sventurati non erano più, uscire dall'antica caverna.

La maledizione era sollevata che se ne stessero andando. Non le era mai piaciuta quella grotta, era un luogo spaventoso, e soprattutto aveva sempre detestato quell'orribile albero che vi dimorava. La maledizione aveva bruciato tutte le storie che menzionavano l'albero dannato, nel tentativo di tenere alla larga i mortali dalle sue grinfie, ma gli umani erano creature così sciocche, a volte.

La maledizione si compiacque di vedere che quella ragazza umana e quel ragazzo non-del-tutto-umano erano abbastanza svegli da allontanarsi dall'albero.

Immaginò che la coppia si sarebbe avviata verso un lieto fine di qualche tipo. Di solito, a questo punto, la maledizione smetteva di osservare.

I finali lieti erano notoriamente noiosi. Non fornivano elementi interessanti, per cui alla maledizione storica restava ben poco da fare, a meno che non avesse voglia di stravolgere la felice conclusione. In quel momento non le andava, però voleva scoprire la risposta a una domanda che restava in sospeso.

E così rimase a osservare il ragazzo non-del-tutto-umano ferito stringere tra le braccia la ragazza che una volta aveva riportato indietro dalla morte.

La maledizione sperava tanto che i due avessero il loro "vissero per sempre felici e contenti". Dubitava che il ragazzo non-del-tutto-umano se lo meritasse, ma la ragazza con i capelli biondo rosa decisamente sì.

Lei guardò il ragazzo non-del-tutto-umano con occhi adoranti, malgrado i lividi, i tagli e gli schizzi di sangue che lo coprivano.

«Ho ancora una domanda» gli sussurrò.

Se la maledizione storica fosse stata capace di respirare, avrebbe trattenuto il fiato.

Il ragazzo non-del-tutto-umano inarcò un sopracciglio, fingendosi offeso. «Soltanto una?»

«No... in realtà ne ho parecchie.» La ragazza umana si mordicchiò un labbro con i denti candidi.

Qualcosa cambiò negli occhi del ragazzo non-del-tutto-umano; sembrava che anche lui avesse voglia di stringere tra i denti quelle labbra. «Puoi chiedermi tutto quello che vuoi, Piccola Volpe.»

«Splendido!» La bocca di lei si curvò in un dolce sorriso. «Parlami delle mele.»

«Un'altra domanda?»

«Hai detto che potevo chiederti tutto quello che volevo.»

Gli occhi del ragazzo non-del-tutto-umano ammiccarono maliziosi, scintillando di pagliuzze argentee. «Ma non ho detto che avrei risposto.»

La ragazza mise il broncio.

Il ragazzo non-del-tutto-umano le sfiorò le labbra con un dito. «Non ha importanza» mormorò. «Non mi servono più.»

La ragazza batté le ciglia, sorpresa.

Il ragazzo non-del-tutto-umano si chinò su di lei...

E la maledizione storica decise di smettere di guardare. Era giunto il momento di lasciare in pace quei due e permettere che avessero il loro finale.

Altre storie erano in procinto di nascere nel Magnifico Nord.

Ringraziamenti

Sono sempre un po' in ansia quando arrivo al momento dei ringraziamenti. Ho paura di non riuscire a esprimere tutta la gratitudine che provo per le persone straordinarie che fanno parte della mia vita. Confesso che ho avuto molte difficoltà a scrivere questo libro e sinceramente da sola non ce l'avrei mai fatta.

Per prima cosa voglio ringraziare Dio, perché è stato un vero miracolo che io sia riuscita a portare a termine il lavoro.

Sarah Barley, tu sei parte del miracolo che mi ha permesso di finire questo romanzo… e poi sei semplicemente meravigliosa. Grazie mille per tutte le telefonate, le correzioni e il tuo indispensabile incoraggiamento. Non sarei sopravvissuta a questo libro senza di te.

Sono profondamente grata che i miei romanzi abbiano trovato una casa così accogliente negli Stati Uniti come la Macmillan, e sono davvero riconoscente alle persone che ci lavorano e all'incredibile staff della Flatiron Books: Bob Miller, Megan Lynch, Malati Chavali, Nancy Trypuc, Maris Tasaka, Cat Kenney, Marlena Bitter, Sydney Jeon, Donna Noetzel, Frances Sayers, Emily Walters, Keith Hayes, Kelly Gatesman, Louis Grilli, Erin Gordon e tutte le squadre della Macmillan Audio, della Macmillan Library e della Macmillan Sales.

Mi sento anche immensamente fortunata per la mia casa editrice nel Regno Unito, la Hodder & Stoughton. Kimberley Atkins, è un sogno lavorare con te. Grazie di essere intervenuta nel momento del massimo bisogno e per il tuo eccezionale lavoro di editing.

Questi libri non sarebbero gli stessi senza le incredibili artiste che hanno realizzato le copertine, le mappe e le copertine alternative, non solo per questo volume ma per l'intera serie: Lydia Blagden, Erin Fitzsimmons, Virginia Allyn e Sally Pham.

Grazie a Rebecca Solar per aver dato vita ai personaggi con la sua brillante narrazione per gli audiolibri.

Questo romanzo sarebbe stato un disastro senza le mie fantastiche amiche. Vi sono riconoscente per il vostro sostegno, il vostro affetto e le vostre domande, e per avermi sempre fatto capire quando avevo preso una decisione sbagliata nel corso del progetto. Perciò grazie a Stacey Lee, Kristin Dwyer, Isabel Ibañez, Anissa de Gomery, Jenny Lundquist, Kristen Williams, Brandy Ruscica, J. Elle e Kerri Maniscalco. Un ringraziamento speciale a Mary E. Pearson, la prima lettrice del romanzo, per tutti i preziosi consigli che mi ha dato.

Un supergrazie alla mia splendida agente, Jenny Bent, e a

tutto lo staff della Bent Agency. Vi sono grata per l'incessante lavoro che avete svolto per me.

Ho le lacrime agli occhi quando penso a come dire grazie alla mia famiglia. Quest'ultimo anno è stato terribile e non potrò mai ringraziare abbastanza i miei familiari per il loro affetto, il loro aiuto, la loro meravigliosa presenza. Grazie a mamma e papà, ad Allison e Matt: non ci sono parole per esprimere tutto il bene che vi voglio.

Infine grazie a voi, lettori e lettrici. In quest'ultimo anno sono stata travolta dall'entusiasmo che questa saga ha suscitato. Vi sono grata per tutti i video, le foto e i disegni che mi avete inviato. Spesso ricevo messaggi che iniziano con *Dubito che lo leggerai mai*, ma altroché se li leggo! Magari non riesco a rispondere a tutti individualmente, ma sappiate che leggo ogni messaggio e che mando a ciascuno di voi un abbraccio colmo di riconoscenza!